La Alézeya

LA ALÉZEYA

Y LOS JINETES CORONADOS

Alvin Karel
&
Melvin Karín

Trilogía:
La Familia del Espía
Volumen II

Alexandria Library Publishing House

La Alézeya
© Alvin Karel, Melvin Karín, 2023
ISBN: 979-8395289926

Número de la Biblioteca del Congreso de EE.UU (LCCN):
2023909875

Edición, diagramación y diseño de interiores: Vilma Cebrián
www.alexlib.com

Diseño de portada: Natalia Urbano

Prohibida la reproducción parcial o total de esta obra
por cualquier medio o procedimiento,
salvo autorización escrita del autor.

A YHVH
A Liudmila Corzo, esposa y amiga

AGRADECIMIENTOS

Para escribir una novela se requiere el apoyo de un sinnúmero de personas que, directa o indirectamente, ayudan con ese propósito; de modo que, cuando se escribe una trilogía, se requiere el apoyo de toda una comunidad, y las líneas de esta página no alcanzarían para agradecer a todos aquellos que con sus consejos, apoyo y confianza nos alentaron a la realización de esta obra.

Deseamos resaltar la labor de Mirian Gamboa, Tamara Riveros, Samara Valencia, Celeni Valencia y Adis Rosales, quienes constituyen el equilibrio emocional de nuestra mente creativa. Oscar y Amanda Paz como guías espirituales que nos alientan al temor a YHVH. A la editora Vilma Cebrián por sus acertadas orientaciones en el desarrollo de esta obra.

—¿Te da miedo a volar conmigo?
—Nací para volar contigo; aunque intenten dividirnos estaremos juntos hasta el final.

ÍNDICE

Capítulo I 15
Capítulo II. 19
Capítulo III 25
Capítulo IV 33
Capítulo V 41
Capítulo VI. 49
Capítulo VII 53
Capítulo VIII 61
Capítulo IX 68
Capítulo X. 78
Capítulo XI 86
Capítulo XII 91
Capítulo XIII. 97
Capítulo XIV 102
Capítulo XV 112
Capítulo XVI 120
Capítulo XVII. 128
Capítulo XVIII 131
Capítulo XIX. 135
Capítulo XX 140
Capítulo XXI. 154
Capítulo XXII 162

Capítulo XXIII 168
Capítulo XXIV 172
Capítulo XXV 176
Capítulo XXVI 182
Capítulo XXVII 189
Capítulo XXVIII 198
Capítulo XXIX 203
Capítulo XXX 205
Capítulo XXXI 210
Capítulo XXXII 216
Capítulo XXXIII 220
Capítulo XXXIV 226
Capítulo XXXV 233
Capítulo XXXVI 235
Capítulo XXXVII 240
Capítulo XXXVIII 248
Capítulo XXXIX 254
Capítulo XL 262
Capítulo XLI 268
Capítulo XLII 274
Capítulo XLIII 286
Capítulo XLIV 293
Capítulo XLV 299
Capítulo XLVI 308
Capítulo XLVII 315

CAPÍTULO I

Una damisela en minivestido rojo y una bufanda de visón, camina altiva en medio de un lujoso cabaré. El lugar vibra de libidinosos que beben alcohol y aspiran polvo junto a damas de compañía. Sobre tarimas redondas envueltas en humo perfumado, dos mujeres en bikinis realizan *pole dance* al ritmo de la música electrónica. Patricia Londoño, dueña y administradora del *"Pink Heaven Club"*, atraviesa el bullicio hasta la zona reservada, donde dos hombres vestidos con trajes y abrigos negros la esperan sentados en un sofá.

Uno de ellos, el *filipino*, se coloca en pie apenas Patricia se acerca a la estancia.

—Necesito que venga con nosotros —le ordena mientras se acomoda un sombrero de fieltro en la cabeza.

Ella lo evalúa con mirada esquiva.

—Como verá, hay muchos clientes aquí. No tengo previsto salir hoy —responde con un tono firme y una mueca de desaprobación en los labios.

—El señor exige su presencia —plantea el *filipino*.

Con un gesto brusco, ella sacude su cabello y se gira desafiante hacia su interlocutor. El *filipino* se muestra imperturbable ante la provocación, pero Patricia distingue el brillo de su mirada detrás del humo suave que se eleva desde el cigarro en sus labios. Un abismo oscuro y aterrador se esconde en las profundidades de sus pupilas, ella lo percibe como una señal de mal augurio, y se amilana. A pesar de la estridencia y los excesos que retumban incesantes en las paredes del club, Patricia reconoce los peligros que acechan en cada cliente y en cada rincón. Aquel hombre es un sanguinario, que la someterá de cualquier modo bajo sus órdenes, incluso si eso significa destruir el lugar.

—Iré por un abrigo —asiente sumisa.

—¡No lo necesita, *ma'am*! —acuña el *filipino*—. El tiempo apremia.

A la damisela se le eriza la piel. A pesar de ser una mujer de mundo, nunca ningún hombre la ha doblegado a su antojo. Al contrario, se acostumbró a rendirlos con sus encantos y a controlarlos a su voluntad. Parpadea indecisa intentando controlar el rubor que tiñe sus mejillas; comprime el bolso de mano contra el abdomen y analiza sus opciones. Ella también es capaz de destruir aquel lugar por defenderse. Cuenta con hombres de seguridad y la preparación para ello; pero esta noche es de fiesta y decide evitar una guerra.

—Iré con ustedes —determina cuando el otro sujeto que acompaña al *filipino*, se pone en pie. Modela una media sonrisa y con desdén lanza las puntas de su bufanda hacia su espalda—. No tenemos que ponernos tensos, señores.

El *filipino* se gira hacia la mesa, da una bocanada a su cigarro y lo aplasta en el cenicero. El otro sujeto, con las manos en los bolsillos del gabán, lanza miradas en todas las direcciones del cabaré; luego camina rígido y se adelanta por el pasillo iluminado con luces verdes de neón.

Patricia saca un espejo del bolsito de mano y se mira el rostro. Es una señal a sus hombres de seguridad y el *filipino* lo intuye; ella camina a contraluz, no podría verse en el espejo; la toma rápido por el brazo.

—Es mejor apresurarnos —le indica.

Ante la señal de *la manager*, dos guardias del club se movilizan por delante de la tarima principal; confundidos, aguardan a que Patricia confirme otro código de auxilio: pasarse una mano por la mejilla. Ella descarta el siguiente gesto. Guarda el espejo en su bolsito de mano y los guardias del club se detienen.

Con un chirrido de las llantas delanteras, una SUV Honda negra se detiene en la avenida, justo a la salida del *Pink Heaven Club*. Patricia se acomoda en el asiento trasero del automóvil, el *filipino* a su derecha y el otro sujeto toma el asiento del copiloto.

Patricia ladea las piernas y coloca cuidadosamente el bolsito de mano en su regazo. Es la primera vez que experimenta temor ante un encuentro con Elkin Sarmiento. Su mente trabaja a toda velocidad para descifrar la razón de la reunión a altas horas de la noche y sin previo aviso. Los agentes que la acompañan parecen igual de preocupados. Mientras el coche avanza veloz en medio de las calles iluminadas, la tensión en el aire se hace palpable. Patricia se inclina ligeramente en el asiento y desliza su mano en su bolso, busca la Taurus PT-22 y el spray de gas pimienta que lleva para protegerse. El *filipino* parece notar su movimiento y la mira con desconfianza. Ella intenta disimular su nerviosismo, saca una caja de chicles y mete una pastilla en su boca, evita cualquier gesto que provoque al peligroso hombre a su lado.

—¿Puedes encender la radio? —le pide al trigueño que va al volante.

El hombre no reacciona, continúa en silencio. Ella comprende de qué va el asunto. Conoce a estos hombres, son como máquinas que cumplen órdenes. Si pretendieran hacerle daño nada lo impediría. Para ello los entrenan. No tienen límites. Así que mejor opta por relajarse; apoya la cabeza en el respaldo de su silla y se ladea hacia el *filipino*.

—Creo que merezco un cigarro —le hace una mueca con la boca y le levanta las cejas.

El *filipino* saca una caja de cigarros y un encendedor del bolsillo de su gabán. Le ofrece un Marlboro y lo enciende tan pronto como ella lo coloca entre sus labios. Luego sin hacer contacto visual, se gira y continúa serio con la vista al frente. Ella aspira con ansiedad el cigarro y exhala una nube densa que llena el automóvil. El conductor entreabre la ventanilla del lado de Patricia. Ella le responde con un gesto de desdén y desvía el rostro hacia su izquierda. Enfoca su atención en las figuras luminosas del paisaje nocturno de la ciudad, en su mente trata de anticipar los eventos que se avecinan. Siguen la ruta acostumbrada, se dirigen al sur, hacia una de las residencias privadas de Elkin Sarmiento.

CAPÍTULO II

De regreso a Miami, Martín se reclina en el sillón de cuero del jet familiar y mira hacia el poniente, donde la luna llena ilumina el cielo. Con el mentón apoyado en el puño de su mano, reflexiona sobre la identidad de los poderosos enemigos que su padre, William Mancini, había revelado en La Alézeya:

"¿Quiénes son los jinetes coronados? —se cuestiona—. ¿Personas naturales, instituciones o gobiernos?"

William se vio obligado a escribir "La Alézeya" en la clandestinidad, bajo la persecución implacable del Cartel Reinoso-Paredes (CRP) que había puesto precio a su cabeza. El manuscrito fue concluido en su finca Las Praderas, dos meses antes de su asesinato y guardado en una caja fuerte dentro de una valija. William ideó un plan para que solo Martín pudiera encontrarlo, heredara sus secretos y contara con el cuidado de una hermandad que lo protegería en caso de peligro. El texto estaba escrito a mano, en letra cursiva y tinta indeleble, y cada símbolo guardaba un código oculto en su tamaño, orientación y acento. Aunque Martín reconocía las diminutas variaciones cifradas como señales, desconocía cómo deducirlas, y eso lo perturbaba.

Martín sospechaba que el sobre azul con el rótulo: *"Abrir sólo en caso de necesidad extrema"*, hallado junto a La Alézeya, contenía las claves para interpretar el código oculto del manuscrito. Pero una etiqueta en la parte posterior del sobre lo paralizaba: *"Conocer el contenido arriesgará tu vida, pero si ya corres peligro ayudará a salvarte"*.

"¿De qué se trata este asunto, padre?" —se retuerce Martín en el sillón—. *¿Por qué me heredas esta información que al mismo tiempo me condicionas a conocer? ¿Acaso temes que nuestra familia siga sufriendo más desgracias tras tu muerte? ¿La persecución no se detendrá?"*

Sobrecogido por la incertidumbre, mira de reojo a su madre, sentada en una poltrona al lado de la ventana opuesta del avión. Con desgano, manipula un portátil apoyado en la mesita mientras intenta concentrarse en un informe para el canal de televisión donde trabaja como editora de noticias. Ella parece inmersa en una espiral de recuerdos tristes y amargos, como los que emanan durante un duelo. Sumida entre el dolor y la culpa de verse condenada a una muerte lenta en el exilio.

"Cuánto quisiera gozar de su confianza y hablarle de La Alézeya" —piensa Martín, aunque es consciente que ella desaprobará cualquier intromisión suya en los asuntos secretos de William; bastante permitió en dejarlo escudriñar La Alézeya. Quizá, porque ignora la naturaleza de su contenido. Martín reflexiona si, en verdad, ella había conocido a profundidad a su padre o si tan sólo fue una víctima más. Muy a su pesar, considera que nunca descubrirá la verdad porque fruto del miedo y el dolor de las pérdidas, su madre lo incitará a olvidar la historia de la familia, como si de una maldición se tratase.

No obstante, mientras simula trabajar en su laptop, a Victoria, en realidad, le inquieta la estabilidad emocional de Martín. Considera que, tras el funeral de William, él ha profundizado su carácter distante y sombrío, propenso al ensimismamiento. Teme que sufra una recaída similar a la ocurrida después del asesinato de Isabel, cree que las supuestas señales que lo llevaron a La Alézeya, solo fueron alucinaciones recreadas por su mente como forma de enfrentar el duelo. Se compadece de él; ha vivido tan pocos momentos de felicidad y, por el contrario, tantos años de martirio, que pareciera que el destino se encarnizara furioso sobre su ser; no supera una pérdida cuando recae en otra. Hubiese querido restarle espacio a las comodidades y regalarle más tiempo de tranquilidad. Pero reconoce que cuando, por fin, se asumen los errores, te han pasado los años y ya no hay marcha atrás.

Afligida fruto de sus propios pensamientos, Victoria se siente responsable de la vida de desgracia y desesperanza que heredó Martín. Su rostro refleja profundo desconsuelo y observa a su hijo con melancolía. Las lágrimas corren por sus mejillas en silencio mientras Martín, con los ojos cerrados con fuerza, se agita en la silla y balbucea como si lo atormentaran pesadillas aterradoras.

"*Cuánto quisiera saber lo que pasa por su mente* —se auto consuela—. *Daría todo por reparar el daño que le he causado*".

Sin embargo, Martín viaja atrapado en razonamientos complejos sobre la realidad de su familia. Con los ojos cerrados, analiza las minucias de las siete fotografías que había encontrado guardadas en la valija secreta, junto a La Alézeya.

"*¿Quiénes son los personajes en las fotos?*" —se zarandea en la silla.

La secuencia de las imágenes revela un encuentro privado de ejecutivos; las fotografías fueron captadas a la distancia y de forma encubierta. En el salón se distingue a cinco personas sentadas en torno a una mesa de madera. Sus rostros muestran un aire circunspecto, pero comedido. En el orden correcto, las fotografías constatan que todos los participantes firman un documento. Un sujeto entrecano, de espaldas a la ventana, recoge los papeles y los guarda en un maletín.

Martín cree reconocer a uno de los hombres en las fotos, pero le cuesta vincularlo con algún evento específico. Se abstrae aún más, bloquea el ruido eléctrico del avión, la vibración de la silla y la presencia de su madre a su lado. Solo siente su respiración profunda, el ascenso y descenso de su tórax, la luz detrás de los parpados cerrados y la pesadez de su cuerpo marchito. Su mente comienza a mostrar escenas brillantes y fugaces de recuerdos.

De pronto...

—¡Antonio Paredes! —de un salto se incorpora completamente despierto en la poltrona del avión. Había visto por televisión la noticia de la captura de aquel ejecutivo en Bogotá.

—¿Pesadillas? —le interrumpe Victoria, y le acaricia la mano—. Todo está bien, hijo. Descansa tranquilo.

Martín asiente despacio con la cabeza.

—¿Tiene que ver con tu padre? —se interesa Victoria.

Él niega con la cabeza con aire ausente.

—¿No quieres conversar? —insiste ella.

Él la mira de reojo, parpadea con nerviosismo y vuelve a cerrar los ojos. Sabe que no podrá ocultarle sus temores por mucho tiempo, pero evitará de alguna manera que ella interfiera en su deseo de descubrir la verdad sobre su padre.

Victoria percibió claramente el nombre de "Antonio Paredes" durante el sobresalto de Martín, pero a conciencia decide no profundizar en el asunto.

—Descansa, hijo —le susurra y vuelve a acariciarle la mano—. Pronto llegaremos a casa.

Con los parpados cerrados y vibrantes, Martín vuelve a sumergirse en sus pensamientos. Se pregunta si su madre colaboró de algún modo en las acciones clandestinas de su padre, o si fue una víctima más de su engaño. Se inclina por la última opción; ello explicaría su renuencia a hablar del pasado. Es posible que ella fuera demasiado honesta y bondadosa para aceptar las actividades ilegales de su esposo, lo que podría haberla llevado a su separación y a su decisión de vivir en el exilio.

"*¿Qué fue lo que pasó en realidad?* —se cuestiona Martín deseando preguntarle directamente a su madre. Sin embargo, fruto de la relación distante, decide aventurarse a las posibilidades—. *Mi madre es tan determinada y con tanta fortaleza, que dudo que el miedo haya sido suficiente para hacerla abandonar a su amor y a una causa justa. ¿Entonces qué sucedió?* —la respiración de Martín se profundiza—. *¿Tal vez fue la búsqueda de mi seguridad el motivo de la separación de mis padres?* —mueve los ojos por debajo de los párpados vibrantes—. *¿O el dolor por la muerte de mi hermana? O quizá, ella se dio cuenta de la verdad: el deseo de venganza de mi padre lo había convertido en un justiciero sanguinario, decepcionándola profundamente*".

Martín desecha en su mente los asuntos íntimos de sus padres y retorna a los personajes de las fotografías; lo hace de una forma tan automática como si su memoria creara atajos en las incógnitas que lo deslumbran. Ahora define con claridad el rostro de Antonio Paredes sentado junto a sus secuaces en la sala de juntas.

"*¿De qué trataría ese encuentro?*" —piensa.

A pesar de la calidad de las fotografías, la distancia a la que se capturaron hace que se pierdan los más finos detalles. Pero en su máxima concentración, Martín constata la silueta de una corona de cinco puntas, impresa en el exterior de la carpeta sostenida por el sujeto entrecano.

Aquello le recuerda una alegoría del *Círculo de la Corona* dibujada por su padre en el centro de La Alézeya: cinco *jinetes* con coronas montados sobre cinco caballos, dispuestos en tres niveles, en forma piramidal. Cada *jinete* esboza un símbolo diferente en su corona. La insignia del ubicado en la cúspide es de mayor tamaño que el resto, como si su padre resaltara el control que ejerce sobre los demás.

—¡*El jinete rey*! —Martín salta de nuevo en la silla; abre sus ojos de golpe y se choca con los de su madre.

CAPÍTULO III

Después de conducir por la autopista sur, el automóvil del *filipino* se apresura a cruzar una diagonal hacia el este, pasa por un barrio lleno de mansiones iluminadas y finalmente, entra en un predio rodeado por setos y jardines de rosas. En el centro hay un césped reverdecido que se extiende hasta una mansión blanca de tres pisos. Desde el balcón en la segunda planta, Elkin divisa el SUV que trae a Patricia. A lo lejos, ella también logra distinguir a Elkin, se ve tenso al igual que sus hombres. Sostiene un vaso de licor en una mano y un teléfono en la otra.

El vehículo se abre paso a través de los jardines iluminados del patio delantero antes de detenerse frente a la casa. Con un gesto de alivio Patricia sale rápido del automóvil, arroja el cabo del cigarro en el pavimento y lo aplasta con sus *stilettos*. El aroma del tabaco y del césped recién cortado atenúa la fragancia de Allure de Chanel que perfuma su piel. Ajusta su bufanda alrededor de su cuello y, escoltada por el *filipino*, sube por el ascensor hasta el segundo piso del edificio.

—¿Cómo estás, mi amor? —se aproxima a Elkin con un balanceo de caderas, y trata de besarlo—. ¿Cuál es la urgencia?

Él la evita, deposita el teléfono inalámbrico en un aparador cercano y, con un gesto discreto, le indica al *filipino* que se retire. En un abrir y cerrar de ojos, el *filipino* desaparece de la habitación.

—Hoy se trata de negocios —plantea Elkin.

Con un ademán, invita a Patricia a tomar asiento en el sofá de la sala, bajo una ostentosa lámpara colgante de cristal de Murano. Luego, se dirige al mueble bar, agarra una botella de coñac y sirve una copa que ofrece a su invitada.

—¿Negocios? —interpela ella, mientras el aroma a roble y a frutos secos del vino golpea su nariz. Se moja los labios.

—Ya lo entenderás.

Sobre el centro mesa, una pistola 9 mm automática brilla junto a un sobre manila. Mientras tanto, Elkin permanece de pie con su copa en la mano, imperturbable ante las miradas socarronas de Patricia.

—Soy toda oídos —dispone ella, coloca el bolso de mano en su regazo y se reclina en el sofá.

—Cuéntame del oficial Omar —exige Elkin sin ambages. Coloca la copa sobre el centro mesa y se sienta erguido frente a ella—. ¿Ahora trabajas con policías corruptos?

Patricia parpadea, pasa un trago de su copa y cambia rápido el cruce de sus piernas. Se percata que esa madrugada todo irá distinto. No habrá caricias, ni roces pasionales de cuerpos desnudos bajo las sábanas. Serán largas horas de interrogatorio.

—¿Cuál es el punto, Elkin? —Patricia estira un poco el minivestido que se le encoge sobre la rodilla—. Tú más que nadie conoces de mi trabajo.

—Es por ello que tienes la opción de explicar —responde Elkin—. Si no, ya estarías muerta—. Le pasa el sobre de manila que reposaba en la mesita—. Allí está todo lo que debes saber.

Patricia parpadea de nuevo y, con precaución, deja su copa sobre la mesa. Antes de tomar el sobre entre sus dedos temblorosos, lanza una mirada desconfiada a Elkin, como si buscara leer algún indicio de su intención.

—Fueron capturadas anoche —agrega él mientras levanta las cejas, instándola a que examine las fotografías—. Es algo diferente a lo que sé de tu trabajo.

Las imágenes revelan un encuentro privado de Patricia con un agente antinarcótico, en un restaurante al oriente de la ciudad. Según el grupo de inteligencia de Elkin, el oficial Omar entregó a Patricia un sobre con dinero: pagos clandestinos que agentes de la policía realizan a civiles por trabajos encubiertos o venta de información clave.

Al examinar las fotografías, Patricia siente que la respiración se le corta. Perpleja, mueve los labios con precaución y vuelve a colocar una a una las imágenes dentro del sobre. Es consciente que podría articular las últimas palabras de su vida.

—¿De qué trata esto, Elkin? —requiere con aire determinado. El abundante rímel en las pestañas refuerza su mirada—. ¿Desde cuándo me vigilas?

Elkin evita responder a la pregunta, limitándose a juntar las manos sobre los muslos cruzados y a esperar en un silencio acusador. Ella inspira profundo, se pasa la mano por el cuello y reniega, luego recoge su pelo negro azabache en una cola y vuelve a soltarlo. Elkin espera paciente.

—Es el pago por un servicio —titubea ella. Su mirada se hace dócil—. ¡Ya sabes! Cosas de trabajo.

—¿Con un agente antinarcótico? —objeta Elkin.

—Hay cosas que no debo decir.

Elkin lanza un bufido y desvía la mirada con desdén. Le irrita el rodeo de la damisela. De pronto, se gira iracundo y de un bofetón inesperado tumba a Patricia en el sofá. Ella lanza un grito y se cubre la mejilla con las manos.

—Hace dos días asesinaron a William —le grita Elkin, se le va encima y hala a Patricia por los pelos. Ella lanza otro alarido—. Íbamos a reunirnos con el jefe de este oficial y fuimos emboscados. Alguien filtró información.

—No es lo que crees —jadea ella. En un forcejeo se incorpora y trata de alcanzar la PT 22 de su bolso sobre el sofá. De un manotazo Elkin tira el bolso al suelo. Le aprieta las mejillas con la mano derecha y la fuerza a colocarse en pie.

Los sollozos ahogan las palabras de Patricia, que intenta desprenderse del agarre de su verdugo.

—¿Cuánto costó tu traición? —la lanza contra el sofá.

Aterrorizada, Patricia se incorpora acezante sobre el sillón. El sudor deshace las sombras del rímel, que se escurre por las mejillas rosadas.

—Te juro que no sé de qué hablas —tartamudea entre sollozos—. ¿Cómo podría saber de aquel encuentro?

Elkin se voltea, toma la 9 mm de la mesa y le enrosca un silenciador que saca del bolsillo del pantalón. Vuelve a sentarse en la silla frente a ella con la pistola apoyada en el muslo derecho.

—Quiero los nombres de quienes compraron la información.

Entre hipidos Patricia vuelve a sobarse la mejilla ardiente y mira con rabia a su verdugo. En su experiencia de tratar con hombres, nunca había recibido maltrato físico, pero sabe reconocer a un hombre resuelto a todo. Y esa noche, su amante transformado en malvado, sería capaz de sacarle la verdad incluso arrancándole la piel.

—Te diré lo que quieres saber —balbucea entre hipidos y se seca las lágrimas—. Pero... no me lastimes.

Elkin permanece imperturbable, solo la observa sin modificar la tensión en la empuñadura de su pistola.

Patricia hace varias inspiraciones profundas y de a poco deja de sollozar; rastros de lágrimas negras quedan tatuadas en las mejillas. Los labios tiemblan con sus pulsaciones, se endereza un poco y se recoge el pelo.

—Escoge bien lo que vas a decir —advierte Elkin. Toma su copa de coñac de la mesita y se da un trago.

En sus largos años de encuentros libidinosos con Patricia, Elkin había creado un apego enfermizo hacia ella, le gustaba su sensualidad tropical y su discreción incondicional. Perdido en el peso de sus obligaciones y la crisis matrimonial, siempre terminaba refugiado en las caricias de *La manager*. Pero también la utilizaba para sus trabajos más sucios. Le pagaba por toda información que, mediante el uso de sus artimañas, Patricia lograba substraerles a sus objetivos. Elkin la codificó como *"MH-21"*: un eslabón importante en su dinámica de trabajo encubierto.

Por otro lado, Patricia Londoño era una agente independiente, no tomaba partidos y se lucraba de todos, de los sueldos garantizados por Elkin y de la buena paga de sus otros clientes: empresarios, políticos, narcotraficantes y bandidos acaudalados, que desnudos en sus brazos, y bajo el nirvana del sexo, el alcohol y las drogas, respondían sumisos a sus exigencias; información que luego vendía al mejor postor, incluidos periodistas y editores de revistas.

—Hace unos meses visité a un cliente en un club exclusivo —susurra Patricia, los movimientos de sus labios parecen ralentizados por la conmoción—. Mis servicios representaban un regalo de un empresario a este nuevo cliente —se limpia la nariz con el dorso de la mano derecha e inspira profundo—. Pero el sujeto no buscaba servicios sexuales. Me encomendó una misión.

Elkin muestra interés, toma otro trago de la copa y relaja la tensión de su postura. Ella lo mira asqueada.

—El sujeto quería un video de mi encuentro sexual con un funcionario, deduzco que lo utilizaría para chantajearlo y obligarlo a recibir sobornos. Me prometió una buena paga. Pero el objetivo era un hombre con valores morales. No sería fácil. Debía trabajarlo. Así que, tras un seguimiento, nos conocimos en un gimnasio que él visitaba terminada su jornada laboral, y yo empecé a acercarme bajo la fachada de una estudiante uruguaya en intercambio universitario. Un día después de una cena romántica, lo impulsé a quedarse en la habitación del hotel donde simulaba quedarme. Todo quedó grabado en videos —superada por el remordimiento, Patricia hace una pausa, se tapa los labios con la mano izquierda y niega con la cabeza.

—¿Por qué querían chantajear al funcionario?

—No lo sé. Quien me encomendó la misión no lo reveló, pero yo intimé con el funcionario y supe que es un agente aduanero, que trabaja en el aeropuerto internacional de Medellín. Sin duda, los sobornos implican sus servicios como aduanero.

Elkin estaba familiarizado con ese *modus operandi*. Los delincuentes lo utilizan con frecuencia, corrompen a funcionarios de puertos aéreos y marítimos para lograr sus objetivos. Cuando las autoridades aprehenden a un funcionario corrupto, los malhechores lo reemplazan por otro. Los funcionarios honestos son sometidos a engaños y obligados a aceptar sobornos.

Patricia se muerde los labios y mira a Elkin con los ojos entornados.

—No sé nada sobre la muerte de tu cuñado.

Elkin la repara por unos segundos mientras sobajea su copa, luego se inclina un poco hacia adelante del sillón.

—¿Cómo se llama la persona que te encargó grabar el video?

—No sé su nombre. Otro cliente exclusivo lo recomendó. Él solo prometió una buena paga —Patricia permanece pensativa por unos segundos—. Pero bien sabes que suelo rastrear las fuentes —comenta y une las manos sobre su regazo—. Descubrí que este sujeto era un comandante de la policía. Comandante Camacho.

—¿Estás segura? —se alarma Elkin—. ¿Sabes que se trata de un oficial antinarcótico?

—¡Es un corrupto! —acota ella con firmeza.

Elkin se toma el último trago de su copa y trata de conectar los puntos.

—¿Lo has vuelto a ver?

—No, envió el pago de mi trabajo con el hombre de las fotografías —Patricia se frota la frente y recompone su postura con las piernas cruzadas; sus ojos claros vuelven a brillar vivaces—. Yo nunca te traicionaría, Elkin —comenta y busca de nuevo la mirada de Elkin. Él se levanta de la silla con la pistola en la mano. Ahora parece molestarle que su informante trabaje para cualquier bando. Pero en eso, él también carga con la culpa. La entrenó para el lucrativo negocio de vender y sustraer información de objetivos.

—¡Comandante Camacho! —susurra él, mientras camina de nuevo hacia el mueble bar.

Si la información de Patricia era cierta, revelaba una conexión directa entre el comandante Camacho y el Cartel Reinoso-Paredes, sus ejecutivos corrompen aduaneros y controladores aéreos en las principales ciudades del país para el contrabando de bienes ilegales. Era probable que el oficial Camacho estuviera al tanto del encuentro secreto entre William y el comandante Sarrías en Panamá; lo que le permitió filtrar esa información al CRP y como resultado dicha organización ordenó la emboscada donde William fue asesinado.

Elkin llena su copa con whisky y añade un gran cubo de hielo antes de dar un sorbo. Luego, regresa al sofá pensativo.

—Necesito que vuelvas a contactar a este sujeto —le exige a Patricia.

Ella lo mira con detenimiento; lee su intención, sabe que él es un conspirador nato, se hace consciente de lo que vendrá.

—Ahora lo harás para mí —solicita él inspirado como en una idea repentina. Los ojos de Patricia vuelven a encenderse con el fuego intenso de la confabulación y, sin tan si quiera escuchar la propuesta de Elkin, asiente sumisa embriagada con el veneno de la codicia.

CAPÍTULO IV

En la amplia explanada de la terminal cuatro del aeropuerto internacional de Fort Lauderdale, ataviado en un traje de lana negro y con gafas de sol, el oficial Jebb Taylor de la DEA, en una postura firme, espera paciente la llegada de los Mancini, consciente que una nueva misión está por empezar.

—¡Bienvenidos de regreso! —los saluda con cortesía a su arribo, estrecha la mano de Victoria y luego la de Martín—. Una vez más, lamento su pérdida.

Victoria asiente con desgano. A pesar de las gafas oscuras deja ver sus ojeras, que no logran ocultar su cansancio. Con la chaqueta doblada en la mano izquierda camina junto a Jebb, quien la pone al corriente de los avances de la investigación sobre la muerte de William. Jebb le informa que una comisión de peritos de la DEA se desplazó hacia Panamá para trabajar en el esclarecimiento del atentado. Además, su departamento ya cuenta con muestras valiosas y declaraciones de testigos claves, lo que indica que pronto tendrán resultados concretos.

Martín camina detrás del agente Jebb y de su madre. En su espalda le pesa la mochila con los documentos de William, entre ellos La Alézeya. Los parpados violáceos y los labios resecos lo hacen ver extenuado, casi enfermo.

—Nuestro departamento trabajará en conjunto con las autoridades panameñas y colombianas en la investigación —agrega Jebb—. La muerte de su esposo no quedará impune.

—Lo que más deseo es poder limpiar su nombre y el de la familia Mancini, que fueron mancillados —señala Victoria sin aminorar el paso sobre la plataforma.

—Ayudaremos en lo posible. La fiscalía colombiana conocerá de la cooperación de William con nuestro departamento.

Luego de los trámites migratorios, los Marín abandonan las instalaciones del aeropuerto abordo de un Toyota Land Cruiser negro en dirección sur. El auto va conducido por otro agente de la DEA, que se unió a Jebb en el exterior del aeropuerto.

—Las mafias políticas asociadas al narcotráfico se apoderan de mi país —comenta Victoria cuando el auto se pone en marcha.

Desde el asiento del copiloto Jebb le lanza una mirada furtiva.

—Lastimosamente, aún no vislumbramos una salida clara a este flagelo —agrega el oficial, consciente del peso de sus palabras.

—Es una guerra sin fin —concluye Victoria pesarosa.

El sol matutino brilla insidioso sobre el *express lane*; el auto de la DEA transita cerca del límite de la velocidad permitida. Los autos se suceden unos a otros lanzando destellos y rugidos eléctricos en los puentes elevados. Una bruma de vapor se levanta del asfalto caliente y deja en el aire un aroma a caucho quemado.

—¡Tarde o temprano, ganaremos esta guerra! —se arrellana Jebb en su asiento—. Lucharemos el tiempo que sea necesario hasta lograrlo. Lo hacemos por convicción y, sobre todo, en honor a nuestros caídos.

El oficial enfatiza la última frase y vuelve la vista hacia atrás, dejando entrever que su referencia incluye a William.

Con la cabeza apoyada en el respaldo del asiento trasero, Martín lo escucha con atención. Le queda claro que su padre colaboraba con la DEA, pero desconoce qué tan cerca era su relación con Jebb Taylor. Así que, en un intento por aprovechar la situación, decide averiguar si él y su madre pueden contar con un aliado dentro del departamento.

—¿Cuándo fue la última vez que habló con mi padre, oficial? —se atreve a preguntar y se inclina hacia adelante en la silla.

Victoria analiza la cuestión con sorpresa en su rostro, sus cejas se fruncen y sus labios se aprietan. Jebb se gira hacia ella buscando su aprobación, y tras recibir su asentimiento, responde a Martín con voz serena

—Hablamos por teléfono el día anterior a su asesinato —los ojos rojos de Martín clavados en los suyos le resultan perturbadores al oficial.

—¿Cuál era la misión que mi padre cumplía con su departamento, oficial?

Victoria se inquieta, apoya una mano sobre el brazo derecho de Martín e intenta contener su indiscreción. El conductor, por su parte, echa un vistazo rápido en el espejo retrovisor.

—¿A qué te refieres, Martín? —Jebb se retira las gafas de sol.

Con las manos entrelazadas sobre los muslos e ignorando los reparos de su madre, Martín parpadea nervioso, pero se atreve a más.

—¿Sabe si además del Cartel Reinoso-Paredes mi padre investigaba a otra organización? —le sostiene la mirada al oficial y busca respuestas, no solo en las palabras o en las inflexiones de voz, sino también en lo más profundo de su mirada, en las variaciones inconscientes de sus pupilas.

—Esa es una información confidencial —señala Jebb—. Pero debes saber que tu padre fue un patriota, ayudó al exterminio del cartel Reinoso-Paredes que tanto daño ocasionó a tu familia y a tu país.

Martín aprieta su mochila con las manos y evita toda reflexión sobre los elogios hacia su progenitor. Más bien analiza que, si su padre hubiese confiado a Jebb sus sospechas sobre el *Círculo de la Corona*, el oficial habría mostrado alguna señal de desconcierto, por mínima que fuera: desviar la mirada o contraer la pupila. Pero contestó demasiado rápido, firme y sin dudar, lo que le permite concluir, casi con certeza, que Jebb ignora las otras investigaciones que su padre realizaba. De modo que las referencias sobre el *Círculo de la Corona* descritas en La Alézeya constituyen un secreto.

Desvía la mirada hacia su ventanilla y desde la altura del puente vial por el que se eleva el auto, observa las lagunas que, en el ambiente tórrido de la ciudad, adoptan un color turquesa entre los edificios y las palmeras. Después, comienza a masajearse los brazos, mostrando indiferencia hacia las miradas de Jebb y su madre.

Minutos más tarde, el conductor, un moreno de frente brillosa y pelado al rape, marca suavemente el direccional hacia Ponce De León Boulevard. Calles sombreadas y mansiones con extensas áreas verdes se abren a lado y lado de la vía. El auto sale de la avenida principal y, tras pequeños giros en vías secundarias, entra a la propiedad de los Marín en Coral Gables: un edificio marrón de tres plantas con terraza en el segundo piso se levanta detrás de un pasto rejuvenecido. Una fuente rodeada de rosas emana agua desde una tinaja sostenida por una escultura en forma de mujer.

—No dude en contactarme ante cualquier circunstancia —le indica Jebb a Victoria, cuando se despide en el portal de la casa.

—Así será, oficial —responde ella—. Agradezco me mantenga informada con respecto a la investigación.

—Sin duda. De igual modo necesitaremos de su colaboración.

Martín aprovecha el espacio y se escabulle a su alcoba, en el tercer piso. La habitación es una réplica casi exacta de su cuarto en la casa de Medellín: una cama de roble tallado ocupa el centro, mientras que las paredes están adornadas con pinturas de su autoría, enmarcadas en cuadros barnizados. Hacia el fondo de la habitación se encuentra una cajonera de madera con lienzos, paletas y potes de pintura, así como una mesa plegable, un taburete y un sillón. Frente a la ventana de cristal que da a la avenida hay un escritorio con una laptop y sobre un caballete reposa un lienzo con una pintura a medio terminar.

Rebosante de energía, Martín se acerca a la mesa plegable, toma los pinceles, las paletas y las acuarelas y los guarda en la cajonera.

—La pintura esperará —murmura.

Rueda una silla y se sienta frente al escritorio. Extrae uno a uno los documentos de la mochila. Esparce las fotografías sobre la mesa y vuelve a detallar los retratos a la luz del flexo. Efectivamente, confirma que el personaje alto, de cara perfilada y bigotes poblados, es Antonio Paredes.

Saca una lupa de una gaveta y discrimina los detalles brumosos en cada una de las fotografías. En el centro superior de una carpeta, en la mano del sujeto entrecano, detalla una insignia en forma de corona; el símbolo es similar a las coronas que portan los *jinetes* dibujados en La Alézeya.

El hallazgo le eriza la piel. La relación entre las insignias de las fotografías y los que aparecen en el manuscrito de su padre, le confirman que La Alézeya ha sido codificada y estructurada con mensajes ocultos, símbolos, palabras o frases que no se develan con una lectura convencional, sino que se esconden tras saltos o se ocultan bajo capas de análisis e interpretación. Desea correr y contárselo a su madre, pero se contiene, ya que aún desconoce el significado de dichos códigos escritos por su padre.

—En verdad, existen los *jinetes* del Círculo de la Corona —se dice intrigado.

Vuelve a detallar con la lupa la pequeña insignia en forma de corona reflejada en la fotografía. En medio de la aureola hay otro símbolo, un agregado que Martín intuye como una señal, pero que le es difícil precisar.

Abre La Alézeya justo por el centro de las páginas y localiza rápido la alegoría que su padre dibujó sobre el *Círculo de la Corona*. Detalla el símbolo en la base de la corona del *jinete* ubicado en la cúspide, es un águila calva con las alas abiertas. Efectivamente, la marca borrosa en la corona de la fotografía corresponde a este símbolo. Martín se cuestiona si el hombre entrecano es el *jinete rey*, o si tan solo es un emisario. Su padre no menciona en el manuscrito los nombres de los líderes de dicha organización, pero acorde con la complejidad del pensamiento de William, Martín sospecha que los nombres de los *jinetes* coronados yacen codificados dentro de la propia Alézeya.

Desde que era niño, William había inculcado en Martín la idea de que el mundo está repleto de códigos ocultos: en los libros, las pinturas, los periódicos, la radio e incluso las esculturas. Si pudiéramos descifrar cómo se han codificado, encontraríamos la clave para descubrir el significado de todo y una gran cantidad de verdades saldrían a la luz. Martín intuye que su padre le legó La Alézeya porque hay mensajes destinados exclusivamente a él, mensajes que nadie más podrá descifrar. Descubrir la estructura del manuscrito será todo un reto, pero primero deberá encontrar otras señales que confirmen que la Alézeya, en verdad, contiene un código oculto.

"Si averiguo quiénes son los sujetos en las fotografías y su relación con los jinetes coronados, habré resuelto parte del misterio —razona Martín con inquietud. Inspira profundo y trata de contenerse un poco—. *¿Por qué razón mi padre ocultaría en capas y más capas, la información que quería revelarme?"*

Martín reconoce que quizá, se ha vuelto obsesivo en la búsqueda de señales ocultas en cada aspecto relacionado con su padre. Desperdiciaría meses o años para descifrar los supuestos códigos secretos de La Alézeya, y probablemente, al final de todo aquel esfuerzo, solo encontraría galimatías.

"¿Y si los mensajes literales del manuscrito son toda la verdad? —razona—. *Las evidencias indican que mi padre fue asesinado, justo antes de descubrir a los líderes del gran Círculo de la Corona; quizá él nunca supo tal información. Pero, entonces, ¿quién ordenó su muerte?* —Apoya el mentón en su mano derecha—. *¿El CRP o el Círculo de la Corona?"*

Enciende su laptop sobre el escritorio, y mientras se carga el computador deambula pensativo por la alcoba, con los brazos cruzados a la espalda. Luego se detiene justo frente a una pintura colgada en una de las paredes de la habitación. Se trata de un óleo con combinaciones de líneas y tonalidades grises que parecen refractar en un espejo de agua. Martín no repara en ella, la falta de referencias visuales de la pintura lo sumerge en sus propias cavilaciones.

"*¿Para qué mi padre me heredó sus investigaciones secretas si no sé cómo interpretarlas?* —se cuestiona con amargura—. *¿Por qué no las entregó a la DEA, a mi tío Elkin, o a mi madre?*"

Su cuerpo se estremece; la mano izquierda le tiembla incontrolable. El aire se comprime en sus pulmones y parpadea con intranquilidad. De repente, ve un caballo blanco galopando en la superficie de la pintura, luego un águila calva que lleva una corona de cinco puntas en su cabeza, y trata con sus garras de controlar al caballo, que desenfrenado arrastra una nube oscura sobre la ciudad. Martín se balancea y reniega con nerviosismo, no comprende el significado de aquella visión. Nuevos *flashes* de símbolos y códigos le inundan la mirada. Finalmente, con los ojos desorbitados y con voz temblorosa exclama:

—¡No puede ser! Debo completar la misión de mi padre: descubrir quiénes son los *jinetes coronados*.

CAPÍTULO V

—¡*Monsieur Martín! La table est servie* —anuncia Victoria tras la puerta.

Martín cierra con arrebato las ventanas en su computador que muestran información sobre los altos ejecutivos del CRP, y acude presuroso al llamado de su madre. Agradece el recato que lo protege de que ella entre sin anunciarse en su habitación, ya que desea evitarle un disgusto si se entera de sus investigaciones. Con la mente en la tarea que acaba de abandonar, camina por el pasillo alfombrado y baja hasta el comedor, ubicado en la segunda planta.

En la mesa principal se encuentra una bandeja de porcelana blanca situada encima de un individual marrón. Sobre ella, un exquisito *magret* de pato con salsa de naranja, cortado en pequeños filetes y acompañado de una guarnición de patatas, ensalada de champiñones y hojas verdes salteadas. A un lado de cada plato, dos copas de vino Cabernet Sauvignon y el juego de cubiertos alineados sobre finas servilletas bordadas.

Victoria se ve inmersa en una especie de deleite hipnótico al probar la comida. Los intensos sabores y aromas de los platos franceses le recuerdan su adolescencia en las campiñas de Borgoña, donde rodeada de huertos y viñedos, disfrutaba de deliciosos platillos en una larga mesa familiar al aire libre, acompañada por sus abuelos, primos y tíos maternos.

—¡Una delicia! —comenta Martín tras probar el *magret*, aunque él ha perdido el apetito, sabe que preparar comida francesa es un grato pasatiempo para Victoria—. Muchas gracias, madre.

—¡*Bon appétit*! —responde ella con entusiasmo. Mastica con gusto cada bocado y hace referencias sobre cómo su abuela elaboraba dicho platillo, con salsa de soja, miel y especias chinas.

Martín presta atención a la descripción que su madre le hace, permitiendo que estimule su apetito. Sin embargo, al momento de consumir el *magret*, lo hace con poco deseo, dando pequeños bocados y sin disfrutar del exquisito sabor.

Al terminar el plato fuerte, Victoria le sirve un *clafoutis* de cereza.

—¡Tu favorito! —le dice con una leve sonrisa.

Presa de un júbilo inesperado, ella devora el postre con ansiedad. Suspira por otra porción, pero calma el antojo con el vino.

—Deseo que vayas a la universidad —le plantea a Martín después de terminar su copa—. Estudia pintura, apreciación del arte, administración de empresa o lo que dicte tu corazón, pero es necesario que retomes los estudios.

Martín la observa taciturno; hace un parpadeo rápido y asiente con la cabeza, más con desgano que con muestras de satisfacción. Es consciente de que su madre se encuentra en una situación más difícil que la suya. A pesar de que ella tiene la fortaleza y las relaciones necesarias para comenzar una nueva vida en Miami, es una mujer que siempre anheló volver a Colombia para liderar sus empresas y recuperar su matrimonio. Sin embargo, las circunstancias cambiaron drásticamente, las empresas Mancini quebraron y William fue asesinado, lo que la dejó sin sus más grandes anhelos y sumida en el dolor, aunque ella intenta mostrarse fuerte.

—Debemos continuar con nuestras vidas, hijo —agrega Victoria—. No podemos fallarnos en eso. Es lo que tu padre siempre anheló.

—Lo intentaré —responde finalmente Martín, sin convicción. Se limpia las comisuras con una servilleta y cruza las manos sobre la mesa.

—¿Qué te gustaría estudiar?

Martín permanece ensimismado, sin pronunciar palabra por un momento. Victoria sigue su mirada, sabe cuál será su respuesta: él no tiene interés en asistir a la universidad, pero ella está dispuesta a apoyarlo en cualquier decisión, con la condición de que sea dentro de un *campus* universitario.

—Decide a tu voluntad, hijo —le incita.

—Restauración de bienes culturales —murmura él luego de mover los ojos de derecha a izquierda—. Eso es lo que estudiaré, mamá.

Era la tercera vez que le decía lo mismo, siempre en un tono evasivo.

—Está bien —Victoria frunce los labios con resignación y vuelve a rellenar su copa de vino—. Te inscribiré en la universidad.

Un silencio efímero invade el ambiente y reemplaza la sensación de armonía que se había experimentado durante la comida, generando ahora un atmosfera tensa y llena de recelos.

—Quiero preguntarte algo, mamá —exclama Martín titubeante—. Pero, ante todo, necesito que seas sincera conmigo.

Victoria levanta la mirada y lo observa con aire de turbación. Trata de adivinar las intenciones de su hijo, luego asiente despacio y coloca la copa sobre la mesa.

—Quiero que me hables de papá —continúa Martín—. La parte del hombre que no conocí.

Ella traga en seco y hace una inspiración profunda.

—¿Qué deseas saber, hijo? —dispone en voz baja.

—Todo. Pero primero quiero saber si tú conocías sobre su vida secreta.

Victoria parpadea y desvía la mirada en un gesto reflexivo. Luego se endereza en la silla y apoya las manos en su regazo.

—Siempre supe de las actividades encubiertas de tu padre —comienza su discurso—. Pero, por nuestra seguridad, él evitó siempre implicarnos en sus asuntos y nunca le faltó a ese propósito.

—¿Cómo empezó todo?

—Después del asesinato de tu abuelo, Lorenzo Mancini, William se obsesionó con la idea de vengar su muerte y se unió al *B1*, una agencia de seguridad del estado colombiano. Sin embargo, descubrió que no era fácil cortar cabezas debido a la compleja red de intereses económicos y de poder que se escondía detrás del crimen. Esa red no solo vinculaba a carteles del narcotráfico, sino también a políticos y militares corruptos en Colombia. Un laberinto sin salida diseñado por cada vez más amplios círculos de corrupción, entrelazados como eslabones de una gran cadena.

—¿Y por qué no detuviste a papá?

—Éramos soñadores, siempre lo fuimos. Creíamos que cambiaríamos el mundo… y cometimos un error.

—¡¿Cometimos?! ¿Tú también crees en la venganza, mamá?

Victoria se da cuenta de su comentario y lamenta haberlo mencionado. Sin embargo, es consciente de que ya es demasiado tarde para ocultar sus errores.

—Al principio, apoyé la decisión de William. Se suponía que solo transferiría información al *B1* y tenía una coartada perfecta como director de la compañía aérea Horizontes Ltda. Sin embargo, las cosas se salieron de control. Los agentes corruptos de la policía filtraron su identidad secreta, lo que lo llevó a estar involucrado en un complot institucional. Como resultado, los corruptos que asesinaron a tu abuelo también asesinaron a Isabel. Esta tragedia radicalizó a William y lo llevó a un abismo del que no pudo salir —Victoria se torna melancólica, levanta la copa de vino y toma otro trago—. Aquellas muertes exacerbaron más su deseo de venganza.

Mientras escucha a su madre, Martín experimenta la ambivalencia entre la constricción por la crudeza de la realidad que él mismo ha padecido y el alivio por la franqueza de sus palabras.

—Y, ¿qué impidió que él abandonara el *B1* cuando todo se salió de control, antes de la muerte de Isabel?

Victoria examina a Martín con cuidado, le sorprende la madurez con que él asume los hechos que ella le narra, es como si ya los conociera de antemano. Reflexiona si hizo bien en ocultarle la verdad por tanto tiempo.

—William descubrió secretos que vinculan a aristócratas y dirigentes políticos, tanto dentro como fuera de Colombia, con el narcotráfico y el lavado de activos. Sin embargo, su decisión de revelar la verdad le costó caro: lo convirtieron en un chivo expiatorio y un objetivo militar a eliminar —Victoria hace una pausa y cuando retoma el hilo de su disertación se le quiebra la voz—. Por nuestra seguridad, William no pudo abandonar sus actividades, se había labrado muchos enemigos y sus acciones tendrían graves consecuencias en nuestras vidas. Lo que sucedió al final.

Un brillo de lágrima se asoma en los ojos de Martín. Ahora comprende bien los motivos por los cuales su padre evitó el exilio junto a ellos en la Florida.

—¿Crees que el *B1* lo traicionó? —pregunta acodado en la mesa, sin desviar la atención en su madre.

—Todo apunta a esa posibilidad —replica ella. Vuelve a tomarse otro trago de su copa—. Lo dejaron solo, expuesto a sus enemigos, perseguido por la propia institución a la que sirvió y por el Cartel Reinoso-Paredes —la mirada de Victoria queda detenida en el vacío como en una introspección, luego retoma el hilo—. Tu padre poseía evidencias que comprometían la honorabilidad de algunos generales colombianos, fue un agente que se salió de control y por eso buscaron callarlo... pero él siempre creyó que era mejor una muerte con dignidad que encubrir la infamia.

"Eso no lo haría mejor que sus enemigos" —rememora Martín un fragmento en La Alézeya donde su padre explicaba sus más profundas convicciones.

—¿Entonces, crees que él fue un patriota? —interpela Martín, empieza a frotarse despacio los brazos sobre la mesa.

—Mal haría en pensar lo contrario —Victoria observa el vino en su copa, y tras unos segundos levanta la mirada—. Es un mártir, un agente que enfrentó en solitario una guerra contra los corruptos más poderosos del país.

—¿Por qué nunca me dijiste la verdad sobre la muerte de Isabel? —lanza Martín, y al movimiento espástico de sus manos se le suma un parpadeo nervioso.

Victoria lo mira con pesar. La culpa le estruja el pecho.

—Lo que más deseaba era protegerte —refiere con ternura y contiene las lágrimas. Luego inspira profundo y se controla—. Debes saber que cualquier circunstancia relacionada con los secretos de tu padre aumenta el peligro en nuestras vidas, incluso aquí en el exilio.

Martín detiene el refriego de sus manos y baja la mirada; ahora se ve abatido.

—¿Crees que corremos peligro aquí, aún después de la muerte de mi padre? —se estremece.

Victoria mueve despacio las comisuras labiales a un lado y al otro. Luego se levanta del comedor y camina silenciosa hasta una mesita de madera en el pasillo. De una de sus gavetas saca una caja de cigarros. Enciende uno y lo aspira con muestras de ansiedad.

—Quisiera pensar que todo ha terminado, hijo —comenta y exhala humo por sus labios—. Pero tenemos enemigos que no se detendrán en su labor. Solo el tiempo lo dirá, por lo tanto, tomaremos precauciones.

Martín se reacomoda en la silla.

—¿Podremos algún día limpiar el nombre de mi padre y que el mundo conozca la verdad sobre su vida?

Victoria vuelve el cigarro a los labios; su mirada ahora muestra un brillo que Martín no logra interpretar: resignación, anhelo, enojo.

—Ten por seguro, hijo, que lucharé con todas mis fuerzas para que se haga justicia con tu padre —exclama luego con vehemencia.

—Y, ¿qué sabes sobre el *Círculo de la Corona*? —Martín lanza de improviso, y arropa a su madre con la mirada.

Al oír aquel nombre, a Victoria le cambia el semblante del rosado al pálido. Las piernas le flaquean y con nerviosismo solo logra inhalar y exhalar el humo de su cigarro.

—No sé de qué hablas, Martín —evade el tema con aspereza—. Es mejor que olvides esos asuntos de tu padre. Debes dejarlo ir.

CAPÍTULO VI

Tras registrarse en un motel reservado en las afueras de Medellín, Patricia Londoño sube por el ascensor y camina hacia una suite en el tercer piso del *"Love & Love"*. El pelo negro ensortijado le ondea sedoso sobre el top rojo cruzado a la espalda; medias veladas de malla le aprietan hasta la cintura cubierta por una minifalda negra. Con gestos marcados de la boca mastica un chicle mientras juguetea con su cartera en la mano izquierda.

Con pasos firmes, la espalda recta y la pelvis echada hacia adelante, la damisela se adentra en el pasillo. Solo el taconeo de los *stilettos* sobre el porcelanato rompe el silencio. Se detiene justo en la puerta 307, pasa una tarjeta electrónica y se escabulle al interior de la suite. Una cama *king size* con almohadones de plumas y edredones violetas domina el lugar; sus sábanas cubiertas por pétalos de rosas se reflejan en un espejo ubicado en el falso techo. Tras una mampara de cristal las aguas tibias de un *jacuzzi* borbotean frente a una hielera con Rioja Bordón y dos copas globos.

Transcurrido algunos minutos, la puerta de la habitación vuelve a abrirse, y tras el chirrido de los goznes, el comandante

Camacho se escurre al interior. Viste de civil: pantalón *beige* y camisa a cuadros manga larga.

—¡Ole, gatica! ¿Empezaste sin mí? —juguetea él con Patricia, que le sonríe sumergida en la tina vaporosa.

—Te espero, amor —canturrea ella zalamera y enseña una pierna bronceada por encima de la espuma—. Ven. Déjame consentirte.

El oficial inspira profundo y siente el aroma a frutos rojos del vino que ella degusta en una copa. Se deshace rápido del atuendo y con la toalla cruzada a su cintura camina erguido hacia el *jacuzzi*. Patricia se inclina en el borde de la tina y escancia vino en la otra copa; el comandante observa como el agua le escurre por la espalda y siente al instante cómo su sangre le late en el pubis. La piel se eriza y los músculos de las piernas se contraen. Deja caer la toalla en el piso y se sumerge desnudo en la tina.

Patricia le entrega la copa de vino y lo recibe con besos, lengua y gemidos.

—¿Muchos peces malos? —le susurra al oído.

Él se percata que ella lo reconoce como policía, pero la excitación ya lo domina así que evita reparar en el asunto.

—Muchos —contesta agitado.

Ella le masajea los muslos con la rodilla izquierda y la sube hasta la entrepierna.

—¿Ningún pez gordo? —susurra mientras le mordisquea el hombro derecho.

—Ninguno —jadea él y le besa los pezones erectos.

Ella aparta los cabellos mojados de su frente y se desliza sobre él. Le toca la intimidad con la mano izquierda y le siente el vibrar del cuerpo.

—¿Ningún capo en el radar? —emite ella un quejido y sonríe gozosa.

—Muchos —él se retuerce y tras lanzar un suspiro apoya su copa sobre la madera alrededor de la tina.

Ella detiene los besos en su cuello y lo mira a los ojos.

—¿Te gustó el trabajo que hice con el aduanero?

—¿Cómo sabes que el sujeto era un aduanero? —Se enseria el oficial y la aparta un poco.

—Sólo lo sé... de igual modo como sé que tú eres policía y que atrapas peces malos —alardea ella y le aprieta de nuevo los bajos—. Pero eso no cambiará los negocios, ¿cierto?

Él se relaja un poco por la excitación y le quita yerro al asunto.

—Muy bueno saber con quién te acuestas —expresa él irónico y la besa en el cuello.

Ella vuelve a sonreír con aire juguetón, un brillo titila en sus ojos claros.

—Recibí el dinero —dice y le lame la oreja izquierda.

—Es sólo el comienzo —comenta él.

Ella lo cabalga con determinación; el comandante siente que ingresa a su interior y le aprieta las nalgas con sus manazas.

—Ya veremos adónde nos lleva todo esto —suspira Patricia y lo besa en la boca.

Él siente el periné de su amante contraerse varias veces; frunce el rostro en un quejido y los ojos le blanquean.

Un portazo en la habitación extrae a la pareja del éxtasis; el comandante se estremece del susto e intenta desprenderse de los brazos de Patricia. Al instante, dos hombres con pasamontañas y armados de pistolas con silenciador se deslizan presurosos al interior de la suite y corren hacia él.

Patricia da un grito, el comandante la lanza a un costado de la tina y trata de agarrar su toalla. Uno de los sujetos cruza la mampara de cristal y llega hasta el *jacuzzi* blandiendo el arma.

—Toma tus cosas y lárgate —le ordena a Patricia.

Ella sale temblorosa de la bañera y se cubre con la toalla. Errática se coloca la pequeña ropa que traía puesta, toma el bolso y desaparece del lugar con los tacones en la mano.

—¡Vístete! —ordena uno de los sujetos al oficial y le tira la ropa al piso.

El que permanece en la retaguardia recoge del nochero las pertenencias del comandante: la pistola, la billetera, dos anillos y un reloj, y las deposita en un bolso que lleva a la espalda.

El comandante se percata que se trata de profesionales, ambos usan guantes para no dejar huellas y pistolas *sig sauer* 9mm con silenciador. Los movimientos son precisos y los músculos ejercitados.

—Cometen un error —expresa mientras se coloca los pantalones sobre el cuerpo mojado—. ¿Saben quién soy yo?

—Comandante Camacho, jefe de unidad antinarcóticos en Medellín —responde quien está más cerca—. En conclusión: un corrupto.

—¿Qué quieren de mí? —se abrocha él la camisa que se adhiere a la piel húmeda.

—Ya lo entenderá.

El sujeto de la retaguardia se acerca brusco al oficial y le propina un puñetazo en el estómago, el comandante se dobla y emite un sollozo de dolor; le sigue un fuerte codazo en la nuca que lo deja a merced de sus verdugos. Uno de los hombres lo esposa con las manos a la espalda, coloca una bolsa negra en su cabeza, y desaparecen con él.

CAPÍTULO VII

En otra noche de insomnio frente a su computador, Martín descubre que Antonio Paredes era, a la luz pública, un destacado inversor en finanzas e infraestructura vial, sin embargo, el Tribunal del Distrito Sur de la Florida lo acusa de lavado de dinero, por lo cual está requerido en proceso de extradición. Martín constata que todos los delitos imputados a Paredes fueron descritos en La Alézeya, incluyendo el uso de los *jets* privados de Horizontes Ltda. para transportar a ejecutivos y supuestos inversionistas del CRP, quienes sacaban de Colombia, de manera ilegal, valijas repletas de metales preciosos y los depositaban en bancos de paraísos fiscales en el Caribe.

En las fotografías encontradas en La Alézeya, Martín identifica a Gustavo Reinoso, otro alto ejecutivo del CRP, sentado a la derecha de Antonio Paredes, quien enfrentaba cargos similares a su socio, pero fue asesinado por el *B1* en Santo Domingo. No logra identificar a los otros personajes en las fotos, pero sospecha que podrían ser *jinetes* de la corona. Si su intuición es cierta, aquellas fotografías serían una evidencia del vínculo entre los altos ejecutivos del CRP y el *Círculo de la Corona*.

Martín examina de nuevo La Alézeya y se enfoca en la alegoría del *Círculo de la Corona* trazada por su padre, detalla minuciosamente la imagen de los *jinetes* montados sobre caballos frisones en diferentes niveles. La imagen está cargada de símbolos que evocan poder y orden. Los caballos fueron dibujados en color negro, sólo el ubicado en la cúspide es de color blanco, sus *jinetes* son sombras con túnicas marrones, sobre sus cabezas llevan coronas adornadas con símbolos.

En la cúspide de la alegoría se proyecta el *jinete rey* con una imponente corona de cinco puntas. En la parte frontal del aro de la corona brilla un águila calva con las alas abiertas, emanando una sensación de majestuosidad y clarividencia. Martín comprende que el número cinco tiene una especial relevancia en la organización.

En el segundo nivel de la imagen, dos *jinetes* con coronas de cuatro puntas aparecen junto a sus correspondientes insignias. El *jinete* de la izquierda lleva una espada, mientras que el de la derecha tiene un simurg. En el nivel inferior, otros dos *jinetes* con coronas de tres puntas también presentan sus insignias: un león pasante en la corona de la derecha; y una luna creciente y una estrella en la corona de la izquierda.

Martín considera que el *Círculo de la Corona* se percibe así mismo como una organización orientada a la conquista y el poder. Los símbolos que emplean parecen relacionarse con grandes imperios. Martín deduce que se trata de "líderes que construyen el sistema, comprenden sus fundamentos y los transforman".

En la alegoría, los cinco *jinetes* sobre sus respectivos caballos, distribuidos de forma jerárquica, crean otro símbolo poderoso: la pirámide. Según La Alézeya, esta configuración simboliza la conexión entre el cielo y la tierra, entre la oscuridad y la luz.

"¡Válgame Dios! —inspira Martín—. *El Círculo de la Corona es una organización con visión de supremacía en un nuevo orden mundial. Los jinetes coronados responden a los intereses de quienes, tras las sombras, ostentan el poder y desean conservarlo a toda costa... ¿Cómo se puede enfrentar a un monstruo como este y salir ileso del intento?"* —Martín esboza el mismo dilema que su padre planteó al *Anónimo Z*, cuando se conocieron en Las Bahamas. —*Ahora comprendo porqué asesinaron a mi padre* —y entonces arriba a una conclusión espantosa—. *Él desafió a los poderosos jinetes coronados"*.

Martín se convence cada vez más que, bajo matrices de códigos secretos, la Alézeya oculta evidencias en contra de los *jinetes* coronados. Pero, aunque se devana los sesos para encontrar las pistas, le resulta imposible reconocerlas. Se hace consciente que si su padre, en verdad, codificó La Alézeya, no le será fácil descifrarla. Con seguridad él empleó los mecanismos más efectivos para esconderlos.

Necesita buscar ayuda para avanzar en su investigación, pero en ese propósito también enfrentará otro gran obstáculo: su madre. Ella hará todo lo posible para evitar que se entrometa en los asuntos de su difunto padre.

—Entonces, ¿quién podrá ayudarme? —se cuestiona Martín y apoya el mentón sobre el puño de sus manos entrelazadas.

Pensativo, repasa en La Alézeya, el capítulo donde su padre describe la función de los *Anónimos* y sus misiones dentro del B1. A medida que avanza en la lectura, se detiene justo donde William menciona un encuentro con uno de sus colaboradores más cercanos, "El *Anónimo X*". La mención de este personaje le genera una gran curiosidad.

"¡Es una pista! —advierte Martín—. *¿Quién es el Anónimo X? No es arbitraria la anotación sobre este encuentro"*.

A diferencia de La Alézeya, en internet se informa que el *Anónimo X* es un delincuente buscado en varios países por delitos de lavado de activos y falsificación de documentos. La información disponible sobre él es especulativa y plagada de rumores periodísticos. Aunque hay teorías sobre su vinculación con el tráfico de drogas, el *B1* y los departamentos de seguridad norteamericanos, lo cierto es que lidera la lista de enemigos del cartel del norte de México. Infiltrado en dicha organización, contribuyó a la captura de varios de sus líderes, en la actualidad es perseguido por la Interpol.

"*¡Es un fantasma!* —concluye Martín—. *No podrá ayudarme jamás. Será imposible dar con su paradero*".

De acuerdo con los informes de La Alézeya, cuando el *B1* anunció la muerte del *Anónimo Z* durante una operación en Trinidad y Tobago; el *Anónimo X* se convirtió en el único y último sobreviviente del "*Programa Anónimo*" el cual había sido desmantelado por el general Urdaneta. Sin embargo, lo cierto era que el *Anónimo Z* sobrevivió al ataque, y fuera de los radares de las autoridades; el *Anónimo Z* junto a William y al *Anónimo X*, filtró a la prensa y a los tribunales internacionales, información sobre actividades ilegales de gobiernos y políticos latinoamericanos.

William describe su último encuentro con el *Anónimo X* en la Ciudad de México. Durante la reunión, intercambiaron evidencias sobre un *jinete* coronado radicado en la costa este de los Estados Unidos, un banquero mexicano que duplicó su fortuna mediante la negociación de bonos emitidos por el gobierno federal. La Alézeya no revela la identidad del banquero, pero describe cómo aumentaban las acciones de venta de bonos para obtener ganancias.

Martín reflexiona sobre todas las notas dentro del manuscrito que mencionan al *Anónimo X*, y analiza con cuidado todas sus posibles interpretaciones. Su padre le enseñó a ver el mundo de forma codificada, por lo que le resulta natural pensar en La Alézeya como una estructura de ese tipo. Contempla la idea de utilizar saltos equidistantes de palabras para buscar códigos ocultos. Un método que su padre le ilustró para detectar mensajes cifrados en cartas y periódicos; sin embargo, debido a su extensión y la escritura a mano, la búsqueda en La Alézeya se convierte en un desafío mayor. Parece que su padre quisiera descartarle de entrada esa posibilidad.

A pesar de las diminutas posibilidades, Martín decide probar suerte con los saltos de letras. Con precaución, introduce en cada casilla de un programa computacional todas las letras que componen el capítulo sobre los *Anónimos* en La Alézeya, y crea decenas de páginas que guarda como tarjetas clasificadoras. Luego prueba un modelo sencillo, salta letras equidistantes: primero a diez saltos y luego con otras cifras, con la intención de formar palabras o códigos. Para su asombro, la palabra "*Anónimo X*" aparece al inicio de todas las páginas con un salto de 32 letras.

Queda atónito, el hallazgo le confirma la existencia del código oculto de La Alézeya. Es imposible que de forma aleatoria ese nombre apareciera con la misma secuencia, en saltos equidistantes y con márgenes tan pequeños.

Quiere correr a contárselo a su madre, pero se contiene. Con efluvios de ansiedad, reorganiza en la computadora las tarjetas que había diseñado, aparta la primera matriz donde aparece la palabra *Anónimo X* e intenta una diferente.

Organiza las líneas con letras que componen el nombre *Anónimo X*, y las distribuye de modo que las letras formen el nombre como una columna, leída de arriba abajo. Luego se concentra e intenta descifrar palabras o frases relacionadas con el *Anónimo X*. Descubre algo sorprendente, un código: *"6M 160 C*

46", que se repite a saltos equidistantes de dos letras en la base y la parte superior del nombre. Esto descarta la posibilidad de que sea un galimatías y refuerza su importancia. También encuentra las palabras *"amigos"* y *"restaurante"* en otra secuencia oblicua con saltos equidistantes de dos letras.

—¡Es una clave! —concluye Martín.

Su respiración se hace ligera, las pupilas se dilatan, sabe que es un mensaje: *Anónimo X/ 6M 160 C46/ amigos/ restaurante*. Pero aquello no le dice nada. Movido por una intuición, Martín piensa que puede tratarse de un sitio de encuentro, una dirección. Despliega rápidamente en su laptop un mapa de la Ciudad de México e introduce en el buscador el código: *6M 160 C46*. La búsqueda no genera resultados. Tamborilea los pulgares sobre el teclado, se siente frustrado. No es casual que ese código aparezca como base y techo del nombre *Anónimo X*. Las posibilidades estadísticas de que aquello suceda son ínfimas. Definitivamente, allí hay un mensaje.

La respiración se calma con los minutos; los ojos se pronuncian en sus órbitas; parpadea nervioso. Medita; vuelve a tamborilear los pulgares en el teclado. Extiende el cuello sobre el espaldar de la silla y cierra los ojos, los parpados le vibran sin control. Cuando los abre vuelve a concentrarse en el mapa. Intuye que quizá pasa por alto algún detalle. Sí, los números ocultan letras y viceversa. 6M, ambos códigos pueden intercambiarse entre letras o números, define. El número 6 equivale a la letra F en el alfabeto. Entonces quedaría FM. Se concentra en las calles principales y las secundarias que inician con las letras FM.

—¡Francisco Márquez! —reconoce. Le brillan los ojos. Repite de nuevo la búsqueda en el ordenador, introduce el código modificado: Francisco Márquez 160 C46. El buscador gira y se ubica rápidamente en una avenida de escasas cuadras en el centro de la ciudad. Martín suspira. *6M 160 C46* revela una dirección: Francisco Márquez 160. Los siguientes códigos le precisan el hallazgo: la C se refiere a Condesa, colonia Condesa, el 4 a la letra D y el 6 a la letra F; DF: Distrito Federal.

"¿*Qué hay en este lugar?* —piensa, y despliega una página de *google earth* e introduce la dirección: Francisco Márquez 160 Condesa. Amplía la imagen satelital, no hay nada llamativo, solo cuadras de casas residenciales rodeadas de áreas verdes—. ¿*Un buzón muerto?*"

"*Los Anónimos no se buscan; ellos te encuentran*" —recuerda la frase que dijo el *Anónimo Z* a su padre en Nassau—. "*Vivimos en las sombras. Al igual que los Centinelas, somos kamikazes que odiamos a quienes destruyeron nuestras familias. No nos enlistamos por dinero ni por honor. Más que una convicción patriótica, es un camino de venganza*".

Martín vuelve a colocarse en pie; un dolor agudo le pulsa en las sienes. Ha superado la crisis de los temblores en el cuerpo. Aliviado, mete las manos en los bolsillos mientras reflexiona sobre su descubrimiento: su padre ocultó evidencias secretas en La Alézeya. Pero le llevará años interpretar todos aquellos códigos; definitivamente, él tuvo que utilizar un programa informático para crear el documento, y luego lo transcribió a mano. Ahora él debe encontrar las matrices para descifrarlo.

Agobiado por el cansancio, Martín se detiene pensativo y cruza los brazos. Sabe que tan solo descifró una pequeña secuencia de La Alézeya que lo conduce a una dirección. Quizá tuvo suerte, o tal vez, aquella es la llave que lo transporta a un mundo desconocido.

—¿Qué hay en esa dirección? —susurra.

Levanta la vista y la posa en una de sus pinturas en la habitación, como si buscara respuestas en ella. Sobre el lienzo se encuentra un amasijo de figuras de distintos colores, un rayo de luz atrapado por círculos de oscuridad destaca en la composición. De repente, en medio de una neblina violeta, surge la sombra de un *jinete* montado en un caballo blanco con riendas de fuego. En su cabeza, el *jinete* lleva una corona de cinco puntas, y su rostro se asemeja al de un águila. Galopa con furia hacia la ciudad.

Inmerso en el surrealismo de la pintura y la alucinación que lo acosa, Martín aprieta con fuerza los puños de sus manos. Se llena de valor y toma una decisión:

"Viajaré a México. Encontraré al Anónimo X. Sólo él podrá ayudarme".

CAPÍTULO VIII

—¡Despierte, Comandante! —grita Elkin con urgencia, mientras se inclina sobre el rostro del oficial, que está desmayado y abatido en la silla, con las manos esposadas detrás de la espalda.

El comandante Camacho despierta con pesadez, temblando y desorientado. Tras sacudirse el agua fría de los cabellos, se incorpora torpemente y parpadea para acostumbrarse a la luz de la lámpara sobre su cabeza. A su alrededor, hombres armados lo rodean, mientras que maquinarias oxidadas llenan el oscuro salón de una unidad industrial abandonada en las afueras de la ciudad. En medio de la angustia, el comandante comprende su situación.

El silencio momentáneo de sus captores, que lo observan mordaces, inyecta en su piel un escalofrío perturbador. Se encuentra en medio de un estrado de cemento, sentado en una silla de madera, y justo frente a él, en otra silla, Elkin Sarmiento, con las piernas cruzadas y la espalda erguida, espera paciente, a que él recupere los sentidos. Luce un impecable traje de seda azul marino y una corbata de lana gris a cuadros.

—Se preguntará por qué lo hemos retenido, comandante —lanza Elkin y busca la mirada del oficial—. Voy a ser preciso.

Si coopera conmigo, esto terminará pronto. Pero si se niega a hacerlo, durará todo el tiempo del mundo.

El comandante escupe en el piso con desprecio y aparta la mirada. Mientras tanto, Elkin se frota las manos despacio y las apoya sobre las rodillas.

—Quiero saber sobre la muerte del piloto —suelta con aire sereno.

El pedido sorprende al oficial. Creía que lo habían retenido mercenarios al servicio de la mafia. Sin embargo, ahora se da cuenta de que sus verdugos son en realidad desertores del *B1*, lo que aumenta su preocupación y desconcierto.

Sin darle chance a meditar, Elkin lo presiona:

—Dígame, comandante ¿Quién ordenó el asesinato de Víctor Montoya?

—No sé de qué hablas —niega con la cabeza y después de una inspiración profunda agrega con rabia—. Lamentarán todo esto.

—¿Quién dio la orden? —vuelve a cuestionar Elkin.

El comandante vuelve a escupir en el piso y lanza una amenaza:

—Cometen un grave error... se arrepentirán de esto.

—¿Seguro que lo quiere de esta manera? —lo sonsaca Elkin— ¿A quién trata de encubrir? ¿A los generales corruptos que mañana se olvidarán de usted o a aquellos que ni si quiera buscarán su cadáver?

Tras la macabra advertencia, el comandante parece desconcertado y ausente, con la mirada perdida en la oscuridad del salón. Elkin aprovecha el momento para sacar un habano del bolsillo interior de su chaqueta. Con suavidad, frota la capa del puro en sus manos y lo pasa por su nariz, siente el aroma suave a clavo de olor con nuez moscada. Con un traquido de guillotina corta la perilla del tabaco y lo coloca en sus labios, mientras permite que el comandante reflexione.

—No sé de lo que hablas —repite el oficial con muestras de disgusto.

—Ya estás muerto —agrega Elkin. Enciende su tabaco y aspira una bocanada; luego expulsa por sus labios espirales de humo plateado que le cubren el rostro—. Mañana se entregará el cadáver a tus familiares. El cuerpo se recuperó de tu camioneta incendiada esta tarde. La víctima sufrió un accidente, quedó irreconocible. Pero llevaba tus pertenencias: los anillos, el reloj y la pistola. Para las autoridades quedó claro: exceso de velocidad. Tu esposa ya reconoció el cadáver —Elkin hace una pausa e inhala su cigarro—. Nadie te buscará. No estuviste en el motel, no existió la prostituta. No fuiste secuestrado; nada. Fuiste suplantado y borrado. La única opción que tienes es cooperar conmigo.

El comandante se contorsiona en la silla, su rostro refleja un profundo malestar. Un escalofrío diferente al del agua que le arrojaron recorre su cuerpo, causándole calambres dolorosos desde los pies hasta la cabeza. Traga con dificultad y mueve la nuez en su garganta en un intento por aliviar la sensación.

—¿Por qué me hacen esto? —se quiebra—. ¿Qué quieren de mí?

—Estás aquí para salvar a tus familiares —lo doblega Elkin con saña. El comandante lo mira perplejo y empieza a boquear. Elkin continúa solapado—. Tienes un lindo hijo, Manuel, y una adorable esposa, Catalina. Sería una lástima que ellos sufrieran por tus culpas —vuelve a inhalar su tabaco, expulsa el humo poco a poco de su boca; luego corta la ceniza del tabaco, que cae al lado de sus charoles resplandecientes.

—No se metan con mi familia —lanza el oficial y se zarandea en la silla iracundo.

Elkin hace una señal con la cabeza a uno de sus secuaces a la derecha, este se acerca y le asesta un puñetazo en la cara al comandante, lo derrumba de la silla y lo tira al piso, le sigue una patada al estómago, otra, y otra más. El comandante emite un rugido de dolor, esposado se retuerce en el suelo. Elkin sigue la escena con impasividad mientras aspira su tabaco.

—Juro que no sé nada —solloza el comandante.

Otra patada le saca el aire de los pulmones. Elkin levanta la mano y el lugarteniente se detiene. Otros dos hombres se acercan, levantan al policía por los brazos y vuelven a sentarlo descompuesto sobre la silla, de frente a Elkin.

Una pequeña laceración en la mejilla derecha del comandante despide un hilo de sangre oscura que le escurre por el mentón. Los cabellos castaños apelmazados por el sudor y la sangre caen lánguidos sobre su frente y le cubren los ojos.

—Podemos hacer esto toda la noche —comenta Elkin—. Pero no habrá necesidad, hablarás de una forma u otra —se acoda en las rodillas y vuelve a sacudir la ceniza de su tabaco—. Te quitaremos lo único que te queda: el honor.

Desvaído, el oficial levanta la cabeza. A través de las lágrimas y de sus cabellos observa a los ojos de su verdugo, que agrega:

—Divulgaremos los videos de tus encuentros extramaritales, igual que las evidencias de chantajes y sobornos a agentes aduaneros —el comandante niega con la cabeza—. La institución y tu familia se avergonzarán de ti, preferirán no mencionar tu nombre.

Elkin saca una fotografía del bolsillo interior de su chaqueta y la coloca delante de los ojos del comandante. Es la fotografía del encuentro entre el oficial Omar y Patricia.

—Es uno de tus hombres, paga con efectivo a una prostituta por ayudar en el chantaje de un aduanero.

El comandante solloza, se endereza en la silla con dificultad. El cuello de la camisa se mancha de sangre y el ojo derecho comienza a hincharse.

—La verdad está por encima de nosotros —balbucea resistiéndose a cooperar—. Descubrir la verdad te matará a ti, a mí y a todos en esta sala.

—Tú ya estás muerto —repite Elkin—. Estás aquí para salvar a tu familia.

El comandante rompe en un llanto silencioso, agacha la cabeza y aprieta los puños en la espalda.

—Te diré lo que sé —desgarra lloroso—. Pero prométeme que no dañarás a mi familia.

—Eso depende de si tu verdad me convence —replica Elkin, vuelve a erguirse en la silla y aspira su tabaco.

El comandante levanta la vista y sacude la cabeza que aparta sus cabellos de la frente; parpadea varias veces, el párpado derecho tumefacto le irrita el ojo, la herida abierta en la mejilla ha parado de sangrar, expone un coágulo oscuro. Luce irreconocible. Comienza su relato:

—Hace varias semanas, la contrainteligencia captó un acercamiento de Víctor Montoya con el comandante Sarrías, y de las comunicaciones se descifraron las coordenadas de su encuentro secreto en Panamá. Como era en otro país, la decisión de cómo proceder quedó en mano de los superiores. Pero alguien ordenó un operativo independiente con mercenarios extranjeros.

—¿Quién dio la orden? —lo incita Elkin.

—Es clasificado. Sólo oficiales de alto rango acceden a información de inteligencia ultra secreta.

—Necesito un nombre —presiona Elkin con signos de molestia.

—No lo sé... todos los departamentos de inteligencia pasan informes. Solo conozco los datos de mi unidad.

Elkin pierde la quietud que había mostrado hasta el momento, de un salto se coloca en pie, saca una pistola del cinto y apunta a la cabeza del comandante.

—Quiero un nombre, maldita sea —le exige.

—No lo sé —grita el comandante entre sollozos.

Elkin quita el seguro a su pistola y presiona el cañón en el temporal derecho del comandante que tiembla por completo.

—Quiero un nombre.

—Urdaneta... general Urdaneta —grita el policía bañado en sudor.

Elkin baja el arma, inspira profundo y camina hacia un costado.

—El general dio la orden —masculla el comandante—. Quería desaparecer las evidencias de Víctor Montoya.

—¿También autorizó el soborno a los aduaneros? —pregunta Elkin, mientras se pasea en el estrado con la pistola en la mano. Sus secuaces alrededor observan la escena, silenciosos e inmóviles.

—Solo soy un intermediario —solloza el comandante.

—¿Una mafia policial?

Destruido, el comandante baja la cabeza; no dice nada.

—¿Por qué querían borrar las evidencias del piloto? —Elkin guarda la pistola en el cinto.

—El piloto poseía evidencias que comprometían al general —un acceso de tos le interrumpe la voz, el cuerpo titirita incontrolable.

Visiblemente perturbado, Elkin da varios pasos al costado. Ahora entiende la amenaza del comandante: "descubrir la verdad te matará a ti, a mí y a todos en este lugar".

Elkin hace una señal con la cabeza a uno de sus secuaces y se esfuma en la oscuridad del pasillo, un hombre desfunda su pistola y se acerca al policía.

—¿Qué piensas hacer? —grita el comandante confundido.
Elkin responde mientras camina a la salida.
—Ya estás muerto.
—Pero si dije toda la verdad.
—Salvaste tu honor y tu familia.

CAPÍTULO IX

Con los primeros brillos del sol, procedente de Miami, Martín aterriza en un vuelo comercial en el Aeropuerto Internacional Benito Juárez, de la Ciudad de México. Lleva el pelo bien arreglado hacia los lados y el rostro lozano, aunque las ojeras delatan su falta de sueño. En la mochila carga una sudadera negra con capucha, La Alézeya y las fotografías secretas de su padre. Viste vaqueros, zapatillas deportivas y una playera polo blanca, de mangas largas con cuello negro.

En las oficinas de migración enseña los documentos de Martín Marín. En su mente se repite varias veces el apellido Marín, porque a pesar del tiempo de haberse cambiado el nombre, no termina de renunciar a su apellido Mancini.

Dentro del aeropuerto cambia doscientos dólares a pesos mexicanos. Compra un mapa plegable de la ciudad y aborda un taxi.

—Al hotel Condesa, por favor —se dirige al chofer.

—¿Busca hotel, joven? —pregunta el chofer que luce gorra de plato azul mientras inicia la marcha.

Martín niega con la cabeza.

—Si gusta puedo aconsejarle otros hoteles.

—Al hotel Condesa, por favor —repite Martín determinado.

—Muy bien, vamos hacia allá —acepta el chofer y mira por el retrovisor—. ¿Primera vez en México?

Martín asiente con la cabeza. No emite palabras. Su mirada se pasea por el paisaje de edificios bañados por el sol a ambos lados de la avenida.

—Y… ¿viene de paseo o estudio?

—Paseo —responde Martín. Abre el mapa sobre su regazo y repara la ruta. El taxi se incorpora veloz al circuito interior bicentenario.

Un parte noticioso sobre el asesinato de un líder político de la ciudad, se sintoniza en la radio.

El chofer se queja y cambia la frecuencia de la radio a una estación de boleros.

—Si no le molesta dejaré mejor la música del ayer —refiere.

Martín no se inmuta.

Tras un tumbo en la vía, el auto sale del circuito y después de un giro a la derecha, toma la calle Juan Escutia. Al entrar en la colonia Condesa, el tráfico comienza a disminuir la velocidad. La vista se ve dominada por majestuosos palacetes de estilo barroco, parques verdes y edificaciones neocoloniales, además, restaurantes y cafés con mesas al aire libre abarrotados de comensales.

El taxi se detiene de manera abrupta, haciendo sonar sus frenos justo a la entrada del Hotel Condesa. El edificio, de tres pisos, posee un estilo neoclásico francés cuyo tono ocre contrasta con los grandes ventanales remodelados, ubicado en una esquina frente a un parque adornado con ahuehuetes y palmeras.

—Hemos llegado, joven —comenta el taxista y se quita el gorro con muestras de cortesía—. Espero disfrute la estancia.

Martín le inclina la cabeza, paga el servicio y entra al hotel. Se hospeda en el tercer piso, en una habitación sencilla con vista a la avenida principal.

Sobre una mesita de madera despliega el mapa de la ciudad. Primero ubica su hotel y luego la dirección "6M 160 C 46". Según el mapa, su destino está a quince cuadras de distancia, al otro lado del parque Morelos. Martín memoriza la ruta, ya que no quiere parecer un turista desprevenido.

Después de terminar su tarea, dobla el mapa y lo coloca en el bolsillo de su mochila, agarra una botella de agua del refrigerador en su habitación y bebe varios sorbos. Un suspiro de alivio escapa de sus labios al sentir la frescura del agua en la garganta. Entonces, piensa en Elena, a esta hora seguramente ya ella habrá descubierto su ausencia en la casa. Sacude la cabeza como si sacudiera también los pensamientos, y evita que el remordimiento lo domine.

Con su mochila al hombro, desciende las escaleras del hotel y abandona el vestíbulo, rumbo al oeste de la ciudad. A paso firme, camina junto a parejas de turistas que, atraídos por las cervezas y los menús de carne, se desperdigan entre los bares y restaurantes. El sol brillante le golpea en el rostro, pero la brisa bajo los árboles le refresca la piel.

Alrededor del mediodía, después de escuchar las campanadas de una capilla católica, finalmente llega al área dónde se encuentra ubicada la dirección "6M 160 C 46", con la espalda empapada de sudor y fatigado del cansancio, Martín analiza su siguiente paso.

Atraído por el delicioso aroma a carne asada proveniente de una parrilla en la acera, entra en un restaurante argentino ubicado justo en frente de su destino. Se sienta en una mesa para dos y observa la construcción de dos plantas en estilo toscano al otro lado de la avenida. La edificación cuenta con un techo de tejas terracota y paredes de tono marrón oscuro, un jardín en el frente con plantas trepadoras y una pequeña fuente de agua en el exterior. En la fachada, un poste con un aviso horizontal en madera entallada anuncia: "*Bar/Restaurante Los Amigos*". Parece que, en el proceso de urbanización de la zona, una casa de familia aristocrática se adaptó y transformó en un restaurante de ambiente bohemio.

Martín queda sorprendido por la precisión del código de La Alézeya. En la cuadrilla donde encontró las secuencias del *Anónimo*, se entrecruzan las palabras "restaurante" y "amigos", lo cual le confirma que ha llegado al sitio correcto: *Bar/Restaurante Los Amigos*. Parece ser que su padre se encontró con el *Anónimo X* en ese lugar, en algún momento de sus misiones secretas.

El ambiente en aquel local refleja la dinámica de la colonia, con vehículos de lujo estacionados en la calle adentrada entre los jardines, algunos comensales disfrutan de la comida en mesas bajo sombrillas de lona verde en el patio y la azotea. Los meseros, atareados, van y vienen con bandejas de madera cargadas de platos con distintos menús. A simple vista, el lugar no parece el sitio de contacto de un prófugo de la justicia como el *Anónimo X*. Sin embargo, Martín reconoce que puede haber pasado mucho tiempo desde aquel encuentro que su padre describió en La Alézeya, y muchas cosas pudieron cambiar.

Después de saborear un exquisito solomillo asado a la parrilla, Martín toma su mochila y cruza la avenida. Con aire determinado ingresa al *Bar/Restaurante Los Amigos*. Al interior, el ambiente del lugar es cálido y acogedor, lleno de comensales que disfrutan de sus menús bajo la tenue luz de lámparas *vin-*

tage en mesas rústicas de madera. Martín se acomoda en un taburete al fondo del recinto, en la barra, donde un barman de cabello largo recogido en una cola de caballo prepara un martini bianco. Martín se anima a probar la cerveza negra sugerida en la pizarra, y sin demora, el barman le llena un vaso.

—*Baja black*, la recomendada de la casa —le dice el hombre en una media sonrisa.

Mientras saborea a sorbos su bebida con aroma a castañas y un gustillo tostado que le agrada, Martín observa a varios comensales en un área reservada cerca de los balcones interiores en el segundo piso. Consumen entremeses y se ríen de sus propios chistes. Su intuición le indica que todo en ese lugar es una fachada. Sospecha que detrás de las risas apagadas, las mesas *vintage* y los meseros dedicados y pulcros, se esconden colaboradores del *Anónimo X*, espías camuflados en lo ordinario.

—Necesito hablar con el administrador —le expresa al barman cuando éste se acerca.

El pedido sorprende al joven detrás de la barra.

—¿Puedo conocer el motivo?

Martín empuja el vaso vacío sobre la barra, el barman lo vuelve a rellenar.

—¿De qué se trata? —insiste.

—Vengo de parte de *C32* —Martín prueba suerte—. Necesito ver al administrador.

El barman detiene su quehacer y adopta un aspecto serio; cierra la llave del dispensador de cerveza y coloca el vaso sobre la barra.

—Regreso en un momento —responde. Se seca las manos con una toalla y le susurra algo a otro adjunto, el sujeto mira a Martín de reojos, el barman ahora parece confundido. Cruza mirada con un mesero de corbata y chaleco negro que regresa a la cocina con una bandeja. El otro empleado también mira a Martín receloso, luego se desvía hacia una habitación.

La suspicacia de los hombres pone en alerta a Martín. Las manos le empiezan a sudar y siente el latido de su corazón en las sienes. A pesar de ello, intenta mantener la calma. Levanta el vaso de cerveza y bebe un trago mientras reflexiona sobre la situación. Sabe que dio con algo, pero todo parece confuso y peligroso al mismo tiempo.

—Acompáñeme, joven —ordena una voz grave a la espalda de Martín—. El administrador quiere verlo.

Es el mesero que entró a la habitación con la bandeja. Se acercó por la espalda de Martín sin que este lo notara. Trae cruzado en el brazo derecho un paño blanco que cubre algo sujeto en su mano.

Martín sigue con cautela al mesero, sujetando firme los tirantes de su mochila con sus manos. Se esfuerza por disimular el miedo mientras suben la escalera de mármol y madera hacia el segundo piso. Camina silencioso por el costado izquierdo del hombre, el sonido de sus pasos es lo único que se escucha mientras atraviesan el balcón exterior. Los marcos y las vigas de madera rústica le dan a la edificación un aspecto antiguo, pero conserva su esplendor.

Después de una caminata tensa por el pasillo, llegan a una oficina con la puerta de madera abierta. Un hombre calvo, bajito con bigotes y gafas gruesas medicadas está sentado detrás de un escritorio, habla con el barman. Cuando Martín aparece en la puerta, ambos dejan de hablar y lo miran en silencio.

La oficina del administrador parece pequeña, con un archivador y dos estanterías llenas de portafolios y libros de contabilidad. En el centro de la habitación hay un escritorio antiguo de roble, con un computador de mesa, una grapadora, varios sobres de manila y un periódico doblado. El ambiente que se respira en ella recuerda más a una oficina de un funcionario público que a la de un administrador de restaurante.

—Adelante, joven —dice el administrador en tono cortés. Hace una señal al barman y al mesero para que los dejen solo. Luego vuelve a dirigir la mirada a Martín—. Cuéntame, ¿de qué se trata?

Martín se queda de pie, con una expresión dubitativa en el rostro. Parpadea, sabiendo que debe tomar un riesgo, pero no está seguro por dónde empezar su discurso. Después de unos momentos de silencio incómodo, el administrador le levanta las cejas, instándolo a hablar. Tras un suspiro profundo, Martín comienza a articular palabras con cautela.

—Soy Martín, hijo de Víctor Montoya —expresa vacilante—. Busco al *Anónimo X*.

El hombre detiene la respiración; traga en seco. Se levanta rápido de la silla, cierra la puerta de un golpe, y le pide a Martín que tome asiento.

—¿Puedes probar lo que dices?

Martín toma asiento y apoya la mochila en su regazo.

—Mi padre fue asesinado en Panamá por un grupo de mercenarios. Estoy aquí por respuestas.

—¿Cómo diste con este lugar? —Se inquieta el administrador.

—Encontré la dirección en un archivo de mi padre.

Desconcertado, el hombre se pasa la mano por la frente brillosa. Luego, se quita las gafas y frota las patas con las yemas de los dedos, como si tratara de ganar tiempo para procesar lo que acaba de escuchar.

—Siento mucho tu pérdida, chaval —dice después de una pausa—. Pero, ¿qué te hace pensar que aquí encontrarás lo que buscas?

—Si no lo creyera no estuviera en su presencia —replica Martín.

El administrador tose, cada vez más sorprendido.

—No sólo tienes los ojos de tu padre, sino también su sagacidad —se recuesta un poco sobre la silla y vuelve a colocarse las gafas—. Pero debes saber que lo que buscas te acarreará muchos peligros. Quisiera ayudarte, pero hace mucho tiempo que no sé de los *Cooperantes*.

—¿*Cooperantes*?

—Agentes especiales que cooperan por la causa de los *Anónimos* desertores, una organización fundada por tu padre —el administrador frunce el ceño—. Se supone que, si estás aquí, conoces sobre los *Anónimos D*.

Martín asiente confundido. "¿*Anónimos D: desertores*?"

—Los *Cooperantes* son agentes desertores de varias agencias de inteligencia alrededor del mundo —prosigue el administrador con las manos unidas sobre la mesa—. De la *FSV*, el *Mozad*, *MI6* y el *B1*. Agentes que descubrieron que sus jefes los engañaban, y que sus programas no cumplían con los propósitos por los cuales se enlistaron.

—Soldados con criterios —apunta Martín; en realidad recordó en voz alta una expresión de su padre en La Alézeya.

El administrador asiente.

—Todos acusados de sedición, traición, doble militancia y venta de información secreta a agencias enemigas. Pero la importancia de los *Cooperantes* no estriba en su procedencia, ni en los cargos presentados para justificar su exterminio, sino en las evidencias secretas que todos poseen. Juntos cooperan con información, refugios y armas que brindan para alcanzar sus objetivos: combatir a los corruptos que socavan a las instituciones y esclavizan a los estados.

"*¡Utopía!*" —piensa Martín.

—¿Cuándo fue la última vez que vio a mi padre?

—Hace más de un año —inspira profundo el administrador—. Sólo soy un intermediario. Mis contactos con tu padre fueron fugaces. Pero sé que era un agente comprometido con la causa.

—¿La causa?

—Hay muchas respuestas que no encontrarás en este lugar —responde el administrador, se ajusta las gafas y tras un suspiro se reclina en el escritorio—. Dime, ¿qué harás cuando conozcas la verdad sobre tu padre? ¿Te sacrificarás por él?

Martín permanece pensativo, aquello era una cuestión que lo toma por sorpresa. Ser *Centinela* era una determinación que abrazaban las víctimas cuando el dolor vencía toda posibilidad de perdón. Pero por su mente nunca había pasado si quiera, la idea de ceñirse el traje de la venganza.

—Sólo quiero conocer la verdad —contesta.

El administrador asiente despacio algo confundido, luego lo confronta.

—¿La verdad? —se inclina en la mesa—. ¿De parte de quiénes?

—Debo encontrar al *Anónimo X* —le pide Martín—. Es de vida o muerte.

El sujeto eleva las comisuras de los labios y vuelve a enjugarse la frente, pensativo.

—Veré qué puedo hacer —responde finalmente—. Lo haré por tu padre. Pero recuerda, los *Anónimos* son fantasmas. Nadie los encuentra, ellos vienen a ti. Yo solo dejaré una señal, el *Anónimo X* decidirá si te contacta o no.

Martín se retrepa en la silla y lo mira a los ojos.

—¿Puede decirle que C32 me pidió que lo buscara?

Eso se le ocurrió en el instante, él sabe que *"Los Anónimos, al igual que los Centinelas, no abandonan una causa".*

—Mañana ven a la barra, te daremos información —el administrador se pone en pie y se quita nuevamente las gafas—. Ahora debes marcharte.

Cuando Martín abandona el lugar, lleva las manos temblorosas en los bolsillos del pantalón, el corazón galopa en su pecho y las piernas vacilan bajo su propio peso. Decide desviarse de la ruta hacia el hotel y cruza un parque diagonal al *"Bar y Restaurante Los Amigos"*. Camina varias cuadras por la acera hasta llegar frente a una biblioteca, donde toma un taxi que lo lleva al centro histórico de la ciudad.

"En mi mundo, hay todo tipo de personas: traidores, caza recompensas, infiltrados, dobles agentes y convictos que buscan negociar sus penas. Por lo tanto, después de cada encuentro, siempre borro cualquier rastro. Es mejor desconfiar y mantener la seguridad, incluso después de un encuentro con un agente que parezca solidario o bondadoso".

CAPÍTULO X

*P*asado el mediodía, Victoria llega a la habitación de Martín luciendo un vestido negro y tacones que resuenan en el pasillo. Preocupada por el silencio y la falta de respuesta a sus llamados, busca las llaves de reserva y abre la puerta. Su corazón se acelera y la respiración se le corta al constatar la ausencia de Martín en su alcoba. Temiendo lo peor, camina nerviosa hasta la cama, donde una hoja de papel amarilla se agita al compás del aire acondicionado. Con los dedos temblorosos desdobla la hoja y la levanta hasta la altura de sus ojos:

"Madre amada,
Te ruego apruebes mi ausencia. Será corta. He decidido viajar en bus hasta Nueva York. Deseo estar solo; reencontrarme conmigo mismo y mi pasado. Te prometo que me cuidaré y me alimentaré.
Con certeza tendrás mi llamada todos los días en las tardes.
No intentes localizarme.
Con amor, Martín".

La hoja se desliza desde las manos de Victoria hasta el suelo. Ella lanza un gemido y se cubre la boca. Permanece por varios segundos como petrificada, solo emite hipidos que le reprimen el llanto.

—¡Oh, Martín! —logra balbucear—. ¿Por qué me haces esto?

Sus ojos se mueven recelosos en un sentido y otro, se frota las manos mientras recupera el aliento. Le es imposible creer que, en menos de una semana, Martín se haya escapado dos veces de la casa. Detalla con cuidado los objetos en la habitación, busca elementos que le ayuden a descifrar los motivos de su nueva salida inadvertida. Todo luce limpio y con una organización obsesiva: la cama, el escritorio, el armario, los pinceles, los libros... Girando en torno a sus pies, Victoria observa las pinturas colgadas en las paredes, todas ya las reconoce, pinturas abstractas que revelan la lucha interior del artista. En el caballete hay un lienzo templado con apenas un boceto; las cajoneras de madera guardan estuches con pinceles alineados, espátulas y potes de pinturas organizados a la perfección. En el escritorio reposa la laptop cerrada.

"¡La Alézeya!" —reacciona.

Se apresura al escritorio y observa los tomos de libros apilados junto a la laptop. Revisa uno a uno en busca de indicios que delaten los propósitos de Martín. No encuentra pistas relevantes, solo son libros de pinturas. Abre las gavetas del escritorio y, para aumentar su ansiedad, debajo de un porta papeles, observa en una cuadrícula de letras, la palabra *Anónimo X* enmarcada en un círculo azul; en otra hoja hay una corona de cinco puntas con un águila calva en el aro.

—¿De qué trata todo esto, Martín? —protesta Victoria. Afina la vista y levanta la hoja con la corona hacia la luz. Un sudor frío en las yemas de sus dedos humedece el borde de la hoja—. *¡El Círculo de la Corona!*

Le tiembla el cuerpo y su respiración vuelve a entrecortarse. Siente que las rodillas ceden sus fuerzas; baja la mirada y lánguida se deja caer en la silla del escritorio.

—¿Dónde está el manuscrito? —inquiere errática—. ¿Dónde está La Alézeya?

Luego de unos segundos pensativa, enciende la laptop de Martín y revisa el historial de búsqueda. Todos los registros fueron borrados, el iPad y el celular permanecen apagados y guardados en las gavetas. Victoria reconoce que Martín evita a toda costa que ella rastree su ubicación. No tiene forma de contactarlo.

—¡Oh Martín! —exclama y tamborilea el pulgar derecho sobre el escritorio— ¿De qué se trata esta vez?

Desea confiar que el viaje de Martín hacia Nueva York sea cierto, pero las circunstancias le hacen creer lo contrario. Él borró a conciencia sus búsquedas en internet; además, dejó el *iPad* y el celular en la casa. Todo demuestra que tan solo no es un viaje de desconexión.

"Va detrás de una señal de su padre" —razona.

Sintiéndose caer de sus tacones, Victoria abandona la habitación de Martín. En la sala, toma su celular del centro mesa y con la respiración perturbada camina de un lado a otro. Piensa en llamar a Elkin a Colombia; pero cuando ya va a marcarle se contiene.

"¿Por qué de ésta manera, Martín? —se cuestiona intranquila—. *¿Por qué? ¿Por qué, hijo? Me prometiste que estaríamos juntos en todo".*

Siente que su cerebro va a punto de estallar. Mueve las piernas, taconea en el mismo sitio; necesita hablar con alguien. Nunca sabe cómo manejar las circunstancias cuando se trata de su hijo. Discurre un rato por la sala y decide llamar a su padre, el magistrado Pedro Antonio Sarmiento. Marca los números con rapidez, pero cuando va a pulsar la llamada, vuelve a contenerse. *"Quizá es precipitado* —piensa—. *Debo darle un voto de confianza a Martín. Esperaré su llamada. Tal vez, lo que él más necesita es, justo eso; estar solo, huir de la sobreprotección".*

Se sienta en el sofá con las piernas cruzadas; mueve la punta del zapato elevado. Enciende un cigarro y lo fuma con desenfreno. Tamborilea sus dedos en el muslo derecho, las comisuras labiales se desplazan de un lado a otro; se recoge los cabellos tiesos que caen en sus hombros, y vuelve y los suelta. Su mente persiste inquieta.

"¿Cómo Martín abandonó la propiedad sin que me enterase?"

Martín había salido de la casa en la madrugada con vaqueros, sudadera negra con capucha y su mochila a la espalda. Bajo el frío de la aurora caminó varias cuadras hasta la estación del *metrorail*. Recorrió varias estaciones solitarias e hizo transbordo del tren en el aeropuerto internacional de Miami. Allí tomó el primer vuelo de Aeroméxico con destino a la Ciudad de México, pagó con tarjeta de crédito y usó el pasaporte americano a nombre de Martín Marín.

Victoria descruza las piernas y marca en su teléfono el número de la oficina del oficial Jebb.

—Martín ha escapado —expresa con voz entrecortada apenas Jebb descuelga el teléfono—. Abandonó la casa en la madrugada, no sé dónde se encuentra.

—¿De qué se trata, Victoria? —cuestiona el oficial.

—No lo sé. Dejó una nota donde explica que irá en bus por la costa este. Pero él no actúa así, y me preocupa.

—¿Y cuáles fueron los motivos para esta decisión?

—Necesita estar solo. Así lo escribió...

—Entonces... partiendo de ese hecho —reflexiona Jebb—. ¿Qué le preocupa más, que Martín haya salido sin su aprobación, o que esté en algo diferente a lo que dice la nota?

—Su seguridad, Jebb. Me preocupa que algo malo pueda sucederle.

—Recuerde que en este país no tienen enemigos, Victoria —responde el oficial en tono conciliador—. Esa actitud es muy común en jóvenes de su edad.

—Pero él es diferente —Victoria se esfuerza por no sonar alterada—. Tiene dificultades para socializar y para buscar nuevas experiencias.

—Entonces, ¿qué cree que le sucede a Martín? —cuestiona Jebb.

—Creo que intenta saber más sobre su padre. Es un joven inteligente, pero ingenuo. El anhelo por conocer sobre la vida secreta de su padre, puede empujarlo al peligro.

Jebb permanece en silencio un breve instante.

—¿Cree que persigue algo en específico? —interpela luego de unos segundos.

"Las señales del manuscrito" —piensa Victoria.

—La pérdida de William lo afectó más de lo que creí —se lamenta ella abstraída—. Creo que busca conocer toda la verdad; quizá, como una forma de aliviar en parte su dolor.

—Comprendo —refiere Jebb—. Entonces démosle una oportunidad para que se comunique. Si no lo hace en las próximas horas, lo localizaremos.

Apenas Victoria cuelga el celular, el timbre del teléfono fijo irrumpe el silencio en el que queda sumida la sala. Ella salta y descuelga el teléfono al segundo repique.

—¡¿Martín?!

—¡Hola, Ena! —saluda Elkin vivaz, y luego modula el tono—. Y, ¿dónde está Martín?

Victoria inspira profundo.

—*At the Art Miami Fest.*

—¿Todo bien con él?

—Sí, trata de distraerse con las obras de arte. Cuéntame tú, *frère*.

—Es sobre la muerte de William.

—¿Qué has averiguado?

—Los indicios apuntan a la policía colombiana.

Victoria cambia el teléfono inalámbrico al otro oído.

—¿Qué te hace pensar eso, *frère*?

—Un alto mando policial dio la orden para el operativo en Panamá.

—¿Un corrupto al servicio del Cartel Reinoso-Paredes?

—No. Es más grave que eso. Un general planeó y ordenó el asalto; él sabía que la culpa recaería sobre el CRP.

Victoria contiene la respiración y permanece pensativa, sin parpadear.

—¿Quién ordenó el operativo? —pregunta luego en voz baja.

—Todo apunta al director de la policía nacional. Aún buscamos corroborar la información.

—Pero, ¿por qué el director querría muerto a William?

—William guardaba evidencias que vinculan a un sector de la cúpula de la policía, con la organización internacional del *Círculo de la Corona*.

Victoria frunce el ceño. En un instante, recuerda que según investigaciones del *B1*, la sede de dicha organización se ubica en Nueva York. "*¡Oh, Dios mío!* —se le eriza la piel con sus pensamientos—. *Martín va en busca de indicios de esa organización*".

—Y, ¿qué pasó con las evidencias de William? ¿Aquellas que entregaría al comandante Sarrías en Panamá? —cuestiona Victoria con cierto aire de turbación.

—Las llamas las consumieron. Aquel era el principal objetivo. Por eso utilizaron lanzacohetes en el ataque.

Victoria se levanta del sofá y camina errática por la sala en busca de otro cigarro. Elkin se apresura a indagarle:

—¿Crees que William haya guardado copias de las evidencias?

"¡La Alézeya!" —piensa Victoria, pero no tiene certeza del asunto.

—Me resulta imposible confirmarlo o descartarlo —comenta—. Pero existe la posibilidad, recuerda que William era un hombre impredecible.

Enciende otro cigarro, da una calada, y tras lanzar un chorro de humo por la boca, lo toma entre sus dedos.

—Si sus enemigos sospechan que guardamos información secreta —razona ella espantada—; Martín y yo correremos peligro.

—Lo sé, Ena, y por eso debes aumentar las precauciones. Tendrás que implicarte. Sabes a lo que me refiero.

Victoria se muerde la mejilla por dentro, da otra calada a su cigarro. Ahora le carcome aún más la ausencia de Martín.

—No regresaré al pasado —dice con firmeza—. Lo que hice fue por mi familia y por mis convicciones. Pero sabes que no volverá a suceder.

—Es justo, por eso que te lo pido. La familia está bajo amenaza.

Victoria se pasa la mano izquierda por la nuca. Su mirada recorre intranquila el espacio vacío de la sala. Da otra calada ligera y corta la ceniza en el cenicero sobre el centro mesa.

—Debes hallar evidencias que comprometan al general, *frère* —refiere con autoridad—. Si vamos a iniciar una guerra, necesitamos algo más que conjeturas.

—Las encontraré —contesta Elkin—. Llegaré hasta el fondo de este asunto.

CAPÍTULO XI

Ciudad de México

*L*a noche cae fría sobre la metrópolis palpitante y luminosa. Con el rostro brilloso y la mirada marchita, Martín regresa al Hotel Condesa. En la habitación, se deshace de las zapatillas y las medias, y se enrolla sobre una poltrona al lado de la cama. Durante la tarde, extasiado con las construcciones neogóticas del centro histórico, caminó por las aceras, entre el bullicio de los transeúntes, y por el comercio de regateo, degustó quesadillas al aire libre y una michelada con clamato en un café bar.

Pasadas las cinco de la tarde, en pleno centro de Coyoacán, recordó a Victoria. La telefoneó desde una cabina pública.

—Martín, ¿dónde estás, por Dios? —descargó Victoria al escucharlo.

—Estoy bien, *mére* —evadió él la pregunta.

—¿Por qué de esa manera, hijo?

Él permaneció en silencio por un instante.

—Perdóname, *mére* —susurró después, algo conmovido.

—Dime que no persigues señales de tu padre.

—Solo trato de..., busco relajar mi mente.

—Entonces, ¿por qué llevaste los documentos de William?

Un nuevo silencio recorrió la línea, solo risas de niños que jugaban en la plaza le llegó a Victoria por el teléfono.

—Aún los leo.

—Sabes que puede ser peligroso, Martín —le recriminó ella.

—Nadie los verá.

—Me preocupa tu bienestar, hijo.

—Estaré bien, mamá. No debes preocuparte.

—¿Dónde estás? Déjame acompañarte.

—Necesito estar solo.

—Tú eres mi prioridad, hijo. Quiero estar a tu lado.

—Es mejor así.

—Si conozco tu itinerario me quedaré más tranquila, Martín.

—Lo escribí en la nota, mamá. Te llamaré todas las tardes. Adiós.

Después de reflexionar un largo rato en la poltrona de su habitación, bajo la luz de la lámpara en una mesita, Martín se reacomoda pesaroso, alarga la mano y toma una carta de menú. Ordena por teléfono: "Enchilada verde de pavo al horno y una botella de carmenere".

Desde su posición, enciende el televisor y selecciona un canal de noticias locales. Escucha con apatía a una periodista, que con aire apocalíptico realiza un informe sobre la corrupción en México: el presidente de la república es investigado por favorecimiento de contratos estatales a terceros y coimas con una constructora brasileña, a la que se acusa de financiar la campaña del ejecutivo. Asqueado, Martín disminuye el volumen de la televisión, niega con la cabeza y cambia el canal; le es imposible evitar la comparación con Bogotá, el mismo proceso salpica al presidente de Colombia.

Abre la mochila y vuelve a tomar La Alézeya entre sus manos. Enciende la luz de techo de la habitación y se retrepa en la poltrona.

Después de releer los detalles del primer encuentro de su padre con el *Anónimo Z* en Nassau, Martín analiza las misiones conjuntas que llevaron a cabo en Panamá y México. En la primera etapa de su investigación sobre los *jinetes* del *Círculo de la Corona*, los dos agentes transferían información extraoficial directamente al general Beltrán y utilizaban canales diplomáticos para enviar valijas con evidencia secreta a Bogotá. En una segunda etapa, comenzaron a filtrar información secreta a la prensa internacional en los Estados Unidos. Después del asesinato del general Beltrán, por razones de extrema seguridad, los dos agentes evitaron tener encuentros físicos y en su lugar intercambiaban información a través de buzones muertos y sitios web altamente cifrados.

Martín se percata que, al contrario del *Anónimo Z*, las referencias de su padre sobre el *Anónimo X* eran muy escasas; se conocieron en Ciudad de México y en dicha ciudad celebraron varios encuentros secretos. La Alézeya no hace mención sobre el tipo de operaciones conjuntas, y mucho menos referencia sobre los agentes *Cooperantes* o *Asociación de Anónimos Desertores*, como explicó el administrador del *Bar/Restaurante Los Amigos*. Sin embargo, su padre califica al *Anónimo X* como uno de sus más estrechos colaboradores.

El sonido del timbre interrumpe la tranquilidad en la habitación, Martín cierra de golpe La Alézeya y se apresura a abrir la puerta. Al otro lado, un hombre alto y uniformado con gorro de chef trae en las manos una bandeja con la comida cubierta por un cubreplatos de acero. Diligente, sirve el pedido en la mesa, al lado de La Alézeya; el libro atrae su atención, pero se marcha al instante sin decir nada.

Martín mastica despacio la enchilada, siente cómo el pavo horneado se deslíe picoso en su boca. Mantiene la mirada en las escenas silenciadas del televisor, aunque en realidad ya no repara en ellas, su mente se ocupa del *Anónimo X*. No tiene dudas que el ex agente del *B1* aún se esconde en la ciudad; si no el administrador del *Bar/Restaurante Los Amigos* hubiese descartado de entrada la posibilidad de un encuentro.

"Esperaré aquí todo el tiempo necesario —determina mientras degusta de su copa—. *Pero encontraré al Anónimo X"*.

De pronto, el teléfono de la habitación irrumpe ruidoso. Cuando Martín lo descuelga la recepcionista del hotel saluda y le transfiere una llamada.

—Hola, Alejandro, ¿cómo estás? —saluda un hombre de voz barítona oscura—. ¿O prefieres que te llame Martín?

Martín boquea estupefacto, no responde el saludo. Es imposible que alguien en esa ciudad, conozca su nombre verdadero.

—¡No temas! —prosigue la voz— Soy a quien buscas.

A Martín se le corta la respiración.

—¿A....X? —balbucea nervioso.

—Así es —contesta la voz.

—¿Cómo me has localizado?

—Es mi oficio —responde el *Anónimo*.

—Entonces, el mensajero...

—No por este medio —interrumpe el *Anónimo X*—. Nos encontraremos mañana a las 12:00 pm, en Campos Elíseos 218, restaurante *Au Pied de Cochón*, sé que te gusta la comida francesa. Te veré allí para almorzar. Ahora, descansa. Has caminado mucho en el centro histórico hoy.

Cuarenta segundos duró la comunicación, imposible de ser rastreada. Martín queda congelado con el auricular del teléfono en la mano. No comprende cómo el *Anónimo X* pudo localizarlo en aquel lugar, y mucho menos que lo hubiese espiado durante la tarde mientras caminaba por el centro de la ciudad.

Desconcertado y con un frío que le recorre por la piel, recuerda entonces las palabras de su padre en La Alézeya:

"Un Anónimo es un fantasma. No se busca. Él te encuentra".

CAPÍTULO XII

Descalza y con una copa de vino tinto en su mano izquierda, Patricia camina con aire sonámbulo en su habitación; lleva el pelo desgreñado y las tiras del camisón arrastran por el azulejo. En la diestra empuña un cuchillo mondador que cubre entre los dobleces expandidos del camisón blanco perfumado.

"¿*Qué he hecho con mi vida?* —la socaba el remordimiento—. *Entregué un policía a los hombres de Elkin... ellos lo asesinaron. Cargaré con la culpa por el resto de mi vida. ¿Ahora también soy una asesina?*".

Ebria del vino que enciende aún más su aflicción, Patricia llega hasta el baño acristalado de su aposento. El espacio brilla con velones aromáticos en el piso, en medio de pétalos de rosas. Desde una esquina, un reproductor lanza notas dulces de música Reiki. Sin desprenderse del camisón, Patricia se sumerge en el *jacuzzi* preparado con jabón con aceite oliva natural, esencia de lavanda y miel.

El cuchillo mondador se desliza en su diestra, con un tintineo toca el fondo de la bañera. Patricia apoya la cabeza en el borde de la tina, se siente mareada. Extiende los brazos y deja que las corrientes tibias del agua masajeen su piel. El camisón flota ondulante por encima de la espuma. El antojo de las drogas la persigue.

—¡Oh, madre! ¿Cómo evitar esta culpa que me quema? —gimotea y se toma otro trago de vino.

Ni la música Reiki ni el Balzac logran arrancarla del remordimiento. Con odio violento aborrece a Elkin, él es el monstruo que la arrastró al pozo más profundo de las adicciones. Se siente impura, desecha por dentro. Nunca antes había llegado tan lejos. Ya no sabe cuál pecado es mayor, si haber entregado al comandante Camacho para que lo asesinaran, o toda una vida esclava del dinero, el sexo y las drogas.

Aplastada por la culpa, Patricia levanta el cuchillo mondador del fondo de la bañera. A la luz parpadeante de las velas, observa como el filo reluciente del metal se posa suave en su muñeca izquierda. Piensa en su infancia, en aquellos años mozos en los que, junto a su madre, recogía café en las montañas del Tolima. En aquel tiempo todo era bello, lleno de luz y color. Desde los collados cultivados observaba el horizonte azul, mientras los vientos fríos golpeaban su frente con una brisa frutal que la impulsaba a soñar.

Así lo hizo; a los quince años salió de los cafetales que tallaban sus manos y viajó a Bogotá. En un internado frío al sur de la ciudad culminó la preparatoria. Trabajó arduo como mesera y sacó adelante una licenciatura en artes escénicas. Se graduó con honores e inició una colaboración en comerciales televisivos de productos faciales. Allí conoció a un productor que la convenció de un futuro prometedor en el mundo del modelaje.

Una noche cálida, en un evento privado de exhibición de lencería, conoció a Jorge Pizano, un sexagenario inversor en finanzas, quien la observó extasiado desde la primera línea de la pasarela. Al finalizar la exposición, el ejecutivo lujurioso se acercó a su camerino.

—Tienes un futuro excelente —le dijo—, y quisiera ser parte de él.

—Y, ¿cómo podría ser eso posible? —se sonrojó Patricia.

—Mis recomendaciones te abrirán puertas.

Ella creyó en sus palabras. Sintió que por fin llegaba el momento para el que se había preparado. A través de una reconocida marca italiana, Pizano logró que ella participara en la semana de la moda en Milán. Luego bajo distintos pretextos, la llenó de joyas, pieles y vestidos elegantes. Una tarde, tras una jornada de trabajo, el ejecutivo la invitó a su oficina, al norte de la ciudad. El sitio resultó ser una suite de soltero. De pie, a un costado del sofá terciopelo azul, Pizano destapó sus verdaderas intenciones.

—Tú y yo hacemos un excelente equipo —le dijo a Patricia mientras descorchaba una botella de vino y escanciaba el licor en dos copas globos—. Quiero que trabajes para mí.

—Mi mundo son las pasarelas —comentó Patricia ruborizada—. No veo cómo podrías contratarme.

—Ya verás —respondió él, y le entregó una de las copas de vino—. Te daré todo lo que necesites, todo a cambio de tu compañía.

Patricia frunció el ceño, mientras Pizano se sentó junto a ella en el sofá.

—Serás mi acompañante especial en actos sociales exclusivos —le confirmó mirándola a los ojos—. A cambio, yo te haré brillar como una estrella.

Patricia intuyó el sentido de la propuesta y lo miró nerviosa. Pasó rápido un trago de vino y reflexionó sobre aquel hombre que, aunque adinerado y vestido de etiqueta, podría ser su padre. Sin dudarlo, Pizano aproximó su rostro embarbado al cuello de Patricia. Ella sintió el aroma maderoso del perfume y la respiración vibrante sobre su piel. Las pupilas de Pizano se dilataron y el pulso se desbocó en su cuello. Confundida, Patricia apretó el bolso de mano en su regazo y contuvo el aliento. Él notó su debilidad. Ella temblaba por completo. Desvió la mirada y apretó los labios. Él recorrió su nariz aspirando el olor de su cuello. Le acarició el mentón y lo acercó con suavidad hacia él. Le besó los labios, primero un roce sigiloso, después abrió la boca y acarició sus dientes con su lengua. Ella no ofreció resistencia, se sintió asqueada, pero no se atrevió a rechazarlo. Terminaron desnudos y acezantes bajo las sábanas de seda de la suite.

La carrera de Patricia tuvo el giro anhelado, en pocas semanas le surgieron compromisos con varias agencias de moda. Pizano le ofreció un apartamento confortable, carro deportivo, viajes y ropa de diseño; poco a poco despertó en la joven el gusto por el vino y las drogas, que compartían en las fiestas que él realizaba en sitios exclusivos de la ciudad. Patricia, junto a otras invitadas de lujo, cantantes, modelos y actrices, terminaba imbuida en orgías memorables con altos funcionarios, entre ellos senadores, generales y empresarios, que escapaban de la apariencia de sus vidas sociales. Sin preverlo, Patricia se convirtió en una dama de compañía de altos ejecutivos, quienes pagaban con altas sumas de dinero sus servicios y su discreción.

Fruto de un descuido, Patricia resultó en embarazo. Cuando compartió la situación con Milano, el otrora hombre dulce y protector se transformó en un cínico despreciable. La amenazó con destruir su carrera si ella lo involucraba a él, o a algunos de los ejecutivos con dicho embarazo. Todos los invitados a sus fiestas privadas eran hombres decentes en la vida pública.

Patricia asumió en soledad la responsabilidad del embarazo. Al nacer su hija intentó retomar su carrera en el modelaje, pero volvieron a sonsacarla las propuestas y los regalos de sus clientes adinerados, quienes la habían acostumbrado a las comodidades y a los excesos.

Por el placer y la adicción a las drogas, Patricia dejó su pequeña hija al cuidado de su madre en Bogotá. Fundó en Medellín el *"Pink Heaven Club"*, un sitio exclusivo para el entretenimiento de ejecutivos solapados que buscaban diversión y pagaban un alto precio por la discreción. Patricia se encargaba de contactar a mujeres de la farándula nacional para que en sus instalaciones de lujo cumplieran con las fantasías sexuales de altos ejecutivos.

Dedicada a este mundo, Patricia conoció a Elkin Sarmiento, un ejecutivo que cruzaba por una crisis matrimonial y la contactó para sus servicios. Luego de varios encuentros, después de coñac y cocaína, Elkin se desahogó sobre su situación matrimonial: a través de un abogado su esposa le había solicitado el divorcio; ella no toleraba su estilo de vida ni los peligros que acarreaba su trabajo.

—No solo eres un cliente, eres un detective, ¿verdad? —se interesó Patricia, con buen tino—. ¿Qué tipo de investigación realizas en mi establecimiento?

—Conocer información privada de los hombres con los cuales tú y tus chicas trabajan —le confió Elkin en medio de los arrumacos—. Saber todo sobre políticos, ejecutivos y generales corruptos. Por ello estoy dispuesto a pagar más de lo que te pagan aquí.

Patricia halló en la propuesta de Elkin la forma de vengarse de políticos y empresarios solapados, que compraron su cuerpo para saciar su placer y la arrastraron a las adicciones. Elkin le enseñó el lucrativo negocio de sustraer información de seguridad a sus clientes y venderla por altas sumas de dinero. Mediante artimañas sexuales y uso de drogas, Patricia manipulaba la mente de sus grandes objetivos. El nuevo negocio triplicó sus ganancias, pero Patricia desconocía que su dulce venganza la sumergía en otra espiral de perdición, cada vez más profunda.

—¡Maldito Elkin! Eres un monstruo —farfulla con rabia sumergida en la tina—. Aquellos hombres pisotearon mi inocencia, pero tú me envenenaste de muerte. No tengo salvación. He hecho de todo en esta vida, pero tú... tú me convertiste en asesina.

Presiona el filo del cuchillo en su piel, justo por encima de la cruz tatuada en su muñeca izquierda. La copa de tinto cae al agua. La tina se tiñe de rojo. Inspira por última vez la esencia de la lavanda; la música Reiki brota plácida desde el reproductor, las velas se extinguen sobre el azulejo. Patricia recuerda los ojos de su hija al nacer. Su llanto y su sonrisa tierna. Ahora tiene trece años; en todo este tiempo ha evitado compartir con ella. Nunca enfrentó la culpa de sus errores.

—¡Perdóname, hija! —gimotea—. No te merezco.

En ese instante, se escucha un ruido en el cerrojo de la puerta principal de la casa, Patricia se alarma. La puerta se abre, alguien ingresa y corre con pasos sigilosos. La embriaguez impide a Patricia reaccionar con atino. El cuchillo vuelve a resbalarse entre sus manos. Murmura algo inteligible. De forma torpe sale de la bañera y camina en medio de las velas, la bata chorreante de agua moja sus pisadas. Cuando levanta la cabeza, dos extraños con pistolas en la mano le cortan el paso.

CAPÍTULO XIII

Acodado en una mesa del restaurante *Au Pied de Cochon*, con la mirada discreta oscilando de un ángulo a otro, Martín sostiene la carta de menús abierta en sus manos. Es un pretexto; en realidad, detalla a las personas sentadas a su alrededor y aquellas que ingresan al lugar. Aunque ignora el aspecto físico del *Anónimo X*, confía que lo reconocerá apenas traspase el umbral de la puerta.

Dentro del restaurante, un grupo de personas ocupan una mesa central, todos inmersos en lo que parece una reunión extraoficial durante el almuerzo. Frente a los ventanales de cristal, en una misma mesa, hay dos parejas de jóvenes, las mujeres llevan peinados alocados con trenzas de colores y ropa descomplicada; degustan *carpaccio* de res, *baguette* crujiente con queso y verduras a la parrilla. Las chicas ríen ante los comentarios de uno de los jóvenes de barba rala. En otra mesa del fondo hay dos individuos, de trajes azules con corbatas rojas que llevan como uniformes, consumen croquetas de *camembert* mientras esperan el plato principal. Las demás mesas permanecen libres.

Tras varios intentos por tomarle el pedido, un mesero con gestos y tono de voz meticulosa, vuelve acercarse a la mesa.

Martín, consciente de la larga espera, se excusa por la ausencia de su acompañante y ordena *fricassée* de pollo, champiñones y alcachofas en su jugo al estragón, ensalada de la casa, y una copa de *Semillon muscadelle*.

Pasado el mediodía, la mayoría de las mesas en el restaurante se atiborran de comensales. Martín entrecruza las manos y las apoya sobre la mesa. Con la mirada discreta, continúa atento a todo lo que ocurre en su entorno, a cada susurro, a cada mirada, a cada risa, a los olores que vuelan de las bandejas y a los vapores sazonados que se desprenden de la cocina. Nada le da la más mínima señal que lo haga sospechar que proviene del Anónimo X.

"*¿Cómo lucirá?* —se pregunta—. *¿Tendrá la edad de mi padre al morir? Quizá, un poco mayor. Seguro esconde la mirada bajo gafas oscuras. O, tal vez, es un simple fulano, alguien que no sobresale, ni gordo ni flaco, ni alto ni bajo. Aquella es la mejor forma como un espía se camufla en lo cotidiano, con lo que no destaca. Podría también lucir como un ejecutivo: llevar traje a la medida, valija y compañía de personal. Por lo general nadie sospecha de aquel que parece satisfecho con la vida. ¡Vaya dilema!* —continúa su razonamiento—. *En estas circunstancias, el Anónimo X podría ser cualquier persona. Un universitario, un ejecutivo, un mesero, el administrador de este restaurante. En fin, tantas cosas a la vez, que será imposible identificarlo. Tendré que esperar, sólo el mismo Anónimo podrá revelarme su identidad*".

El pedido del menú se materializa en veinte minutos. Martín come despacio y a la espera, atento a la puerta principal. No repara en los sabores de su plato ni en el vino. Solo mastica despacio y bebe mecánicamente. Cuando concluye su almuerzo da por hecho que el *Anónimo X* incumplirá la cita, han transcurrido dos horas más de la acordada.

Levanta la mochila del suelo y la apoya en una silla a su costado. Los ojos le giran sin descanso; agudiza aún más los sentidos y escucha a una pareja hablar en francés en la mesa del lado, los mira justo cuando se dan besitos en la boca y ambos se sonríen. Intranquilo, empieza a masajearse el muslo derecho con la mano. La tensión de la espera le impidió disfrutar el platillo. Detalla a dos nuevos comensales que ingresan al restaurante, justo cuando los jóvenes con las chicas risueñas lo abandonan.

Aquellos chicos le recuerdan el pedido de su madre para que ingrese a la universidad, pero él lo considera inoportuno en aquel momento de su vida. En realidad teme no encajar en el estilo de vida de los jóvenes de su edad, en su forma de vestir, en sus jergas habituales, en las redes sociales y los temas que manejan. Nunca ha sido bueno para socializar con sus pares. Aunque aquello no es algo que lo intranquilice.

Levanta la mano; el grácil mesero que lo atiende se acerca diligente y pregunta si desea algo más.

—Así está bien, muchas gracias —responde Martín.

—Espero se haya sentido satisfecho.

Martín asiente con la cabeza.

—¿Puede traerme la cuenta?

El mesero dibuja una media sonrisa, del talonario de comandas saca una tarjeta y la coloca sobre la mesa.

—Su cuenta está paga, señor —recoge los platillos, y sin atender al rostro de asombro de Martín se da la vuelta—. Que tenga una feliz tarde.

Martín se gira, pero el mesero se esfuma tras una puerta batiente. Sorprendido, Martín abre la tarjeta y lee un mensaje escrito con pluma de tinta azul: *"Restaurante Los Molinos, metro Tacubaya, Jalisco"*.

"¡Por fin una señal!" —celebra en silencio. El corazón vuelve a retumbarle en las sienes y los ojos recuperan la vivacidad. Mira a todos lados. No hay rastros del mesero. Muchas de las mesas permanecen abarrotadas. Guarda la tarjeta en la mochila y sale presuroso del restaurante. Se percata que el *Anónimo X* es obsesivo con la seguridad, aunque es de esperar siendo un prófugo buscado por la Interpol, y por mercenarios del cartel del norte de México.

A grandes pasos, Martín descuenta las cuadras; sigiloso echa reojos de lado y lado como si presintiera que alguien lo espiara. Casi a trote se mezcla con las personas que bajan por las escaleras del metro en la estación Polanco. Compra un tiquete de la línea naranja y revisa su destino en un mapa de la estación. La nueva dirección se encuentra justo a tres estaciones del metro, en dirección sur.

Mientras se dispone a traspasar la máquina registradora, un sujeto ataviado con chaqueta negra que corre por el pasillo lo tropieza y hace que Martín se tambalee casi a punto de caer, el desconocido, ajeno a lo ocurrido, continúa su carrera indiferente hacia la plataforma de trenes.

A esa hora la estación hierve de pasajeros agolpados en tumultos ruidosos, a ambos lados de acera. Cuando el tren se detiene con un chiflido de los frenos, Martín advierte que el sujeto que lo tropezó aborda el mismo vagón que él, por otra puerta de acceso. Viaja de pie, apoyado en una barra vertical frente a la puerta; con una postura firme y una mirada sigilosa hacia él.

La actitud suspicaz del sujeto lo alerta; piensa en apearse del tren, pero cuando se decide las puertas se cierran y el tren retoma la marcha. El vagón va congestionado de personas sentadas y en el pasillo, el extraño de chaqueta negra echa reojos por encima de las cabezas de quienes van sentados. Cuando Martín enfrenta su mirada, él la desvía y se concentra en el reflejo de su cuerpo proyectado en el cristal de la puerta. No supera los treinta años, un hombre musculoso, de cara cuadrada y ojos oscuros, bigotes y barba de pocos días.

El tren se desplaza veloz sobre los rieles subterráneos lanzando bufidos. Con el movimiento, la congestión de personas en el vagón se hace fatigosa. Todos viajan con aire indiferente, las miradas clavadas al vacío o en las pantallas de sus celulares. Una joven sentada se retoca el maquillaje mientras se mira en un espejito, alguien habla del fin del mundo a viva voz en el pasillo. Pero el extraño de chaqueta negra persiste con su mirada recelosa sobre Martín.

Después de unos minutos, el tren se detiene en Tacubaya y, de inmediato, una multitud de personas comienza a descender presurosa. Martín se aferra a las barras cercanas a la puerta, esperando que suene el timbre de cierre antes de bajarse en el último segundo. El extraño también intenta bajar, pero el tren comienza a moverse de nuevo antes de que pueda hacerlo. Desde la plataforma, Martín observa cómo el desconocido se muestra frustrado detrás del cristal de la puerta y, en ese momento, nota que habla de manera inquieta por un celular mientras el tren se aleja.

CAPÍTULO XIV

Martín sube corriendo las escaleras del *subway* y agarra los tirantes de su mochila mientras sale de la estación Tacubaya. Atento a las señales y a los detalles de los edificios circundantes, cruza la Avenida Jalisco junto a otros peatones. En la esquina de una calle llena de cafeterías y restaurantes, en el porche de un edificio con tejas de terracota, divisa una banderola *vintage* que dice: "Restaurante Los Molinos".

A paso firme y bajo la sombra de los árboles que bordean la acera, Martín se encamina hacia el restaurante, buscando alejarse lo más rápido posible de la estación. Aunque lucha por evitar la paranoia de persecución que padeció durante su infancia, no puede evitar sentirse inquieto por el desconocido en el metro. Un mal presentimiento retrepa como ácidos tibios desde su estómago hasta su cuello. Le resulta imposible desprenderse de la mirada intimidante de aquel hombre en el tren.

En la avenida, el tráfico avanza ruidoso y caldeado por el sol picante del mediodía. Vendedores de rebusque ofrecen sus productos a transeúntes que se mueven en todas las direcciones. De pronto, un SUV Ford negro, en una maniobra atropellada, abandona el carril de velocidad y frena en seco al borde de la acera. La puerta de atrás se abre de golpe.

—¡Sube, Alejandro! —indica alguien desde la parte posterior.

Desconcertado, con una mezcla de curiosidad y miedo. Martín se asoma al interior del auto. Desde el asiento trasero un individuo agraciado y bien presentado reafirma el pedido:

—Sube, Alejandro. No tengas miedo —dice con una media sonrisa y muestra las palmas de las manos en gesto de sinceridad. Lleva camisa azul de seda, blazer, pantalón negro y zapatos de charol.

Martín se estremece, traga en seco, y sin tiempo de razonar sobre la identidad del sujeto que le habla, entra al auto. Un trigueño al volante se inclina en la silla y de un manotazo cierra la puerta. Al instante, retoma la marcha sobre la vía concurrida. En el interior del auto el ambiente es agradable, con corrientes de aire perfumado de auto nuevo.

—Soy el *Anónimo X* —expresa diligente el sujeto de atrás, y extiende su mano derecha.

Martín le estrecha la mano con nerviosismo. El *Anónimo X* es más joven de como lo imaginó. Promedio veintiocho años de edad, ni alto, ni bajo, ni fornido, ni flaco; tampoco lleva gafas oscuras que oculten su mirada. Aunque su ropa es de buen gusto, y su perfume suave maderoso, definitivamente, es del tipo de hombre que pasaría desapercibido en cualquier lugar.

—No puedes ser más parecido a tu padre —expresa el *Anónimo X*; arrastra un acento llano, ni colombiano, ni mexicano—, la misma profundidad en la mirada. Pero el mayor parecido es el arrojo. Eres muy valiente para venir hasta aquí.

—Pensé que almorzaríamos juntos —comenta Martín.

—Son tiempos difíciles, y aunque me atrae el riesgo, debo tomar precauciones —se excusa el *Anónimo X*, y cruza las piernas—. Pero, ¿te gustó el almuerzo?

Martín asiente con la cabeza, se reacomoda en la silla y apoya la mochila en su regazo.

—Gracias por recibirme.

El *Anónimo X* señala al trigueño que va al volante.

—VZ, mi hombre de confianza, puedes hablar con libertad.

El sujeto mira a Martín por el retrovisor. No dice nada. Solo le levanta las cejas.

—Busco respuestas... —murmura Martín, y se frota despacio la pierna derecha con la mano—. Sobre mi padre, C32.

El *Anónimo X* se percata del *tic* nervioso de Martín.

—En verdad, siento mucho la muerte de tu padre —comenta; su carácter es prudente—. Pero, no sé si estás preparado para escuchar lo que viniste a buscar. Creo que es mejor dejarlo ir, amigo.

—Pero... deseo conocer la verdad —Martín incrementa el sobajeo en su pierna.

—Cuando te arrebatan a un ser amado, siempre quieres saber los motivos —el *Anónimo X* une sus manos y las apoya sobre sus rodillas cruzadas—. Es una forma de manejar el duelo; pero debes ser consciente que tu vida cambiará si conoces ésta verdad. Ya no serás el mismo. Será un viaje sin retorno.

El auto da un giro en la avenida y avanza despacio por una calle colorida llena de restaurantes de lujo, cafés y pequeños negocios de moda. El chofer va atento al tráfico, pero de reojo mira constantemente por el retrovisor. Martín se mantiene en silencio.

—Lo sacrificamos todo al unirnos al *B1* —prosigue el *Anónimo X*—. No tenemos nada que perder; en cambio tú eres todavía un joven, debes preguntarte si vale la pena involucrarte.

Confundido por los preámbulos, Martín mueve las comisuras labiales y parpadea, aquella es la misma advertencia que usó el mayordomo de la hacienda Las Praderas, donde encontró La Alézeya. Sin embargo, él prefiere defender su convicción: *"deseo conocer la verdad"*.

Abre la mochila y extrae La Alézeya.

—Creo que mi padre ya escogió por mí —responde con firmeza.

El *Anónimo X* se queda perplejo ante La Alézeya, reconoce la letra cursiva de William en la cubierta. No da crédito a lo que ve, traga en seco. Se siente ahora sofocado. *"¿Qué has hecho con tu hijo, William?"*

—Después de leer este manuscrito, no creo que los ejecutivos del CRP hayan asesinado a mi padre —acota Martín.

El *Anónimo X* se frota la nuca con la mano izquierda y mira por la ventana hacia la avenida, intenta un imposible: zafarse del peso del destino que le depara a Martín. Luego de unos segundos, vuelve a girar el rostro hacia él.

—Tienes razón —asiente varias veces con la cabeza; se resiste a dar explicaciones—. A tu padre no lo asesinó el Cartel Reinoso-Paredes. Los *jinetes* del *Círculo de la Corona* lo hicieron.

Martín no se inmuta, aquella información la había deducido por sí mismo. En realidad, lo que él desea saber es lo que subyace detrás de aquella organización que asesinó a su padre. Solo así, podrá cumplir su vaticinio: *"Sólo hay una forma de acabar esta guerra: exponer a los líderes que conforman el gran Círculo de la Corona. Aquellos que organizan y enmascaran carteles de drogas y de armas en Latinoamérica; aquellos que lavan las grandes rentas en empresas ficticias y someten a estados soberanos bajo su voluntad. Los verdaderos amos de la mafia"*.

Martín abre La Alézeya, saca un grupo de fotografías de entre las hojas, y se las pasa al *Anónimo X*.

—¿Sabes quiénes son estas personas?

En una mezcla de confusión, el *Anónimo X* detalla una a una las fotografías. Al culminar la tarea observa a Martín, chocan miradas; el *Anónimo* se frota la frente y vuelve a concentrarse en las imágenes. Se percata que está frente a un *Insospechado*. El *Heredero Insospechado de C32*. Sólo que Martín aún desconoce su destino.

Los *Insospechados* son individuos que heredan los resultados de las investigaciones de un *Cooperante* al morir, pero sobretodo se comprometen a continuar su legado. Los *Agentes Cooperantes* escogen a sus herederos en vida, casi siempre otros espías, y a estos transfieren todas las evidencias de sus misiones secretas. Pero William comisionó a su hijo para completar su tarea. Eso convierte a Martín en el primer civil *Heredero Insospechado* de la hermandad de los *Cooperantes*.

El auto del *Anónimo X* gira a la derecha en una transversal, lleva una velocidad estable, a menos de cincuenta kilómetros por hora. Una radio de comunicación crispa en la parte delantera, el chofer mira el aparato con atención: "Zona tres sin novedad —se escucha una voz grave—, *la ruta es segura.*"

A pesar de la hora, justo a la media tarde, pocos autos transitan por dicha avenida. En esa zona de la ciudad, el cielo cambió, de pronto, de azulado claro a encapotado gris y venteado. Algunos transeúntes caminan por las aceras con las manos guardadas en los bolsillos de sus chaquetas.

El *Anónimo X* aspira un cigarro electrónico que sacó de su gabán y se apoya en el espaldar de la silla. Ahora se ve preocupado; vapea e inhala el aroma mentolado. No sabe por dónde empezar su labor.

—Desde hace varios años, un grupo de *Cooperantes* investigamos al denominado *Círculo de la Corona* —comienza despacio—; una especie de corporación ilegal transnacional. Según nuestras interceptaciones, creemos que desde las sombras son quienes lideran los carteles del narcotráfico en Colombia y México. Todos provienen de una sola rama, aunque ellos mismos lo desconozcan. Dicha organización también trafica con armas y metales preciosos en África subsahariana. Estas fotografías tomadas por tu padre, son del primer encuentro registrado entre un representante del *Círculo de la Corona*, con intermediarios de mafias latinoamericanas: generales de distintos países y ejecutivos del CRP —vuelve a vapear su cigarro y señala una fotografía—. Quien sostiene la valija es Sir James Spencer, jefe de la comisión del canal de Panamá, una colonia estadunidense enclavada en Panamá, uno de los encargados de liderar las estrategias del *Círculo de la Corona* en los países andinos, que luego se extendió a todas las Américas. El de la guayabera blanca es un general cubano, Lázaro Cárdenas, el punto de enlace en el Caribe, esta organización desconoce trabas políticas e ideológicas. Al lado del general Cárdenas, se encuentra el general mexicano Cuauhtémoc Sánchez. Al frente de los generales, están Bernardo Reinoso y Antonio Paredes, ejecutivos del CRP.

El *Anónimo X* vuelve a aspirar su cigarro. Martín sigue solemne el ritmo pausado de sus manos.

—Los *Anónimos* descubrimos la asociación de una cúpula militar Latinoamericana con esta organización ilegal transnacional, que también involucra a generales colombianos, incluidos altos mandos del *B1*—hace una señal de desprecio con la boca y alinea las fotografías en su mano izquierda—. Nos engañaron. Nuestro servicio en el *B1* era insubstancial, la corrupción partía de la propia institución. Así que filtramos información sensible a la prensa y a agencias judiciales internacionales. Pero ellos asesinaron al general Beltrán y disolvieron el programa *Anónimo*. Nos convirtieron en enemigos públicos, perseguidos por la Interpol y por la propia agencia a la que servimos.

Ante las palabras del *Anónimo X*, un escalofrío recorre la piel de Martín, parpadea y aprieta La Alézeya en su regazo.

—Y, ¿quiénes lideran el *Círculo de la Corona*? —pregunta titubeante. El chofer da otro reojo hacia atrás.

—Es información ultra secreta —responde el *Anónimo X*—. No sabemos con certeza. Tras años de investigación, sabemos que existen cinco *jinetes* coronados, quienes ejecutan programas secretos en países claves, a través de una red de políticos y militares corruptos de altos rangos —Martín frunce el ceño; el *Anónimo X* especifica—. Son los oficiales quienes, a través de ejecutivos locales e intermediarios, transfieren información y contactos a jefes de carteles de drogas para que realicen su trabajo, cuyo dinero termina siempre en bancos manejados por la organización; y así también corrompen a funcionarios públicos. Es una pirámide, un medio diseñado para desvertebrar la idea de independencia de las naciones. Un mal que persiste desde hace décadas y cada vez más amplia sus tentáculos.

Martín abre La Alézeya y señala la pirámide que su padre dibujó en el centro del manuscrito.

—¿Es lo que se refleja en esta alegoría?

El *Anónimo X* asiente y vuelve a lanzar una bocanada de humo que nieva los cristales del auto.

—De acuerdo con nuestras investigaciones, tres *jinetes* del *Círculo de la Corona* residen en ciudades de la costa este de los Estados Unidos, incluido el *jinete rey*. Por eso la pirámide apunta al norte. Sospechamos que hay un *jinete* en Colombia y otro en México. Una *Cooperante* reclutada por tu padre en Virginia, trianguló comunicaciones cifradas de *jinetes*, lo que ayudó a identificar sus zonas de influencias.

—¿Son militares?

—No. Creemos que sus actividades principales son la banca, la dirección de grandes instituciones públicas y la política. Infiltrar entidades federales y llegar a posiciones de poder ha sido su mayor logro. Esto les permite llevar a cabo sus actividades desde las sombras y disfrazarlas de cooperación, a través de miles de empleados.

—Entonces... ¿quién mató a mi padre?

—Un general colombiano ejecutó la orden del *Círculo de la Corona*.

—¿Un general? —los ojos de Martín titilan luminosos, aprieta aún más La Alézeya contra su pecho—. ¿El *jinete* colombiano es un general?

—Hemos interceptado información. Creemos que es un alto mando policial conectado con el gobierno.

El carro se detiene en un semáforo, dos camionetas, verde y roja también lo hacen en los carriles laterales. Los conductores de ambos autos, uno de barba incipiente con un cigarro en la boca, y otro bigotudo con sombrero texano blanco, miran serios a VZ. Este se inquieta, abre la guantera, y está a punto de sacar un arma cuando los semáforos cambian y las dos camionetas salen pitadas en la vía.

El *Anónimo X* se endereza en la silla y guarda su cigarro electrónico en el bolsillo interior de su gabán.

—Tu padre guardaba suficiente evidencia en contra de los *jinetes* del *Círculo de la Corona*. Sus revelaciones permitieron la captura y judicialización de un alto ejecutivo en Panamá y del general Lázaro Cárdenas, en Cuba.

El *Anónimo X* le devuelve las fotografías a Martín, que las reorganiza entre las hojas de La Alézeya.

—Nadie puede saber que heredaste La Alézeya —le alerta el *Anónimo X*—. Tu vida dependerá de ello.

Martín inspira profundo, parpadea nervioso, luego se espanta con sus propias palabras:

—Descubriré al *jinete* de Bogotá que asesinó a mi padre. Él pagará ante la justicia por su muerte.

El *Anónimo X* se sorprende ante las palabras de Martín. Aunque le resulta un joven lánguido y disgregado por el nerviosismo, le impacta su arrojo. Considera que, quizá, William no se equivocó al escoger su *Insospechado*. Solo que, a diferencia de su padre, Martin piensa en la justicia en lugar de la venganza.

—No será fácil, Martín —comenta el *Anónimo* con autoridad—. El *jinete* de Bogotá es un sanguinario. No solo asesinó a tu padre, también asesinó al general Beltrán. Los *Cooperantes* enfrentamos el mayor de los males: la corrupción enquistada en el estado. Golpeamos al *Círculo de la Corona* desde la oscuridad, por eso tratan de exterminarnos. Nuestra mejor arma es la información, y La Alézeya posee los códigos para reunificar a los sobrevivientes de la hermandad. Tu padre te asignó una gran misión.

El vehículo se detiene en una calle dentro de un parque verde en medio de la ciudad, con eucaliptos y cedro blanco remecidos por la brisa. A lo lejos se distingue un lago de viso diamantino, rodeado de juncos y zonas boscosas. Pequeños grupos familiares comparten y juegan sobre la grama.

De pronto. Suena por la radio un mensaje aterrador:

—*Código Alfa 1. AX triangulado, deben salir del lugar* —se escucha una voz femenina—. *La ruta ya no es segura.*

—Confirme información, base 1 —solicita VZ.

— *Código Alfa 1. Alguien filtró su posición. Deben acudir al refugio más cercano.*

—Entendido, Alfa 1; procedemos con plan de salida A1 beta.

— *Ya no es confiable, señor. Estamos bajo ataque. No hay apoyo cercano. Están por su cuenta. Alguien nos delató.*

CAPÍTULO XV

Tras dejar a su paso cuantiosas pérdidas económicas y numerosas muertes en las islas del Caribe, un poderoso huracán categoría 3 en la escala Saffir-Simpson se aproxima con peligro hacia la costa este de los Estados Unidos. Según los pronósticos del Centro Nacional de Huracanes (NHC), se espera que el fenómeno meteorológico impacte tierra firme por las Carolinas en las próximas horas. Debido a su gran magnitud, se prevé penetración del mar en las zonas costeras, así como fuertes lluvias e inundaciones que afectarán desde el norte de Florida hasta Nueva York.

En apoyo a la emisión especial del noticiario que alerta sobre la tormenta, Victoria decidió incorporarse al canal de televisión donde labora. La noticia sobre el temporal se cubre desde varios puntos de la Florida, donde miles de personas, en los cayos y zonas costeras de Miami, han sido evacuadas hacia resguardos seguros. Las estaciones de combustibles y supermercados de la ciudad permanecían abarrotados de personas en busca de provisiones.

Pasado el mediodía, cuando el día se nubló y rachas de viento batían los árboles en las avenidas, Victoria condujo de regreso a su condominio en Coral Gables.

Al llegar a la casa, retornó su preocupación por Martín.

"¡Ojalá vea las noticias y tome un resguardo seguro!"

Presurosa, se despoja de su gabardina marrón y la cuelga en el perchero de pie, al lado del sofá en el centro de la sala. Activa la contestadora y mientras camina en dirección al refrigerador escucha los mensajes grabados. Toma una botella de agua y bebe a grandes tragos. Desde la distancia distingue la voz de Elkin en el contestador, necesita hablarle con urgencia. Ella descifra una nota de tensión en su voz. Se apresura a su bolso sobre el sofá y chequea el celular; está en vibrador. En el ajetreo de la mañana lo olvidó por completo. En la pantalla aparecen registradas dos llamadas de Elkin. La contestadora sigue reproduciéndose, hay un mensaje de su padre, el magistrado Sarmiento, su voz suena tranquila, solo llamó para saludar. Ninguna señal de Martín.

—¡Llamará solo en las tardes! —recuerda Victoria con amargura—. Salió terco como su padre.

Se recoge los cabellos rojizos con una felpa y, con la botella de agua en la mano, Victoria camina de vuelta a la cocina. Busca en el refrigerador algo que le apetezca. Está sin apetito. Una sensación de náuseas repunta desde la mañana en su garganta; a pesar del desgano se exige alimentarse. Además, cocinar es una afición que disfruta. Desde el mesón de la cocina abierta activa un control remoto, y el *Vals de Primavera* de Chopin se sintoniza dulce en el reproductor de la sala.

Arrobada por la melodía del piano que apacienta sus angustias, sazona con especias un filete de salmón blanco y lo coloca en un sartén a fuego lento; cuece también brócoli, zanahoria y chayote al vapor. Lo sirve con salsa de mostaza y miel y se sienta a la mesa solitaria. Una copa de zinfandel tinto acompaña la velada. El aroma a manzana y tabaco del vino marida agradable con los sabores tiernos del salmón, que se deshace en su boca; la música resuena plácida por toda la casa y embriaga lento el dolor que la constriñe.

Después del almuerzo, Victoria analiza por primera vez las repercusiones que la muerte de William arrastrará en su familia; cómo podrá ella demostrar que un general de la policía colombiana fue quien ordenó su muerte, y sobretodo, cómo enfrentará el desafío judicial en contra del propio estado colombiano. Levanta despacio la copa y en su garganta, una vez más, el sabor frutal del vino se mezcla con la amargura de sus pensamientos.

"No permitiré que el crimen de William quede impune —se promete con la vista puesta en el vacío—. *Los culpables pagarán, todos sin excepción, sin importar el peso de su poder".*

La campanilla del timbre del teléfono interrumpe las notas placidas del piano. Victoria se moviliza rápido y lo descuelga al tercer repique. Elkin la saluda de inmediato, al otro lado de la línea.

—Hola, *frère*. ¿Qué has averiguado? —pregunta ella con atisbo de ansiedad.

—Está confirmado —responde él en tono firme—. El director de la policía, General Urdaneta, fue quien ordenó la muerte de William.

A Victoria se le corta la respiración con la noticia. Aprieta los labios y contiene la agriera en el estómago. Apaga la música en el reproductor y se queda pensativa por unos segundos en medio de la sala. No emite sonido. Solo sopesa en silencio las implicaciones de la grave acusación lanzada por Elkin.

—¿Estás seguro, *frère*? —cuestiona luego en baja voz—. ¿Cómo lo has averiguado?

—Un informante de la institución. Él también está involucrado —revela Elkin.

Victoria camina hacia los ventanales de la sala con el teléfono al oído, sus ojos se mueven de un lado a otro entre los párpados entornados, los labios rosados le vibran. De pie, detrás de las persianas, mira al exterior de la casa, afuera los follajes de los árboles se mecen ruidosos con el viento y las nubes ennegrecen el cielo.

—¿El informante testificará? —inquiere.

—No. No lo hará.

—¿Qué tenemos, entonces?

—Sólo su testimonio.

—¿Y por qué creerle?

—En su condición, solo diría la verdad, y lo hizo.

—Pero son pruebas circunstanciales, *frère*. La defensa las destrozaría. Debemos tener evidencias sólidas para demostrar que un general de la república ordenó la muerte de William —acuña—. ¿Conoces los móviles del general?

—Aún validamos esa información.

—¿La fiscalía ha sido notificada de esta revelación?

—Aún no. Hay mucho en juego. Debemos recopilar las pruebas necesarias. Hay que evitar que la investigación se empañe de escándalo o influencia política.

—Entonces, ¿crees que el general Urdaneta está vinculado con el CRP?

—¡Lo está! —acuña Elkin con firmeza—. Pero aún no hay forma de demostrarlo.

A Victoria le sudan las manos. Cambia el teléfono de oído y se frota el cuello con la mano izquierda.

—Si demostramos la alianza entre el general Urdaneta y el CRP, descifraremos los móviles que lo impulsaron a ordenar la muerte de William —comenta.

—Lo haré Ena —promete Elkin—. Encontraré las pruebas, así tenga que cruzar un valle de muerte.

Victoria cuelga el teléfono y cae lánguida en el sofá. De un trago se toma el zinfandel que resta en su copa. Nada pudo sorprenderla más. William no sólo se enfrentó a los ejecutivos del CRP, sino también a oficiales corruptos dentro de la propia institución a la que servía. A hombres que supuso serían sus aliados y protectores, pero que terminaron siendo sus verdugos más férreos.

Con el teléfono apoyado al mentón, Victoria vuelve a quedarse inmóvil, solo parpadea despacio, en sus sienes el pulso late con fuerza. Sabe que camina en un terreno oscuro y peligroso, el mismo camino que masacró a varios miembros de su familia. Un torbellino de ideas de desquite se cierne en su cabeza; tiene razones para justificar una venganza, pero el olor aún fresco del féretro de William la impulsa a abrazar la justicia, o al menos a intentarlo. Cuando por fin cambia su postura en el sofá, decide marcar en el teléfono el número de la oficina de su padre, en Bogotá.

—Fue un crimen de estado —le expresa conmovida al magistrado, una vez él contesta—. Oficiales corruptos de la policía asesinaron a William.

Detrás de su escritorio, el magistrado Sarmiento abandona la silla reclinable y, perplejo, camina hacia el ventanal.

—Es más grave de lo que pensé —acuña después de escuchar todos los detalles de boca de Victoria. Entreabre las persianas horizontales de su despacho y con el ceño fruncido, inspira profundo como sediento de aire—. ¿Crees que William poseía evidencias en contra del general Urdaneta?

—Ahora lo creo, padre —sostiene Victoria—. De lo contrario, no habría razón para ordenar su muerte. William filtró a la prensa la existencia del *B1*, así también evidencias secretas de las interceptaciones ilegales de la policía a los celulares de senadores y magistrados de la corte.

—Pero, ¿a quién realmente beneficiaban estas acciones del general Urdaneta?

—No lo sé; quizá, a algún superior —razona Victoria—. Esto salpica a varios funcionarios públicos, incluido al propio presidente de la república.

El magistrado parpadea.

—El procurador general hará público que no hay evidencias que vinculen al presidente de la república con las interceptaciones ilegales —suelta el magistrado luego de algunos segundos silencioso—. La Comisión de Acusación de la Cámara precluirá la investigación contra el presidente por falta de pruebas. De modo que toda la culpa de esa actividad ilegal recaerá sobre el fallecido general Beltrán.

—¡Excelente maniobra política! —exclama Victoria con ironía—. ¿Expiarán las culpas de la policía y del gobierno mancillando el buen nombre de un general asesinado? Las evidencias de William demuestran que el general Urdaneta fue quien ordenó las interceptaciones ilegales a senadores y magistrados. El general era parte del consejo directivo del *B1*, tenía el suficiente poder para hacerlo. Desplegó un operativo de espionaje político que solo beneficiaba al presidente.

—¿Puedo saber qué tan sólida es tu fuente, hija? —solicita el magistrado—. Necesitamos pruebas y testigos para presionar a la Comisión de Acusación de la Cámara a investigar. Sabemos que los informes de la fiscalía son una tapadera, pero no hay forma de desmontarlos.

Victoria mueve las comisuras de los labios a ambos lados, es consciente que no tiene algo sólido en las manos. Pero tampoco delatará a Elkin como su fuente.

—No puedo darte nombres ahora —salda la situación—. Pero quiero que sepas que la captura reciente de algunos jefes del narcotráfico, son solo cortinas de humo gestadas por el general Urdaneta, para desviar la atención de la opinión pública del escándalo de las interceptaciones ilegales que salpican al presidente.

El magistrado siente que se le reseca la garganta y traga saliva. Extiende la vista cansada hasta la plaza Simón Bolívar. A la distancia, detalla la escultura bronceada del libertador con la espada en la mano, el capitolio nacional y algunos transeúntes que caminan por entre las palomas asentadas en la plaza.

—Este tipo de corrupción mancha la moral institucional y política del país —comenta con aire perturbado—. Perjudica la visión que los ciudadanos tienen de sus dirigentes. Investigar a generales y al presidente de la república da una respuesta negativa al país. Deben existir pruebas sólidas para acusar a personajes de estado.

—Pero, ¿cómo la Comisión de Acusación tomará decisiones sin una investigación judicial? —reprocha Victoria con vehemencia.

—Debes comprender, hija —reflexiona el magistrado—; las decisiones en el congreso son más políticas que judiciales; así funciona nuestra democracia, por eso es casi imposible procesar a un presidente por decisiones que emanen de su cargo.

Victoria niega con la cabeza y baja la mirada. Luego descarga:

—El general Urdaneta cometió delitos graves bajo la anuencia del presidente. Ambos deberían ser investigados. ¿Cuál es la fortaleza de un estado si no puede responsabilizar a un general y al presidente de sus delitos? Ellos nunca le perdonaron a William que filtrara a la prensa las evidencias de este escándalo, por eso el general ordenó su muerte.

El magistrado inspira profundo. Se muestra pesaroso ante las graves acusaciones de su hija; le atemorizan las repercusiones que se derivan de una investigación de tal magnitud. Nunca antes el poder judicial y legislativo del país, en toda su historia republicana, ha si quiera vislumbrado la posibilidad de investigar y remecer el aparato ejecutivo en su más alta magistratura.

—No cabe duda, la corrupción carcome la institucionalidad —comenta el magistrado con aire sombrío—. El estado de derecho yace moribundo. Y en algo tú tienes la razón, hija. Esta investigación marcará un gran desafío judicial. Pero como magistrado tengo el deber de defender la justicia; y quien infringe la ley, sin importar su condición, debe ser investigado y castigado, incluyendo al propio presidente de la república.

CAPÍTULO XVI

—¡Tenemos compañía, señor! —alerta *VZ* en tono reservado y acelera el auto. De una pechera táctica bajo su abrigo extrae una pistola automática, le quita el seguro y la empuña firme en su mano derecha.

Sin apenas turbarse, con los ojos medio entornados, el *Anónimo X* echa una mirada atrás. Una camioneta hilux blanca gira despacio al fondo de la alameda, en los rines cromados del auto y en sus vidrios polarizados se refleja el verde de los árboles, no se distinguen las personas al interior.

—¿Alguien conocía de nuestro encuentro, Martín? —inquiere el *Anónimo X*. Su rostro, aunque serio, refleja una expresión de desconcierto más que de recriminación. Martín parpadea confundido, boquea, pero no emite palabras.

Consciente del aturdimiento de Martín, el *Anónimo X* no espera por respuestas; gira el cuerpo, saca del cinto una Beretta 9 mm, le carga rápido un cartucho y lanza otro reojo al auto de atrás, que también acelera en medio de la avenida.

Las voces que crispan en la radio estremecen a Martín, la tensión va en aumento dentro del auto, es consciente que viaja con un prófugo de la justicia y se aproxima un ataque de enemigos desconocidos; todos incluido el *Anónimo X* se preparan para repelerlo, pero él no sabe qué hacer. Con las manos temblorosas guarda La Alézeya en su mochila y la aprieta contra el pecho, luego vuelve a frotarse las rodillas de forma maquinal. Al volante, *VZ* envía códigos de alerta por radioteléfono. La voz que retumba en el auto, le orienta: *"Periférico Norte, base 1. Apoyo Omega en ruta"*.

—Trata de recordar, Martín —insiste el *Anónimo X*—. ¿Alguien supo de este encuentro?

VZ pisa a fondo el acelerador y el auto ruge mientras sobrepasa la velocidad permitida en la vía. Un remolino de hojas secas se levanta del pavimento y obstruye la vista del auto que los persigue. Con ambas manos apoyadas en el volante, *VZ* gira el auto hacia la derecha en una intersección y continúa avanzando a través de varias cuadras de áreas deportivas. Finalmente, con una audacia temeraria, se desplaza en diagonal, paralelo a una gasolinera, y se adentra en la autopista norte.

Martín retuerce las piernas y sacude la cabeza. Los ojos le brillan a punto del llanto.

—Había un sujeto en el metro —balbucea.

—¿Qué hay con él? —requiere el *Anónimo X*.

—Un sujeto de chaqueta me tropezó en el metro —vacila Martín. Aprieta con fuerza su mochila y levanta la mirada—. Era un sujeto extraño.

—Entonces, ¿crees que te tropezó intencionalmente?

—No lo sé; pero me miraba extraño.

Al oír las palabras de Martín, *VZ* coloca la pistola bajo su muslo derecho, y abre guantera, extrae un detector de metal y lo desliza por encima de la silla del copiloto. El *Anónimo X* toma el detector en la mano y se dirige a Martín con autoridad.

—Debo registrarte.

La orden no da cabida a réplica. Pálido y con la respiración entrecortada, Martín permanece rígido en el asiento. El *Anónimo X* enciende el detector de metal y pasa la punta del aparato por delante y por detrás del tronco de Martín. Mientras *VZ* lanza reojos por el retrovisor al auto que los persigue.

Cercano al bolsillo anterior de la mochila de Martín, el detector de metal lanza un pitido agudo e intermitente.

—¡Demonios! —salta el *Anónimo X*—. ¡Lo plantaron!

Molesto, el *Anónimo* arranca un diminuto transmisor adherido debajo de una de las solapas de la mochila de Martín. Baja la ventanilla de su lado y lanza el mecanismo contra el asfalto. Martín se baña de sudor. Con los ojos desorbitados y temblando de pies a cabezas no logra concebir como aquellos hombres pudieron localizarlo y plantarle un transmisor.

—No es tu culpa, Martín —lo tranquiliza el *Anónimo X*—. Nosotros nos confiamos —apoya la pistola en el asiento—. Todo estará bien, te pondremos a salvo.

Con ambas manos tensas en el volante, *VZ* acede veloz al elevado de la autopista norte. Sobre los carriles vaporosos, los autos se suceden unos a otros lanzando destellos y corrientes de humo. Con frustración, *VZ* observa en el retrovisor la imagen creciente del Toyota que se aproxima de forma temeraria a su auto.

—Los llevaré a la base, señor —comenta a viva voz—. No alcanzaremos el refugio emergente.

—Alerta a los *Cooperantes*.

—No hay tiempo, señor.

—¿Y dónde carajos está el Omega? —se exalta el *Anónimo X*.

VZ despliega en la pantalla del automóvil una imagen con todas las rutas de la ciudad. Un punto azul titilante surge en el tablero, representa la localización exacta de una motocicleta honda negra de alto cilindraje, con dos agentes especiales que llevan camuflados en sus chaquetas dos subfusiles Ingram Mac 10. Ambos conforman el equipo de apoyo Omega. En el mapa, el localizador permanece inmóvil, entre las líneas rojas de una intersección, ubicado a más de dos kilómetros de distancia. Justo en ese instante, dos patrullas de la marina mexicana interceptaron a los motociclistas. Desde sus autos, una unidad militar apunta sus fusiles directo al pecho de los agentes especiales, que resultaron sorprendidos por un operativo en medio de la avenida.

—Omega fue interceptado, señor —contesta *VZ*—. Estamos solos.

—¡Maldita sea! —prorrumpe inquieto el *Anónimo X*—. Definitivamente, alguien nos traicionó.

Atrás, la camioneta al acecho zigzaguea veloz entre los carriles, rebasa a varios automóviles y en pocos segundos se pone a escasos metros de su objetivo. Un melenudo musculoso con una chaqueta de denín sin mangas, baja la ventanilla del copiloto. Asoma su brazo derecho tatuado con una calavera, y sin vacilar acciona una miniuzi en medio de la autopista.

—¡Cúbranse! —grita *VZ* y se inclina hacia al volante.

De un manotazo, el *Anónimo X* empuja a Martín por la nuca y lo encorva entre las sillas. Una ráfaga de balas impacta como granizo el maletero y la luneta del auto, que se resquebraja en forma de dardos de cristal.

VZ vuelve a pisar a fondo el acelerador y mueve el volante de derecha a izquierda tratando de esquivar el ataque. En la peligrosa maniobra golpea por detrás a un sedán plateado en el carril central. El otro auto pierde el control y en un chirrido de los neumáticos, que desprenden humo y fuego del asfalto, se lanza contra las barreras de la vía. Un olor a caucho quemado y a gasolina inunda el ambiente. Acuclillado en medio de los asientos Martín inicia con un acceso de tos, la cara se le enrojece, el aire denso del humo dentro del auto se traba en su garganta.

—¡Respira, Martín! —le grita el *Anónimo X*.

VZ frena un poco y estabiliza el auto que derrapa en el asfalto, en una maniobra limpia esquiva el choque contra los otros vehículos. La Hilux les da alcance por el carril central y el mercenario de la miniuzi se prepara a rematar. Sin opciones, VZ gira el volante y embiste el costado derecho de la Hilux que ahora avanza en paralelo. Ante la sacudida, el melenudo de la miniuzi salta a su silla para evitar el golpe del Ford que fricciona las puertas de su vehículo y rompe el espejo lateral de lado del copiloto.

De un salto, el *Anónimo X* se endereza en la silla y, por encima de la cabeza de Martín, realiza una descarga rápida de disparos con su 9 mm e impacta el hombro derecho del sujeto de la miniuzi. El chofer de la hilux pierde el control del volante y colisiona con otro auto delante; con la fuerza de la inercia, ambos autos giran en redondo sobre sus ruedas y se estrellan contra las barandas del elevado. La hilux queda atrapada entre la baranda y el otro auto.

Cláxones y chirridos de frenazos se escuchan en todo el tramo del elevado, VZ da varios giros al volante y logra evitar el impacto de los autos detrás. El chofer de la hilux, encolerizado, pisa el acelerador a fondo, el motor emite un rugido y la defensa delantera arrastra pesadamente al carro que lo bloquea, hasta que se abre de nuevo paso en la vía y recupera la velocidad. Abollado en el flanco izquierdo y con el motor humeando, a pocos segundos, la hilux vuelve a colocarse a escasos metros del auto conducido por VZ. Sin dudarlo, el chofer acelera y lo embiste por detrás. El golpe desprende la defensa trasera del

Ford. El *Anónimo X* cae entre las sillas, Martín lanza un grito con la cabeza metida entre las rodillas y las manos cruzadas sobre su nuca.

—No tenemos alternativa, señor —exclama VZ—. Saldré al emergente.

El *Anónimo X* trata de incorporarse en la silla, se estremece cuando distingue en el espejo lateral una ametralladora que se asoma en el ventanal trasero de la Hilux.

—¡Sal por la diagonal! —le grita a VZ y se sostiene fuerte en la silla.

—*¡Equipo uno, alerta! Código AX 489, preparen el emergente* —farfulla VZ por el radioteléfono.

—*Negativo AX. Está vigilado. No podremos apoyarlos. ¡Deben llegar a la base!*

—No alcanzaremos la base —vocifera el *Anónimo X*, se endereza en la silla y cambia el proveedor de su pistola—. Iremos al emergente.

VZ vuelve acelerar por el carril derecho y, justo a nivel de una diagonal de incorporación a la autopista, pisa a fondo el freno del vehículo y en un grito gutural gira a tope el volante a la derecha. El auto derrapa y se inclina marcando una U en el pavimento. VZ regresa rápido el volante a la izquierda y evita que el auto se vuelque; vuelve a pisar el acelerador y tras un rugido del motor se incorpora veloz en contravía a la diagonal. Esquiva a varios autos de frente invadiendo el arcén de la plataforma. A través del retrovisor observa como la Hilux se aleja por la autopista tras un fallido intento de desacelerar.

—¿Estás bien, Martín? —pregunta el *Anónimo X*.

Martín saca la cabeza de entre las rodillas, pero no responde. Está descolorido, bañado en sudor frío, la mirada ausente y el cuerpo le tiembla por completo.

VZ lanza un quejido y se inclina al volante.

—¡¿*VZ*?! —se alarma el *Anónimo X*—. ¿Qué pasa? ¿Cómo estás, amigo?

—Lo siento, señor —solloza *VZ*, y se aprieta el abdomen con la mano derecha que se llena de sangre. En un esfuerzo doloroso vuelve a erguirse en la silla y controla el volante—. Debo ponerlos a salvo.

—Déjame ayudarte —se desespera el *Anónimo X*, y trata de cambiarse a la parte delantera del auto.

—No, señor. Ya casi llegamos al emergente.

Sudoroso y de forma automática, *VZ* maniobra los giros al volante del Ford que avanza como un bólido por la diagonal, se incorpora a una avenida de grandes bodegas a lado y lado de la calle. A la entrada de un pasadizo creado entre dos casas de mampostería, *VZ* frena en seco el automóvil.

—Deben cruzar el callejón —indica con la respiración perturbada y leves muestras de dolor—. No alcanzaré el refugio.

—No te dejaré, amigo —responde el *Anónimo X*.

—Es la única alternativa, señor. Deben llegar al emergente. Yo los cubriré. No hay otra forma o moriremos todos.

El refugio emergente es un edificio de dos pisos del otro lado de la calle, justo al frente de la salida del pasadizo, con un garaje de apertura automática y paredes al interior reforzadas con placas de acero antiexplosivos. Constituye un lugar de paso, con una salida oculta por un baño en el primer piso, que da acceso a un túnel que comunica a otra propiedad, a cinco cuadras distantes hacia el sur. El sistema se creó a partir de un mapa de alcantarillas abandonadas. Se consideraba un lugar seguro hasta horas previas, cuando la inteligencia de los *Coope-*

rantes detectó movimientos sospechosos alrededor de la casa y abandonaron el lugar.

—¡Deben bajar! —refuerza *VZ* sudoroso—. Es más importante la misión.

Impotente, el *Anónimo X* aprieta los maceteros y mira a su amigo de batallas, sabe que es la última vez que respiran el mismo aire. *VZ* se une al mismo pensamiento, y sin muestras de debilidades le asiente firme con la cabeza.

—Sabes que es mejor así —exclama y le extiende su mano derecha al *Anónimo X* que le da un apretón y le devuelve el asentimiento.

El *Anónimo X* se apea del auto con presteza y sostiene a Martín por el brazo que se marea un poco con el aire de la calle.

—¡Vamos, Martín! —le encoraja—. Debemos cruzar el callejón.

Con el abdomen ensangrentado, *VZ* toma su pistola de debajo el muslo derecho y levanta la mirada, justo en ese instante el vehículo que los persigue gira de frente en el fondo de la calle.

—¡Todos morirán! —celebra el chofer de los mercenarios—. Cayeron en la trampa.

CAPÍTULO XVII

Movida por un raro presentimiento, Victoria regresa a la habitación de Martín. Se detiene justo en el umbral de la puerta y serena, escudriña el interior del aposento. Vuelve a observar la pintura en el lienzo templado sobre el caballete, Martín inició a pintarla el día antes que el agente Jebb les informó sobre la muerte de William. La obra seguía a medio terminar, tonalidades de rojos, negros y naranjas componen un ocaso que da paso a la oscuridad.

"*¡Qué extraño!* —razona—. *Martín no ha vuelto a pintar*".

Sobre sus tacones negros, da varios pasos hacia interior y se detiene justo en el centro de la habitación, entrecruza las manos por delante de sus caderas y con la mirada recorre las pinturas colgadas en las paredes, algunas surrealistas sobre la familia y en su mayoría abstractas: estrellas y luces fugaces sucumbiendo en universos oscuros, paisajes calamitosos de incertidumbres humanas.

"*¡Él no anda de paseo!* —advierte Victoria y se tapa la boca con la mano—. *Definitivamente, va detrás de pistas de su padre*".

Entorna los ojos, un brillo de lágrimas destella en su córnea, los labios rojizos vibran tenues. La respiración entrecortada se refleja en su pecho cubierto con una blusa *beige*.

—¿Dónde estás, hijo? —susurra, y con los dientes apretados gira sobre sus pies—. ¿Por qué me mientes?

Mueve las comisuras labiales y analítica cierra los ojos por un instante. Recuerda el momento cuando sorprendió a Martín con La Alézeya en la hacienda.

"Había algo raro en su mirada —razona—. *¿Dolor, consuelo, rabia, deseos de venganza? ¿Qué era?".*

Desestimó las emociones de Martín en ese momento. Pesó más el alivio por su regreso incólume, que la relevancia de sus hallazgos, pero ahora se percata que juzgó con ingenuidad aquel manuscrito de William, y ahora lo lamenta.

—¡Oh, por Dios, William! —exclama con angustia—. ¿Qué has hecho con nuestro hijo?

Cuando se dispone a abandonar la alcoba, advierte que el edredón sobre la cama de Martín, está desbalanceado hacia la cabecera. Se inclina un poco y, de debajo del lecho, extrae una caja de cartón amarilla con una tapa sobrepuesta. La coloca sobre la cama. Dentro hay cartas de William que ella misma le entregó a Martín. Evita leerlas. También hay un álbum con fotografías de la familia en las estepas de la finca "Las Praderas". Ocultos en el fondo de la caja, reposan en carpetas parte de los documentos que Martín encontró junto a La Alézeya, durante su estancia en Medellín.

Sentada sobre el edredón, Victoria examina el contenido de las carpetas. Para aumentar su desasosiego, constata que los documentos secretos de William reflejan transferencias que empresas de fachadas, en Ciudad de Panamá y Las Bahamas, realizaron a cuentas de funcionarios colombianos en Bogotá. Le sorprende la lista de donativos que ejecutivos del Cartel Reinoso-Paredes ofrecieron a funcionarios públicos y a dirigentes políticos: condominios, yates, fincas de lujo y hasta un avión presidencial. Todos con matrículas y soportes de traspaso a los beneficiarios.

—¡Protégenos, Dios! —se le eriza la piel y un fino temblor se refleja en sus manos.

La sola idea de pensar que Martín busca descifrar esta información de William, le corta la respiración. Una aprensión se acrecienta en su pecho con cada latido. Muchas de las personas señaladas en aquellos documentos, son políticos y oficiales militares de alto rango, todos con el suficiente poder y la influencia para contrarrestar cualquier amenaza. Victoria reconoce los peligros que arrastra consigo el asunto: si los enemigos de William descubren que ella y Martín heredaron aquellas evidencias, una nueva persecución se cernirá sobre sus cabezas. Se espanta con solo pensar en el tipo de evidencias que habrá en La Alézeya. Aprieta las manos e inspira profundo. Debe controlarse, desde que Martín desapareció la primera vez, la zozobra le ha impedido ver las señales, y siente que pierde el control de su propia vida y de su familia.

Con las manos frías, recoge despacio los documentos de la cama y vuelve a organizarlos dentro de las carpetas. Se coloca en pie firme, levanta la mirada y, como si una idea repentina la inspirara, exclama:

—¡Salvaré a mi hijo! —Se alisa los prenses del pantalón y camina hacia la salida—. Enfrentaré mi destino.

CAPÍTULO XVIII

Martín, pálido y con la mochila a su espalda, avanza por el pasadizo flanqueado por paredes de ladrillos marrones. A pocos metros de él, el *Anónimo X* corre con una pistola en su mano derecha. Con la brisa el blazer desabrochado se abomba detrás de su dorso. Cuando ambos alcanzan la salida del callejón, el *Anónimo X* acciona su reloj. Al otro lado de la calle, una puerta de garaje comienza a levantarse: el refugio emergente.

El *Anónimo X* mira a ambos lados de la calle antes de empuñar su pistola con ambas manos y correr hacia la avenida, Martín lo sigue de cerca. Justo cuando intentan cruzar la vía, un Mercedes berlina negro se precipita hacia ellos desde el final de la cuadra. Un individuo vestido con traje gris, sentado en el asiento del copiloto, baja la ventanilla y ejecuta varios disparos hacia ellos con una pistola 9 mm silenciada.

Un grito de dolor rompe el silencio. Martín tropieza con sus pies y cae de bruces en el asfalto. El *Anónimo X* se gira bruscamente y, en medio de la agitación, efectúa varios disparos que impactan en el parabrisas del Mercedes. El conductor del vehículo frena en seco y el sujeto que dispara se cubre detrás del salpicadero del automóvil.

El *Anónimo X* regresa presuroso a donde cayó Martín.

—Vamos, Martín —le encoraja y lo levanta por los brazos.

Martín se queja de su tobillo izquierdo, y mantenerse de pie le produce gran dolor. Al no tener otra opción para alcanzar el refugio emergente, el *Anónimo X* vuelve a disparar hacia el auto, y apoya a Martín en su hombro izquierdo mientras retroceden hacia el pasadizo. Cuando llegan al entre muros, una lluvia de proyectiles silenciados impacta contra la acera y las paredes cercanas.

Protegido por el saliente de una columna esquinera, el *Anónimo X* vuelve a responder con una andanada de disparos. El Mercedes vuelve a detenerse justo al borde de la acera, a unos sesenta metros de distancia. El sujeto de traje se apea sigiloso con su arma en ristre y se protege detrás de otro auto apostado al costado de la vía.

—Debes huir —le indica el *Anónimo X* a Martín—. No podré contenerlos por mucho tiempo.

Martín se percata de una mancha oscura que rezuma en la camisa de seda del *Anónimo X*, y que le empapa de sangre el pantalón. Busca sujetarlo por un brazo. En un gesto de dolor el *Anónimo X* apoya el pie derecho y trata de caminar, pero el dolor se lo impide. Sudoroso, afirma la espalda en la pared, la sangre en el blazer se marca en los ladrillos.

—Debes huir —repite con voz acezante.

Martín boquea, con las manos llenas de sangre trata de sostenerlo por un costado.

—No te dejaré —le dice a punto del llanto.

—No hay alternativas —responde el *Anónimo X*—. Debes marcharte.

Con dificultad se inclina a la esquina del callejón y hace otros disparos que retrasan el avance de los hombres que, protegidos por los carros aparcados, avanzan seguros hacia el pasadizo.

—Escucha, Martín —se gira el *Anónimo X*, sudoroso y con la respiración estertorosa—. Eres un *Insospechado*. Debes sobrevivir. En ustedes los *Cooperantes* centramos nuestras esperanzas de justicia —en un esfuerzo se inclina hacia la acera y hace otra descarga de disparos, luego vuelve apoyar la espalda en la pared. Se lleva las manos al cuello, y se quita una gargantilla de acero inoxidable con un cuerno tibetano. Con las manos aún firmes, le entrega el collar a Martín que titirita de miedo.

—Debes localizar al *Anónimo Z*. Dentro del cuerno hallarás información.

Una ráfaga de disparos levanta polvo rojizo al impactar en el filo de la pared donde se apoya el *Anónimo*. Esto lo obliga a perder su posición y a resguardarse más adentro, en otro saliente de columna de la casa.

Ante los nuevos disparos, Martín se tapa los oídos y cierra los ojos con fuerza. El *Anónimo X* lo sacude por los hombros.

—¡Huye, Martín, huye!

El *Anónimo X* saca el último proveedor que tiene en el bolsillo de su pantalón y lo carga en la pistola. Mira a Martín con firmeza, de la misma manera como lo hizo con VZ, minutos antes.

—Hotel Atlantis Bahamas; delegados del *Círculo de la Corona* se reunirán en ese hotel la próxima semana. Debes avisar a los *Cooperantes* —Martín se percata que es la despedida; no hay oportunidad para que ambos se salven. Inyectado de un arrojo inesperado, asiente como un soldado, gira el cuerpo y con dolor en el tobillo izquierdo, se echa a correr de vuelta por el callejón.

El *Anónimo X* se repliega hasta otra columna, en la mitad del pasadizo. Con la espalda apoyada al muro, hace un último intercambio de disparos con los mercenarios, luego cae de rodillas. Boquea, la sangre tibia le corre por el brazo derecho bajo la camisa. Tras la niebla que cubre ya sus ojos observa a sus verdugos caminar hacia él en el callejón. Balanceado en las rodillas levanta la pistola con dificultad. Varios tiros le perforan el pecho. En un quejido doloroso, el *Anónimo X* se desparrama en el suelo adoquinado. Cae de espaldas con los ojos abiertos al cielo. Moribundo, observa las nubes arrastradas por el viento. Sonríe. No hay lluvia. Es extraño, siempre pensó que moriría bajo la lluvia.

CAPÍTULO XIX

Aunque intenta preservar los finos modales y el aplomo de su compostura, Victoria discurre ansiosa de un extremo a otro en medio de la sala de su casa. Lleva los brazos cruzados y el celular en la mano derecha; no cesa de tamborilear los índices sobre su piel. Se acerca vacilante a los ventanales y atisba como si buscara respuestas en el espacio exterior; taconea nerviosa. Regresa al centro mesa y se sirve coñac en una copa, se engulle un trago y, sin más alternativas, decide comunicarse con Jebb Taylor.

—Surgió algo importante —plantea con determinación—. Necesito que nos encontremos. Es urgente.

Acuerdan reunirse en una cafetería en Coral Gables; una que con seguridad permanecería abierta, a pesar de la alerta de huracán en todo el estado de la Florida.

Una hora más tarde, cuando Victoria arriba al establecimiento, bandadas de nubarrones grisáceos se desplazan en el cielo con ráfagas de viento de intensidad variable y lloviznas aisladas. Jebb Taylor la espera sentado en una de las mesas centrales de la cafetería. Toma a sorbos una taza de café humeante, mientras observa en un televisor las noticias sobre el temporal.

Victoria se quita la gabardina y la coloca en el colgadero del recibidor. Viste el mismo pantalón negro y la camisa *beige* manguilarga con que trabajó desde la madrugada en el centro de redacción de noticias. Saluda a Jebb con un apretón de manos y se sienta frente a él. Una mesera rubia se acerca a la mesa, Victoria pide un café doble.

—¿Qué has sabido de Martín? —pregunta Jebb cuando la joven se aleja.

—Es testarudo. Se comunicó ayer, pero no quiso revelar dónde se encuentra. Dijo que está bien. Volverá a llamar hoy en la tarde. Espero que tome resguardo del temporal. ¡Vaya momento que escogió para perderse!

Victoria coloca sobre la mesa un porta-documentos negro. Jebb entiende que el encuentro no atañe a la desaparición de Martín.

—Tengo información de William —comenta ella con firmeza.

—¿De qué se trata?

Victoria abre el porta-documentos y extrae varios expedientes, que entrega al oficial.

—Los encontré durante mi viaje al sepelio de William —miente ex profeso, para no comprometer a Martín en el asunto.

Jebb toma la carpeta con cierta reserva y echa una ojeada a los documentos. Tras un momento se detiene, levanta la cabeza y mira a Victoria con aire de desconcierto; ella permanece seria, erguida en su silla, le sostiene la mirada sin parpadear, un surco discreto se marca en su frente. Él vuelve a concentrarse en los archivos; frunce y relaja el ceño por momentos, e inspira profundo.

En esa tarde lluviosa, el lugar permanece vacío. Solo una dependiente y una pareja de jóvenes con impermeables hablan en la mesa del fondo. Sobre la barra de madera, el televisor emite noticias calamitosas sobre el temporal: destrozos y abundantes pérdidas materiales y humanas se describen en países del Caribe y los cayos de la Florida.

La mesera se acerca con una bandeja y sirve una taza de café, acomoda en una cesta varias papeletas de azúcar y luego se aleja.

—Es información confidencial dejada por William —comenta Victoria a Jebb mientras agrega azúcar a su café—. Por eso decidí entregártela. Los documentos relacionan a un sector de la cúpula militar colombiana con el narcotráfico.

Analítico, Jebb cierra la última carpeta, carraspea y levanta despacio la mirada.

—¿Cómo los conseguiste?

—William los ocultó en una caja fuerte, en una de nuestras propiedades en Medellín.

—¿Había algo más junto a los documentos?

—Ahí está todo —Victoria levanta la taza a la altura de sus labios y prueba a sorbos el café. Permanece erguida con el pelo recogido en una coleta. Jebb no descifra inseguridad en sus gestos: *"dice la verdad o está entrenada para actuar bajo presión"*. Victoria omite comentarios sobre La Alézeya y la carpeta azul con el membrete *"Abrir sólo en caso de necesidad extrema"*.

—¿Conoces las repercusiones que pueden derivar de estas evidencias?

Victoria parpadea, coloca despacio la taza sobre la mesa y se limpia los labios con una servilleta.

—William confiaba en usted, oficial —expresa serena—. Yo también lo haré.

El agente entorna los ojos, relaja los hombros y retrocede un poco en la silla.

—Mi departamento está al tanto de algunos oficiales corruptos en Colombia, pero estas evidencias darán un giro a las investigaciones. Plantean la existencia de un cartel policial internacional —toma las carpetas y las organiza dentro de en un portafolio sobre una silla a su costado—. ¿Está consciente de lo delicado de este asunto?

—Lo estoy. Por eso la urgencia de este encuentro.

—Bien. Analizaremos todas estas evidencias. Debo decirle que varios de los oficiales señalados en estos archivos, cooperan con nuestro departamento.

Victoria entrecruza las manos sobre la mesa y se inclina un poco en la silla.

—Deseo que se haga justicia. Creo que alguno de estos oficiales ordenó la muerte de William en Panamá.

—Le aseguro que llegaremos al fondo de este asunto —promete Jebb, y levanta su taza de café.

—Está claro que ellos revelaron la identidad secreta de William, lo convirtieron en un chivo expiatorio y luego lo asesinaron —concluye Victoria.

—Es muy pronto para señalar culpables —replica Jebb circunspecto—. Le recomiendo mantener absoluta discreción con este asunto. Usted y su familia enfrentan a personas poderosas en su país.

Victoria traga en seco, un mechón de pelo rojizo cae lánguido sobre su frente, lo alisa con la mano, abstraída observa la lluvia tras el cristal.

—Solo deseo justicia —descarga luego de unos segundos—. Que se castigue a los asesinos de William.

—Ya se ha derramado mucha sangre de su familia —acota Jebb—. Por eso prefiero que se mantenga al margen.

—No podré desvincularme —retrocede Victoria en la silla y confronta a Jebb con la mirada—. No dejaré que el miedo frene mi voluntad de buscar la justicia.

—Comprendo su posición, pero mi deber es protegerlos. La verdad saldrá a la luz y los culpables pagarán. Se lo prometo.

—Mientras aquello sucede, corruptos seguirán sentados en los banquillos de poder en mi país.

—Todo tiene un procedimiento. Usted hizo bien en entregarme estas evidencias, pero debe confiar en el sistema.

Victoria vuelve a levantar su taza de café y da otro sorbo. Luego se coloca en pie.

—Debo regresar a casa —extiende la mano al oficial—. Agradezco me mantenga informada.

—Así será —responde Jebb—. Necesitaremos de su apoyo.

CAPÍTULO XX

Al norte de Ciudad de México, hacia una zona industrial llena de bodegas y contenedores arrumados a un costado de la vía, Martín cruza acezante el pasadizo en el que cayó baleado el *Anónimo X*. Desorientado y cojeando con la pierna izquierda, alcanza la calle donde minutos antes los había dejado *VZ*. No hay rastros del auto ni del conductor herido. Al ruido estertoroso de su respiración se suma el arrastre de las cortinas metálicas, que comerciantes cierran presurosos ante el tiroteo. A la distancia, arrastrado por el viento, rompe el ulular de patrullas de policías que se acercan a la zona.

Con pasos temblorosos, Martín busca desesperado alejarse del lugar. El pecho gorjea con cada inspiración, el aire se atasca en su cuello. Sabe que aquellos hombres lo perseguirán. Corre y boquea con sed de aire. La mochila a la espalda ahora pesa toneladas, el tobillo izquierdo desgarra doloroso con cada pisada. A punto del colapso, en aquella calle desierta, solo busca un refugio, quiere gritar por ayuda, pero la voz no sale de sus labios.

De pronto.

Un fuerte golpe en el pecho termina de expulsarle el aire de los pulmones. En una exhalación Martín cae de espaldas sobre el suelo, se retuerce del dolor y la conmoción. Cuando intenta levantarse, un sujeto lo hala por los cabellos. Martín gruñe y forcejea en un arrebato de pánico, luego se petrifica cuando distingue el rostro de su verdugo: el extraño del metro; el hombre le aplica una llave y lo somete fácil entre sus brazos. Al instante, una camioneta da un giro en la esquina y de forma temeraria se aproxima y frena al borde de la acera; el mal encarado del metro abre la puerta trasera del auto, y de un empujón abalanza la carga hacia el asiento. Martín cae desgonzado junto un moreno con una mini Uzi en su mano derecha.

—¿Qué quieren de mí? —grita Martín e intenta forcejear con el otro hombre que lo sujeta por el brazo. El mal encarado del metro se limpia las manos en el pantalón e ingresa al vehículo. Da un portazo y el auto retoma la marcha.

—¡Coopera y vivirás, jovencito! —alerta un canoso desde el asiento del copiloto.

—Déjenme ir, por favor —gimotea Martín—. Déjenme ir.

De un sosquín, el mal encarado le arranca la mochila de la espalda, vuelve a someterlo con una pinza digital en la nuca, le ata las muñecas y ahoga sus gritos con una cinta adhesiva en la boca. Por último, coloca una bolsa negra en su cabeza, y lo encorva entre los asientos; todo ello en escasos segundos.

—¡Tranquilo, muchacho! —resuena la voz del sujeto mayor adelante—. No te haremos daño, pero tendrás que cooperar.

La camioneta acelera tras un zumbido eléctrico, varios metros adelante disminuye la velocidad y se detiene en firme. Martín escucha el ulular de las patrullas de policía que pasan en bandadas de oriente a occidente por delante del auto en el que se encuentra. Piensa en patalear y tratar de gritar, quizá alguien lo escuche. Cuando se impulsa a hacerlo, el tubo de un arma le oprime las costillas por el costado izquierdo.

El auto retoma el viaje. Martín gimotea en la oscuridad, el miedo le enfría la piel, los músculos pierden sus fuerzas, siente un vahído. Nadie pronuncia palabra, solo se escucha el sonajeo de su nariz. Tras varios minutos de recorrido, el auto gira despacio a la izquierda, a una velocidad constante avanza recto en la vía otros veinte minutos, y luego da otro giro, ahora hacia la derecha. Pasan una glorieta y tras realizar casi la totalidad del círculo, salen a otra avenida. Martin sospecha que abandonan la ciudad: el ruido del tráfico disminuye y el auto gana en velocidad. Apretujado entre las sillas, se retuerce para aliviar el dolor que acomete en su espalda; el extraño del metro le quita la presión en la nuca y permite que se recline en el asiento. Le mantiene la cabeza cubierta y las manos atadas a la espalda. Sin duda, salen de la ciudad. Los sollozos de Martín aminoran por el cansancio; con el sudor también se evaporan las esperanzas, y quebrantado admite su destino: yace a merced de asesinos; nadie podrá socorrerlo. Solo le espera la muerte.

Un acceso de tos lo extrae del límite de la inconsciencia; el humo del cigarro que ventea desde adelante parece consumir el oxígeno de la bolsa en su cabeza. El sujeto canoso lo mira de reojo, da una última calada a su cigarro, baja la ventanilla y lanza la colilla encendida a la carretera. Luego se reclina en su asiento y abre la mochila de Martín en su regazo. Toma La Alézeya entre sus manos y movido por la curiosidad desprende el broche dorado.

La camioneta da nuevos giros, primero a la derecha y luego a la izquierda, y otra vez a la derecha. Finalmente, disminuye la velocidad y el viento deja de rugir en los ventanales. El carro da algunos tumbos y las llantas empiezan a crujir en el pedregal del camino. El miedo resurge en Martín; avanzan por una vía destapada a las afueras de la ciudad. Su garganta se reseca, ya no queda saliva. Solo lágrimas extenuadas se evaporan en sus mejillas, vacías, cargadas de desesperanzas. Hundido en la fatalidad más oscura de su vida, piensa que todo es un mal sueño, que cuando despierte todo volverá a ser como antes. Paseará junto a sus padres y su hermana Isabel en la finca Las Praderas. Nadie los dañará. Volverá a correr en el campo junto a su perro. Pero, aunque trata de dominarse, la realidad lo confronta: *"me van a matar"*.

Transcurridos algunos minutos, el auto se detiene; se escuchan voces de hombres afuera, arrastre de cadenas, luego la apertura de una reja de hierro con un golpe final. El carro prosigue, Martín sospecha que ingresan a una propiedad, recorren varios metros y, por fin, tras un bandazo el motor del auto se apaga.

En el sitio, un sujeto con una ametralladora al hombro, abre la puerta de atrás del automóvil. El mal encarado de la chaqueta negra se apea rápido y casi arrastra a Martín por el brazo.

—Llévenlo arriba —ordena el canoso y cierra de golpe La Alézeya—. Hay muchas cosas que indagar.

Atado a la espalda y con la cabeza cubierta, Martín es conducido a través de un pasillo semioscuro y húmedo; un goteo constante de las cañerías se filtra desde el cielo raso y escurre por el piso que desprende un olor nauseabundo. Arriado por los dos hombres que venían en el asiento de atrás del auto, Martín asciende por una escalera hasta el segundo nivel. Lo entran a una estancia refrescada por un ventilador de techo. Martín escucha un taconeo de botas, luego alguien arrastra una silla metálica y lo obligan a sentarse en ella. El sujeto de la chaqueta negra le quita la bolsa de la cabeza, la cinta de la boca y con una navaja corta de un tiro el cincho en sus muñecas.

Martín entreabre los ojos, parpadea; lo golpea la luz brillante que entra por el balcón. Frunce con fuerza los párpados hinchados. Las mejillas recuperan su vivo color rojizo, los pelos desgreñados caen apelmazados sobre su frente. Relaja el puño de sus manos liberadas y vuelve a unirlas en su regazo. Despavorido, levanta despacio la mirada. En el balcón se pasea un hombre que habla por teléfono, robusto, con sombrero marrón y camisa roja a cuadros. Sin duda es el jefe del grupo, todos en la sala aguardan por él. Tiene aspecto de ranchero, tono de voz golpeado, ademanes toscos y botas de cuero con espuelas; promedia unos cincuenta y cinco años de edad. Al lado de la mesa, descansa en una silla el mayor de guayabera azul que venía en el carro. Analiza con detenimiento las fotografías que estaban entre las hojas de La Alézeya. Por la expresión en su rostro, Martín supone que él reconoce a los personajes en las fotos.

Martín baja la mirada, se percata que el cuerno tibetano del *Anónimo X* aún cuelga de su cuello. Evita mirar al mal encarado del metro que aún permanece de pie, firme a su costado derecho. Sabe que él fue quien le plantó el localizador en su mochila. Agudiza los sentidos y alcanza a escuchar las últimas palabras del sujeto al teléfono... *"¿quieren al chaval? ...entonces, lo transferiremos".*

La frase final permite a Martín deducir que quienes lo retienen son sicarios; en ese momento, consultan a sus jefes sobre qué destino tomar con él.

—¡Vaya, vaya! —exclama el hombre que hablaba por teléfono mientras se acerca hacia a Martín—. Pero, si es tan solo un chaval.

Una sonrisa mordaz se asoma en medio de su cara barbada; se para frente a Martín con las piernas entreabiertas. En la mano izquierda trae un vaso con hielo y un licor ambarino; por el olor a fruta maderosa Martín presume que es whisky.

—Así que eres el hijo de C32 —dice con sorna.

Martín palidece. Con asombro reconoce que vive sus últimos minutos; si aquellos hombres eran enemigos de su padre, sin duda lo asesinarán. Ahora o más tarde, pero lo harán. Boquea y desliza las manos temblorosas entre sus rodillas. Le resulta imposible deducir cómo aquellos hombres averiguaron su identidad.

—En Colombia ofrecen una buena paga por ti, jovencito —fanfarronea el sujeto, y toma un trago de su copa.

—No sé de qué habla —Martín tartamudea casi a punto de quebrarse. Sus ojos siguen desvaídos al sujeto que medio le sonríe.

El jefe da unos pasos hacia un costado y frota su copa.

—¿Qué haces en México, chaval? —pregunta con voz serena.

Martín evita responderle; desvía la mirada. El sujeto de chaqueta negra muestra intención de golpearlo, pero el jefe lo detiene levantando la mano.

—Dime, ¿por qué estabas con ese traidor?

Martín balancea su cuerpo en la silla y se frota las manos con más intensidad. Manteniendo la cabeza gacha, se muestra renuente a responder.

El jefe arrastra una silla y se sienta justo en frente de él. Se da otro trago y apoya su copa sobre la rodilla derecha.

—Te aseguro que somos tu mejor opción, chaval —le dice y se inclina un poco para buscar la mirada de Martín—. Cuéntame, ¿qué fue lo que hizo tu padre para que te quieran tanto allá en Colombia?

El hombre de la guayabera le pasa al jefe las fotografías dejadas por William en La Alézeya; este las toma en su mano izquierda y asiente con aire de complicidad. El sujeto mayor se aleja y marca varios números en un teléfono inalámbrico. Cuando alguien contesta sale hacia el balcón.

—¿Por qué llevas estos registros en tu mochila? —inquiere el jefe. El aliento a whisky golpea el rostro de Martín.

—Eran de mi padre —balbucea.

—¿Quién era tu padre? ¿Otro traidor?

Con la pregunta Martín se percata que aquel hombre se refirió a su padre como C32, pero en realidad desconoce quién era él y cuál era su trabajo.

—Era un agente de inteligencia —masculla Martín.

—Y, ¿qué hacía el hijo de un agente colombiano reunido con un traidor en México? —el tono áspero de la pregunta deja a Martín afónico, solo le tiemblan los labios.

—¿Sabes quiénes son estas personas? —el jefe señala las fotografías en su mano izquierda.

—No lo sé —Martín niega con la cabeza, sus ojos rojos se llenan de lágrimas.

—¿Por qué cargas estas fotos contigo?

—Eran de mi padre.

El jefe frunce el ceño y mueve las comisuras de los labios, a punto de perder la paciencia.

—Y, ¿por qué cargas estas evidencias de tu padre?

Martín se frota de forma frenética las rodillas; y a medida que lo hace su rostro se enrojece y se llena de valor. Luego levanta la mirada y la sostiene al hombre que lo interroga.

—Nunca supe del trabajo de mi padre —se sincera, las lágrimas corren por sus mejillas—. Por eso estoy aquí. Quiero saber quién lo asesinó. No sé quiénes son las personas en la foto.

El jefe coloca la copa sobre la mesa y se limpia la nariz con el índice. Intrigado detalla las fotografías.

—Entonces, ¿crees que estos hombres asesinaron a tu padre? —lanza una vez termina de reparar las fotografías.

—Es lo que trato de averiguar.

—Y, ¿por qué buscaste a ese traidor?

—Él trabajó con mi padre.

El jefe se levanta de su silla y camina hacia el balcón con la copa de whisky en la mano. Allí se encuentra el sujeto mayor, hablando por teléfono. El jefe se muestra pensativo. Su organización de pistoleros había ayudado a eliminar al *Anónimo X*, lo que les aseguraba una recompensa en efectivo. Sin embargo, la suerte les sonrió aún más cuando capturaron al hijo de un espía colombiano. Esto cambió sus expectativas, especialmente cuando varias organizaciones internacionales expresaron un gran interés por el hijo de *C32*.

—El chaval en sí no representa ningún peligro —le susurra el jefe a su colega cuando este culmina la llamada—. Pero es un chavo imprudente. Conoce del trabajo de su padre. Eso lo convierte en un elemento peligroso.

—Creo que es mejor deshacernos de él —aconseja el mayor—. Ya se está corriendo la bola. Hay personas poderosas pujando por él. Esto podrá traernos problemas.

—¡En absoluto! —exclama el jefe encendido con el fuego de la codicia y posa su mirada en los campos semidesérticos que constituyen su dominio—. Le sacaremos el mayor provecho a este mocoso.

Con los parpados titilantes, Martín capta en los gestos de sus captores lo que traman, comprende que ellos ya cumplieron su objetivo: aniquilar al *Anónimo X*, por el cual les pagarán una alta suma de dinero. Ahora él les representa un estorbo en medio de sus actividades o una moneda de cambio.

"Me van a asesinar —piensa Martín con amargura—. *Por eso dejan que vea sus rostros. Debo hacer algo para ganar tiempo".*

—¡Quiero negociar! —lanza Martín, de pronto, a viva voz. Él mismo se sorprende por la firmeza con que sale su voz.

En el balcón, el jefe se gira sobre sus pies y lo mira con el ceño fruncido.

—¿Qué intentas, chaval? —camina rígido hacia él.

—Tengo información valiosa de mi padre que puede interesarle —Martín se yergue en la silla, deja de masajearse las manos.

Sorprendido con la actitud inesperada del joven, el canoso de guayabera también camina hacia él. Lleva un cigarro sin encender en la mano derecha. Lo mete en su boca y tantea por el encendedor en los bolsillos de su camisa.

—Nos pagarán dos millones de dólares por ti, chaval —dice el jefe en tono mordaz—. ¿Qué información vale más que eso?

Mientras Martín parpadea, siente una punzada de miedo en su interior. Sabe que se adentra en un terreno peligroso, pero no tiene más opción que arriesgarse. Conoce a ese tipo de hombres, su padre los describe bien en La Alézeya; su codicia es su mayor debilidad y la raíz de su perdición. Él debe jugar con eso, estimular su ambición mientras oculta sus intenciones. Guarda silencio por unos segundos, y después comienza a hablar con titubeos.

—Ganarán el triple y más —articula mostrando cierto temor en su voz.

El sujeto mayor enciende su cigarro y bombea humo por la boca. El jefe se detiene perplejo; relaja el entrecejo.

—Y se puede saber, ¿cómo harás eso? —parafrasea la pregunta.

—Mi padre conocía las rutas del tráfico de drogas de los carteles del sur —anota Martín, hace una inspiración y queda abstraído, en las mejillas le brilla el rastro seco de las lágrimas; da la impresión que repara en las consecuencias de sus palabras.

Ambos hombres se miran desconcertados. El jefe levanta la mano, y ordena al mal encarado del metro a retirarse de la sala; cuando este lo hace, se dirige nuevamente a Martín.

—Te escuchamos, chaval —el jefe vuelve a sentarse en la silla frente al rehén.

Martín mueve los ojos de un lado a otro. Entrecruza las manos sobre su regazo. Sabe que debe reforzar su propuesta.

—Si conocen las rutas del tráfico... podrán interceptar cargamentos aquí en México. Además, reclutarán a los intermediarios involucrados en el negocio. Ganarán el triple de lo que en Colombia les prometen por mí.

Martín se seca el sudor de la frente, y el rosado de sus mejillas desaparece para dar paso a un pálido mortuorio en su rostro. Había hecho una propuesta osada y en extremo peligrosa que aumentaba su inseguridad en aquel lugar, sin embargo, esperaba de algún modo ganar tiempo. Los hombres, por el contrario, quedaron en silencio, perplejos ante la audacia de Martín y la estimación de la oferta.

El canoso detiene la calada, y boquiabierto sostiene el cigarro entre sus dedos. No da crédito a lo que ha escuchado. El pequeño chaval intenta sobornarlos. Es más sagaz de lo que él creyó. Eso lo hace todavía más peligroso. Deben deshacerse de aquel mocoso. El timbre del teléfono en la mano izquierda, lo extrae de su razonamiento. Contesta, coloca el teléfono en su oído izquierdo y se aleja de nuevo hacia el balcón. El jefe abre una botella de cristal con whisky sobre la mesa y se sirve en el vaso.

—¡A ver, chaval! ¿Cómo demuestras que es cierto lo que dices? —cuestiona en medio de su operación.

Martín señala con el índice derecho La Alézeya sobre la mesa.

—Aquel libro es solo referencias de operaciones secretas —comenta—. No hay nada relevante en él. Por eso lo cargo conmigo. Pero yo guardo informes de seguridad de mi padre —se corre los cabellos que le cubren la frente—. Confíe en mí y tendrá todos los documentos en su poder. Todo a cambio de que me deje ir.

El jefe se da un gran trago de whisky y frunce el ceño.

—Y, ¿por qué no entregaste esos papeles a las autoridades?

Martín desvía la mirada. Sus ojos se mueven pesarosos bajos los párpados hinchados.

—Los que asesinaron a mi padre son parte de las autoridades —se muerde las mejillas por dentro—. No tengo en quién confiar. Quizá, ellos mismos son quienes están dispuestos a pagar por mí.

El jefe tose con una sonrisilla desdeñosa. Se reacomoda en la silla. Toma otro trago de whisky.

—Y, ¿dónde están los documentos?

—Solo haré una llamada —replica Martín. Un *tic* nervioso aparece en su párpado izquierdo—. Nadie en mi familia sabe que estoy en esta ciudad. Pero cooperarán con la entrega.

El jefe vuelve a sonreír. Martín no determina su intención. Luego, se levanta serio de la silla, palmea dos veces y los sicarios regresan a la sala.

—¡Saquen a este mocoso fuera de mi vista! —ordena—. Llévenlo al cuarto de los perros.

Martín se alarma con la reacción inesperada del jefe, se coloca de pie antes de que los sicarios lo sometan, y le grita:

—Si me entrega ellos me matarán —el mal encarado del metro lo hala por los brazos; Martín vocifera—. Pero también lo harán con ustedes.

El sicario choca con la rebeldía de Martín y ofuscado le descarga un puñetazo en el estómago. Martín lanza un quejido de dolor y tras un acceso de tos se dobla entre sus brazos.

De pie, en medio de la sala, con su vaso de whisky a la mano, el jefe observa impávido la escena. Otro sicario se acerca a Martín y junto a su colega lo arrastran por los brazos fuera de la sala. El jefe, con la copa de whisky en la mano, frunce los labios en silencio mientras reflexiona. Sabe que, a partir de ese momento, todo cambiará para ellos, para bien o para mal. Los colombianos y la agencia que los contrató para eliminar al *Anónimo X* ya conocen de la captura del hijo de *C32*. Además, justo en ese momento, el canoso habla por teléfono con un líder del cartel del norte de México. Todos pujan con grandes sumas de dinero para conseguir una entrega rápida del joven. Esto confirma al pistolero que el chaval, sin duda, posee información valiosa que todos ansían.

"*Si me entregan me matarán* —resuena otra vez en sus oídos las palabras de Martín—, *pero también lo harán con ustedes*".

—Fue un error contactar al cartel del norte —le comenta a su secuaz en el balcón, una vez él cuelga el teléfono—, querrán que les entreguemos al chaval; al igual que los colombianos.

—Ya lo hicieron —responde el canoso con tono de júbilo—. Pagarán más que ellos.

—¡Hay un problema! —expresa el jefe y mueve la cabeza—. Yo quiero los documentos de C32. Aquel espía poseía información valiosa. Tendremos todos sus datos en nuestro poder.

—Entonces, ¿liberarás al chaval?

—En absoluto. Como pedido de rescate exigiremos los documentos a su familia; luego veremos qué hacemos con él.

—Sabes que esto puede traernos problemas —el canoso, una vez más, se muestra indeciso—. Los colombianos se enterarán. Además, los rescates atraen siempre la atención de las autoridades. Somos sicarios, no secuestradores, ¿por qué cambiar ahora?

El jefe se empina un trago y mira a su colega.

—Siempre hemos estado al servicio de carteles y de agencias de seguridad. Les limpiamos el camino sucio y custodiamos sus cargamentos de drogas. Pero ya es hora de trascender, dar un golpe por nosotros, para darnos la vida de lujo que nos merecemos. Y éste es el momento, le sacaremos todo el jugo a este chaval y a su familia.

—No sé qué pensar —se inquieta el canoso—. Nadamos en medio de grandes carteles. Si ellos también están detrás de la información de C32, nos meteremos en un lío. Iniciaremos una guerra que no podremos pelear.

—Tenemos al chaval en nuestro poder —plantea el jefe, extiende su mirada hacia los hombres de seguridad que caminan por el patio con sus armas apoyadas en el hombro—. Ya cumplimos con el compromiso de borrar al traidor. Esto será otro asunto, así que buscaremos una salida.

—¿Cuál salida?

—Confía en mí —se suaviza la barba—. Tendremos los documentos del espía y el dinero de su familia.

—Entonces, en definitiva ¿qué haremos con este chaval?

—Nunca dejamos rastros, ¿verdad? Esta no será la excepción. Les entregaremos el cadáver.

CAPÍTULO XXI

Sentada en la cabecera de la mesa del comedor, Victoria apenas puede tocar las verduras salteadas y la pechuga de pollo que se preparó para cenar. Cocinar se convirtió más en un acto de desahogo que una verdadera necesidad de comer. Apoyada en la mesa, con la mirada dispersa mastica cada bocado de forma desganada e indiferente. Se sirve coñac en una copa de cristal y lo bebe en un solo trago. La incertidumbre atenaza su estómago que el vino ya no embriaga. Con el paso de las horas, su tranquilidad da paso a la desesperación. *"¿Qué pasa? ¿Por qué Martín no llama?"*

Acosada por las náuseas se pasa la servilleta por los labios y abandona la mesa, lleva puesta una bata larga ajustada a la cintura y un pantalón de seda azul. Bebe otro trago del coñac mientras discurre por la sala y se detiene frente a los ventanales del segundo piso. En el exterior, la lluvia arrecia, la calle frente a la propiedad está desierta y las aguas comienzan a inundarla con rapidez. Las hojas de los árboles crujen con el viento, que ulula y amenaza con colarse por las ventanas.

Victoria observa con pesar las macetas de su jardín, que ahora yacen en el suelo, con tallos de flores rotos y pétalos de rosa flotando en charcos de agua estancada en el balcón. Demasiados asuntos ocupan su mente, haciendo que olvidara por completo proteger sus plantas.

La programación de la tele frente al sofá se interrumpe de pronto; una periodista de voz tersa ofrece el último reporte meteorológico: la trayectoria del huracán experimentó una leve inclinación hacia el noreste del país, tocará tierra en los estados de Nueva Jersey y Nueva York. El temporal se debilitó a categoría I según escala de Saffir-Simpson, pero se reportan inundaciones en zonas costeras de Carolina del Norte y Virginia.

"*¡Oh, Martín! ¿Dónde estás, hijo?*" —suspira Victoria, y vuelve a engullir el vino de su copa.

Regresa y se encoge en el sofá. Levanta el teléfono inalámbrico y comprueba su tono, todo parece estar en orden. Enciende un cigarro y da un par de caladas nerviosas antes de dejarlo en el cenicero. Bebe el último sorbo de su copa y observa la novela "Estupor y Temblores" de Amélie Nothomb sobre la mesa, que empezó a leer la noche en que asesinaron a William. Aunque desea continuar leyendo, decide dejarlo de lado y en cambio, concentra su atención en el documental *"Inside Job"* que se emite en la televisión. Un trabajo periodístico investigativo que explica el origen y las causas de la crisis financiera del 2008.

El documental hace que Victoria rememore su vida junto a William, un matrimonio que atravesó constantes crisis. No solo en el plano familiar, sino también en el empresarial. A los pocos años de unir sus vidas, Lorenzo Mancini, el fundador del Grupo Mancini, fue asesinado, lo que llevó a William a enlistarse en el *B1*. Victoria, por su parte, se vio obligada a asumir la presidencia del conglomerado empresarial en un momento en que enfrentaban fuertes presiones judiciales por supuesto lavado de activos. En medio de la persecución familiar y el peligro constante, se dedicó a defender sus empresas y mantenerlas a flote, incluso desde el exilio. Sin embargo, la situación empeoró con el colapso financiero del Grupo Mancini y tuvo que declararse en quiebra.

"¿Te da miedo volar conmigo?" —Victoria evoca con emoción el recuerdo de William, a punto de pilotar su primera avioneta.
"Nací para volar contigo" —responde ella con una sonrisa.
Se ríen y se besan. William la ayuda a acomodarse en la cabina de mando del Cessna TTx que había comprado en Kansas, y que bautizó *"El Ángel"*. Aquella tarde soleada, con briznas de nubes grises, volaban desde Cartagena hacia Islas Margaritas en Venezuela.
Sentada en el puesto del copiloto, Victoria luce un enterizo largo blanco y una pañoleta roja trenzada en el pelo. A través de la ventanilla, se observa un sol anaranjado y redondo sumergirse en el mar azul, rizado de espumas. Isabel cumplía siete meses de vida en aquel momento, pero la pareja viajaba sola en celebración de su segundo aniversario de matrimonio.
Bajo el embrujo de una luna plateada y al arrullo de las olas; en un hotel frente al mar concibieron a Martín. Él era el recuerdo de uno de los momentos más felices de sus vidas.
"Corazones libres de jóvenes aventureros, apasionados y sin miedos" —suspira Victoria tirada en el sofá. El cigarrillo se consume en el cenicero, se da otra calada y sirve más coñac en la copa.
—Ya nada es igual —lamenta y se da otro trago—. Solo recuerdos.

El teléfono inalámbrico timbra sobre la mesita, ella lo descuelga al primer repique.

—¿Martín?

—¡Hola, Ena! —saluda Elkin tras la línea—. ¿Qué pasa con Martín? ¿No está contigo?

—¡*Salut, frère*! —balbucea ella; y luego deja escapar sus miedos—. Martín salió sin avisar.

—¿Qué quieres decir, Ena? ¿Martín salió en medio de aquel temporal?

—Abandonó la casa ayer en la madrugada —responde Victoria.

Se levanta otra vez del sofá y se ajusta el cinturón del pijama.

—Y, ¿cuál es el motivo?

—Según una nota que dejó explica que desea estar solo —Victoria camina despacio de nuevo hasta el ventanal. Vuelve a asomarse al exterior—. Viaja por el este del país. Llamó ayer, pero hoy no se ha comunicado. La preocupación comienza a invadirme, *frère*.

—¿Diste reporte a las autoridades?

—Es lo que quisiera. Pero también quiero respetar su decisión.

—Entonces esperaremos —la voz de Elkin es tranquila, pero en realidad, en su mente tantea los motivos de la decisión de su sobrino—. Con seguridad llamará. ¿Recuerdas la vez que nos escapamos a Barcelona?

Victoria sonríe cabizbaja, *"lo había olvidado"*. En su adolescencia, cuando aún vivían en Francia, en un verano Elkin hurtó una tarjeta de crédito de su padre. Luego la sedujo a ella para que lo acompañara a visitar a su novia en Barcelona. Sin equipajes y sin autorización de sus padres viajaron en tren desde París a Barcelona. Fue un fin de semana alocado: escalaron montañas, hicieron saltos base desde el filo de una represa y volaron en parapente sobre una cascada; para esa fecha, a sus quince años, Victoria incursionó en el alcohol y el cigarro.

—Eran otros tiempos —señala ella sonrojada—, la familia no vivía bajo la amenaza y persecución de grupos terroristas.

—Libertad. Quizá, es eso lo que busca Martín.

—¡Ojalá sea cierto, *frère*! —murmura Victoria, vuelve al sofá entrecruza las piernas y aspira a pequeñas bocanadas su cigarro.

—Él estará bien, Ena. Es introvertido, pero inteligente. Quizá el temporal le impidió comunicarse hoy.

—Eso espero, *frère*. Y cuéntame, ¿qué hay de nuevo? —da una última calada a su cigarro y lo apaga en el cenicero—. ¿Cómo va la investigación?

—Es como tratar de derribar con piedras un muro de acero.

—¿A qué te refieres?

—Es imposible acceder a información financiera del general Urdaneta. Y, por otro lado, en sus más de treinta años al servicio de la institución policial, nunca ha resultado implicado en ningún proceso judicial, ni falsos positivos, abuso de poder, sobornos o malversación de recursos. ¡Está limpio!

—Es perspicaz —comenta Victoria serena—. Nadie lo bastante sofisticado como él, guardaría información financiera en un lugar donde la podamos encontrar. Debe ocultarla bajo subordinados, socios o empresas de fachada a nombre de terceros. Es allí donde debemos buscar. Hay que identificar quién es su mano derecha, relaciones ocultas, amantes si las tiene, viajes no oficiales, en qué invierte su dinero, tipo de gastos habituales, hasta sus gustos más simples. Escalaremos el muro de acero en lugar de derrumbarlo.

—Ya tengo una unidad en ello.

—Será un trabajo peligroso, *frère*, pero debemos enfrentarlo. El general es un acorazado. Controla la policía, las agencias de inteligencias y contrainteligencias del estado, entre ellas el *B1*. Concentra más poder que el propio presidente de la república. Si se siente amenazado, contraatacará. Debemos estar preparados.
—Ya veremos quién gana este pulso.

Elkin cuelga su *boss phone* encriptado y lo coloca sobre la mesa metálica. Observa pensativo la habitación fría del bunker donde trabaja en secreto, alejado tras una mampara de cristal se escucha el crepitar de un sistema de comunicación. Un joven de cabello negro maneja con precisión los dispositivos, lleva audífonos de aviador y transcribe en un bloc todo lo que escucha. En el monitor de su superordenador rastrea instantáneamente la fuente de varias llamadas telefónicas.

El *"Punto Cero"*: un enclave de operaciones encubiertas de la CIA ubicado en el sótano de un edificio de oficinas, en pleno centro financiero de Medellín. El lugar está equipado con tecnología de última generación para la radioescucha y la triangulación. Los funcionarios del departamento antidrogas de Estados Unidos y la CIA introdujeron clandestinamente todos los equipos necesarios para llevar a cabo su labor en Colombia.

En la terraza del edificio dos parabólicas transmiten órdenes e interceptan comunicaciones de objetivos que operan en el centro del país. En las paredes de cristal de la oficina estratégica, hay mapas interactivos con trazados en colores, que señalan las rutas áreas y marítimas utilizadas por las mafias, para el envío de drogas desde Colombia, a islas del Caribe y a México.

El *Punto Cero* fue fundamental para acabar con el CRP. Durante meses, sus analistas interceptaron comunicaciones y crearon un organigrama de la estructura ilegal, lo que les permitió encontrar el escondite de los principales ejecutivos. Esta información se compartió con agencias internacionales y las autoridades colombianas, lo que resultó en la captura de los ejecutivos en diversos operativos. Ahora, la unidad liderada por Elkin había cambiado su enfoque. En lugar de buscar a ejecutivos y líderes de carteles de drogas, investigaban el *Círculo de la Corona*, en especial al director nacional de la policía colombiana, general Floriberto Urdaneta.

En las paredes de la oficina de Elkin se observa un organigrama con fotografías de altos mandos policiales, entre quienes los investigadores sospechan fluyen las órdenes del *jinete de Bogotá*. Algunos recuadros del diagrama aún permanecen vacíos, los agentes los van llenando a medida que recaban información de inteligencia.

Hace dos días, como no hubo manera de desbloquear las líneas de comunicación del general Urdaneta, un comando especial del *Punto Cero*, conformado por dos ex *Contratistas* del B1, intervino las líneas telefónicas de la casa finca del general, situada en las afueras de Bogotá. Los ex *Contratistas* se disfrazaron de técnicos de una compañía militar y entraron en la propiedad del general para arreglar un problema en el sistema de datos que había sido reportado unas horas antes.

Con un pequeño dispositivo electrónico instalado en la red, se redireccionó la comunicación desde la casa finca del general hasta los servidores centrales de una unidad móvil del *Punto Cero*, donde se descifraba toda la información recibida, incluida llamadas telefónicas y datos de internet.

Sin embargo, después de varios días de interceptar llamadas sin lograr progreso en la investigación, Elkin y sus hombres se sintieron invadidos por la frustración. La tecnología de distracción utilizada por el general resultaba difícil de penetrar. A los analistas del *Punto Cero* les resultaba imposible descifrar los códigos usados por el general y triangular sus fuentes de contactos, por lo que Elkin determinó un cambio en su estrategia: —Necesitamos acercarnos —planteó— le haremos seguimiento al general y a su esposa las veinticuatro horas del día; clonaremos todos sus teléfonos e instalaremos cámaras en sus oficinas, algo tendremos que encontrar.

CAPÍTULO XXII

Desparramado en el suelo sucio y la espalda apoyada en el portón de la celda, Martín balancea la cabeza sobre las rodillas encogidas bajo su mentón. Su cuerpo tembloroso refleja el miedo que lo abruma, mientras observa con tristeza cómo su vida se desmorona. Un grillete le oprime la pierna izquierda por encima del tobillo herido, y siente la cadena de hierro que lo conecta a la litera. Sabe que aquellos malvados quieren degradarlo, arrebatarle todo lo humano y pisotear su dignidad hasta matarlo en vida. Por eso a pesar de estar en una celda, lo tratan como a un animal.

"Fue un error entrometerme en tus asuntos, padre —se resigna; aunque rehúye a la culpa—. *Yo solo deseaba conocer la verdad"*.

Le asquea el vaho a orine fermentado que se desprende desde la taza sanitaria a unos metros de sus pies, pero sabe que en unas horas aquel hedor será imperceptible. Terminará por acostumbrarse a la inmundicia, al moho, y al frío que invade aquel lugar; con las horas lo derrotará el miedo y con ella la desesperanza que precede a la muerte. Entonces, aquellos hombres habrán ganado: el sufrimiento y la soledad extinguirán su aliento.

"Eres un heredero. En ustedes centramos nuestras esperanzas de justicia —recuerda las últimas palabras del *Anónimo X*—. *Tienes una misión: encuentra al Anónimo Z".*

Aún no entiende cómo sus captores lo localizaron en pocas horas en la ciudad. No tiene dudas de que él mismo los condujo hasta el *Anónimo X*. Sin duda, el operativo fue obra de agencias de inteligencia con tecnologías de seguridad estatal, y con la participación de la marina mexicana y mercenarios. Aunque el inicio de todo parece converger en un solo lugar: *Bar/Restaurante Los Amigos.*

"¡Un traidor!—razona Martín, y mueve los ojos con rapidez—. *Un topo dentro del Bar/Restaurante alertó sobre la aparición del hijo de C32 en el lugar. Era el señuelo perfecto; el Anónimo X saldría de su escondite y recibiría al hijo de su aliado. Justo como sucedió".*

Presa del remordimiento, Martín se da frentazos contra sus rodillas.

"Yo les entregué al Anónimo X —se seca las lágrimas con las manos y vuelve a darse frentazos en las rodillas—. *Me plantaron un rastreador, y yo los llevé hasta él".*

En su mente, rellena los vacíos: los agentes lo habían vigilado cuando salió del Bar/Restaurante y posteriormente interceptaron la llamada del *Anónimo X* al Hotel La Condesa, lo que les permitió conocer el lugar del encuentro. Sin embargo, el *Anónimo X* fue cauteloso y evitó el restaurante *Au Pied de Cochón*. Por lo que los agentes decidieron colocar un rastreador en su mochila para conocer todos sus movimientos.

—Alguien cercano al *Anónimo X* lo traicionó —murmura Martín. Un escalofrío baja por su espalda y termina como calambre en sus piernas, las estira dolorosamente en el piso frío y vuelve a encogerlas—. ¿El administrador? Parecía honesto. ¿Los meseros? ¿Algún comensal?

En realidad, agencias de seguridad seguían de cerca el *"Bar/Restaurante Los Amigos"*, identificado como casa-buzón de ex espías del B1. Aunque los *Cooperantes* descartaron el lugar, los investigadores lo mantuvieron bajo vigilancia. Martín activó la alerta al aparecer allí, donde los investigadores tenían micrófonos en lugares estratégicos. Lo siguieron por la ciudad hasta que ubicaron el hotel donde se hospedaba, y luego intervinieron las líneas telefónicas. Al comunicarse el *Anónimo X* con Martín, los agentes comprendieron que el muchacho era clave para localizar al espía.

—La policía asesinó al *Anónimo X* —deduce Martín con la respiración agitada y vahídos de debilidad—; utilizaron a mercenarios como tapaderas, de igual modo que en el asesinato de mi padre donde culparon al CRP.

De repente, un tic nervioso comienza en su párpado izquierdo. Martín se frota con fuerza la pierna derecha y comprende que desde que llegó a la ciudad siempre estuvo vigilado, y que su detención por parte de los mercenarios no fue una casualidad. Los enemigos de su padre quieren usarlo como pieza de chantaje contra su familia y los *Cooperantes*. Era evidente que su vida era un trofeo para aquellos malvados en la sombra, que pujan por su cabeza. Es solo cuestión de tiempo para que lo maten.

—¡Será el fin! —Martín se aprieta las sienes con las manos y agacha la cabeza—. Terminé de destruir a mi familia.

Un espasmo doloroso le acomete en la espalda, vuelve a estirar y encoger las piernas por varias veces; queda en posición fetal. No ha ingerido líquidos ni alimento en las últimas horas, yace en el suelo sin apetito. Le repuntan las náuseas en la garganta e intenta vomitar la bilis sin conseguirlo. Luego, bañado de un sudor frío se queda recostado en la pared, hasta que logra relajarse un poco.

Afuera reina el silencio. Se apagaron los murmullos y las voces en el pasillo. Aunque le quitaron su reloj, Martín supone que es de madrugada, promedia que habrían pasado cuatro horas desde que el mal encarado de la chaqueta negra le llevó una cajita con papas fritas, pollo asado y una gaseosa en un vaso plástico. El sujeto entró serio al recinto, puso la caja en el piso y sentenció con desprecio:

—Si no comes, nos harás un favor, morirás de hambre —se giró y cerró la puerta de hierro con el candado.

Martín levanta la cabeza y con la mirada sombría, examina la habitación por primera vez: una celda estrecha y alargada forma una garganta profunda que amenaza con devorarlo. En la pared del fondo hay un inodoro y un lavamanos de acero que gotea sin cesar. Una ventana pequeña, protegida por barrotes de hierro forjado, deja pasar la oscuridad. Las paredes, opacas y enmohecidas, son de un color crema que se extiende desde el suelo hasta el cielo raso de cemento. En las esquinas, hay letras rojas raspadas con uñas, como huellas de antiguos cautivos martirizados. Un tubo fluorescente emite una luz tenue y vibrante desde el falso techo. En el centro de la celda, un camarote de hierro fijado al piso, con un colchón cubierto por sábanas blancas, domina el espacio. De una de las patas del camarote sale una cadena que sujeta el grillete en su tobillo.

Martín se sobresalta ante la idea de permanecer en aquel lugar durante mucho tiempo y llora en silencio. Luego se levanta del suelo y se dirige hacia la litera, frotándose los párpados hinchados con los nudillos. Siente dolor en el tobillo izquierdo, lo que le hace tambalearse mientras arrastra la cadena que le sujeta el grillete. Mareado, camina de un lado a otro en el pequeño espacio. Finalmente llega a la puerta y se asoma a través de las hendiduras entre la puerta y el marco de hierro, pero no distingue nada del exterior, solo el resplandor de las luces del pasillo y el eco de las goteras que caen al suelo.

—¡Déjenme salir! —grita angustiado y da puñetazos a la puerta en un arrebato de cólera. Luego, se detiene y calla, esperando una respuesta que nunca llega. Gime desesperado y vuelve a deambular inquieto de un lado a otro de la celda.

Exhausto, se sienta en la cama y por fin, en ese día interminable, piensa en Elena. Había prometido llamarla todas las tardes, pero ha vuelto a fallar a su palabra y ahora su inocente madre carga con el peso del infortunio. Se la imagina angustiada, sentada en el sofá, desvelada con el teléfono en la mano, igual que cuando su padre era un fugitivo. *"Ella es quien más ha sufrido en toda esta historia"*, razona. Si lo matan, ella también morirá, la tristeza terminará por apagar su corazón. Este pensamiento lo asalta con un dolor en el pecho y en un gemido se deja caer de lado en la cama. Encoge las piernas y apoya la cabeza sobre sus manos.

"Si tan solo pudiera aliviar su angustia —piensa—. *Ella no merece sufrir así"*.

Conmovido de la preocupación por su madre, olvida por un momento su situación de secuestro y se permite soñar con la posibilidad de que sus captores sientan compasión por él y decidan liberarlo. Con los ojos bien abiertos, parece esperar que la puerta se abra y alguien entre, presente excusas y ponga fin a su dolor. Agotado, se adormila en medio de esa esperanza, pero al despertar, se encuentra nuevamente enfrentando la cruda realidad de su cautiverio.

Contempla en silencio los retos que le deparan en el futuro, en caso de sobrevivir al secuestro. Sin embargo, fracasa en el intento de pensar en asumir la misión encomendada por su padre en La Alézeya y por el *Anónimo X*. Se siente derrotado, impotente, de la misma manera que cuando era un niño y su familia era perseguida. Siempre se preguntaba qué hacer y por qué sucedían tantos males. A pesar de los agravios y las pérdidas, sólo sufría los efluvios de una rabia visceral, pero el miedo le congelaba y le incitaba a huir como un cobarde, a esconder los sentimientos tras rostros y capas de pinturas.

Recuerda entonces que nunca tuvo visiones de gloria. Siempre vivió en un mundo solitario que lo alejó por muchos años de la realidad. Pero el pasado lo persiguió y lo atrapó justo en el camino en el que trataba de evitar su destino. Ahora, lo ineludible ataca de nuevo los flancos de sus debilidades, y la fatalidad lo atrapa en un abismo del que parece imposible escapar.

Vuelve a gemir, sintiéndose indigno de llevar la sangre de su madre. A lo largo de su vida, ella ha enfrentado las más grandes adversidades, pero su voluntad parece incólume ante los quebrantos. Siempre fuerte, dispuesta al sacrificio y a la resiliencia que alimenta la esperanza. En cambio, él, un joven frágil y temeroso, incapaz de seguir su ejemplo.

"Madre mía, madre del consuelo, hija del sufrimiento más sublime y esclava incansable de las mayores desgracias que padecer se puede, desde este lugar mísero y distanciado de lo que más deseo, quiero estar, sin estar contigo a solas, para ofrecerte mi amor en un cálido abrazo, el consuelo del hijo ausente, el pésame por renunciar incluso a llevar tu sangre, si eso pudiera traer la felicidad que para ti tanto anhelo."

CAPÍTULO XXIII

En la oscuridad de un bosque húmedo por la lluvia, Martín es perseguido sin descanso por hombres con casacas militares y perros, con órdenes de capturarlo vivo o muerto. Corre y gime entre los árboles, mientras la lluvia lo empapa y asfixia su aliento. En un momento crítico, un hombre con sombrero vaquero dispara su fusil y una bala rompe la neblina de la lluvia e impacta directo el omóplato derecho de Martín, quien se desliza en la hojarasca y cae inerte por un precipicio. Victoria se sobresalta en el sofá conmocionada por la escena.

—¡Oh, Martín, hijo! ¿Dónde estás? —murmura acezante mientras se desprende del sueño—. Me matas con esta incertidumbre.

Apaga el televisor que estaba sintonizado en un concierto de ópera en el teatro Majestic de Nueva York. Observa la lluvia que aún golpea incesante en los cristales de los ventanales, el viento ruge con intensidad. Mira el teléfono sobre la mesita, no hay ninguna llamada registrada, ya ha pasado la media noche: *"¡Oh, Dios mío! ¿Qué será de Martín? ¿Qué es lo que he hecho mal para merecer tanto castigo?"*

Se levanta del sofá y camina por el pasillo alfombrado, sube las escaleras hasta su alcoba en la tercera planta y se sienta en una silla de terciopelo azul delante de su tocador *vintage*. Por un momento, su cuerpo parece inmóvil, como una estatua de cera frente al espejo, se mira a los ojos como si quisiera reconocerse a sí misma. Sus párpados se ven amoratados, sus conjuntivas rojizas y su tez pálida y sin brillo. Ya no es la misma de antes, pequeñas arrugas se han extendido desde las comisuras laterales de sus ojos.

"No puedes huir de lo que eres —retiñe una voz—. *Enfrenta el pasado. Podrás dominarlo. ¡Véncelo! No dejes que te paralice".*

Victoria cierra los ojos con fuerza y entrelaza las manos sobre su regazo, busca silenciar la voz que intenta colarse en su mente. Inspira profundo, sostiene el aire en los pulmones por unos segundos y luego lo suelta lentamente. Tras varias sesiones del ejercicio logra relajarse un poco.

De repente, abre los ojos y se ve a sí misma con el brazo derecho extendido, sosteniendo una Beretta 9 mm que apunta una diana situada a veinticinco metros de distancia. Todas las imágenes a su alrededor parecen ralentizadas. La pupila encuadra la diana y el dedo tensa el gatillo. La respiración se detiene, ya no siente miedo.

"Tienes el control..., no huyas de lo que eres..., confronta el mal... ¡Dispara!".

Victoria sacude la cabeza y vuelve a verse a sí misma en el espejo; acezante, con la frente sudorosa y el ceño fruncido. Inspira profundo y afloja despacio los puños mientras recompone su postura en la silla. La escena la persigue desde hace años, pero en sus visiones nunca dispara, como si el subconsciente se resistiera a escuchar los ecos del pasado.

Toma un cepillo dorado y lo desliza con parsimonia por su cabello rojizo. Luego se recoge el cabello en un moño y se acomoda un gorro de tela en la cabeza. De una gaveta, saca un frasco con sedantes y coloca una pastilla en la raíz de su lengua, bebe agua de una botella sobre la mesita y se acuesta en la cama.

—Objetivo a la vista. Central, solicito autorización para proceder.

—Proceda, *Centinela* —Victoria confirma por el micrófono la orden del oficial al mando.

En cuestión de segundos, Victoria escucha el sonido seco del fusil a través de sus audífonos mientras en el monitor se muestra el humo de la munición que atraviesa la avenida y alcanza la sien derecha del objetivo. Un hombre, de cabello y barba oscura, cae en medio de la sala de una habitación en el décimo piso del hotel Farallones. Sus guardaespaldas entran apresurados al salón y quedan atónitos ante el cuerpo ensangrentado de su jefe.

A cientos de kilómetros de distancia, en el salón de instrucciones del *B1*, junto a decenas de Contratistas, Victoria observa impasible la escena transmitida desde las gafas del *Centinela*, que está apostado en un edificio cercano al objetivo.

—Misión cumplida. Objetivo anulado —reporta el *Centinela*.

—Recibido, *Centinela*. Asegurar campo y abandonar el lugar.

Una orden, un disparo. Terminaba así en la ciudad de Medellín, un trabajo de seis meses de seguimiento a un mercenario israelí que entrenaba células paramilitares en Colombia.

Un trabajo limpio, sin rastros, sin nombres ni condecoraciones, como todas las misiones que cumplían los agentes *Centinela*s del *B1* en distintos países de Latinoamérica.

CAPÍTULO XXIV

Al amanecer, el jefe mercenario se prepara frente al espejo de su habitación, con una tijera recorta los pelos de su bigote y los que sobresalen de los orificios nasales. Luego, se lava la cara y se viste con una camisa charra roja de manga larga sobre una franela, coloca su revólver .38 en su funda y, ajustando su sombrero vaquero, sale de la habitación.

Un guardaespaldas lo sigue por la sala, lleva una mini Uzi apoyada en su hombro. Las botas con espuelas del jefe son el único sonido que se oye. Descienden por una escalera hasta el primer piso y se adentran en un pasillo semi oscuro que resuena de goteras. Al fondo, un guardia fuma un cigarro y, al ver al jefe, apaga su cigarro y toma su rifle en posición firme.

—Puerta —indica el jefe cuando se acerca.

El guardia se apresura y abre el candado de la puerta de hierro que asegura la celda de Martín.

Agotado de llorar y encorvado en el borde de la litera, Martín balancea la cabeza apoyada en su mano derecha. Toda la madrugada había dormitado en esa posición, solo cambiando la posición de su cuerpo para aliviar el calambre que le aguijonea en las piernas. Cuando descorren el cerrojo de la puerta de hierro, se estremece por completo, mueve los ojos vidriosos y entrelaza las manos bajo el mentón como en una plegaria.

El jefe penetra a la celda en una marcha autoritaria, en su rostro refleja el impacto al ver el rápido deterioro del rehén; ya no es el mismo de la tarde anterior. Ahora luce como un fantasma descarnado, raído y sin esperanza. Mira con repulsión la caja de pollo y el vaso de refresco que permanecen intacta en el piso, junto a la litera.

—Veo que no has comido —masculla en tono agrio—. Sólo lograrás enfermarte.

Martín mantiene la cabeza gacha. Evita mirarlo y entregarse al miedo que le produce aquel pistolero. La piel le pica y sus poros transpiran sin control, sabe que en cualquier momento recibirá el golpe final. La herida de bala que despedirá su aliento. *"¿Para qué insisten en alimentarme si me matarán?* —piensa—. *Que termine todo de una vez. Que venga la muerte, rápida y efectiva como guillotina. No quiero sentir dolor".* Aprieta los maceteros y contrae los músculos del cuello para ahuyentar los pensamientos aciagos.

—He decidido sacarte de esta pocilga —barbulla el jefe.

Las palabras sorprenden a Martín, pero no se inmuta. Permanece con la mirada fija hacia el suelo. Siente que hay una intención oculta detrás de la aparente piedad de su captor. Sus sospechas se confirman cuando el jefe revela:

—Te liberaré, pero a cambio me entregarás todas las evidencias de tu padre.

Martín pestañea, relaja lentamente los músculos de la mandíbula y siente el martilleo del corazón en las sienes. Levanta la mirada y observa en secuencia: la cacha bruñida del revolver del jefe, parado firme frente a él, sus manos apoyadas en la correa de cuero, la camisa que modela su gruesa contextura y, por último, su rostro cuadrado naturalmente fruncido.

—Tendrás una llamada para coordinar el intercambio —indica el pistolero—. Te liberaremos cuando tenga los documentos en mi poder.

—¿Cumplirá su palabra? —balbucea Martín.

—Tendrás que confiar en mí —rezonga el sujeto y camina hacia la salida—. No hay alternativas.

Martín lo mira perplejo mientras el sujeto cruza el umbral y vuelve al pasillo. Tras él, la puerta de hierro se cierra en un traqueteo. Desconfía de aquel pistolero, sabe que no cumplirá su palabra. Es solo un peón en el mundo criminal, y está claro que su banda de pistoleros no desafiará a los poderosos carteles colombianos y mexicanos que pujan por él, y mucho menos a los *jinetes* del *Círculo de la Corona*.

"*Entonces, ¿qué se trae este criminal entre manos?* —razona Martín por un rato hasta que concluye—. *Sólo quiere los documentos de mi padre... una vez los tenga, me asesinará como a un perro; será más fácil justificar mi muerte que mi liberación*".

Un fuerte dolor en el bajo vientre lo hace caminar con las piernas encalambradas hasta sentarse en la taza del baño. "*¿Qué debo hacer ahora?* —se pregunta, y en su desesperada situación acepta una triste realidad—. *Si entrego las carpetas de mi padre me matarán; pero si desisto de ello también lo harán... la buena noticia es que haré una llamada. Al menos así mis familiares conocerán de mi destino*".

Después de aliviar la necesidad de orinar, la tensión persiste en Martín. La propuesta de negociar su liberación a cambio de las carpetas de su padre fue un acto de desesperación más que una estrategia bien pensada. Él no consideró la gravedad del asunto y era probable que los secuestradores hayan escudriñado La Alézeya, lo que reforzó la idea que los otros documentos eran reales y estimuló su avaricia.

"¿A quién llamaré? —piensa Martín—. *Mi madre es la única que conoce de las carpetas de mi padre. Pero presionada por las circunstancias actuará de forma errática, correrá a México y se expondrá al peligro. ¿Y mi tío, Elkin? Él desconoce del asunto. Su tiempo en comprender la situación podrá indisponer a los pistoleros*".

Turbado, Martín se frota los ojos con el dorso de las manos y niega con la cabeza.

"Y, ¿qué tal, Jebb Taylor? —se le alumbra una idea en su mente—. *Soy un protegido de su departamento, sin dudas, él se involucrará*".

Desecha la idea de apoyo al testigo protegido tan pronto como la concibe. "*Fui retenido en un país extranjero, no tengo autorización para estar aquí. Nadie se inmiscuirá. ¡Estoy sólo!*".

Después de unos minutos, la puerta de la celda se abre. Un hombre con uniforme de camuflaje y botas militares entra sosteniendo una bandeja de plástico. En ella hay un plato con dos quesadillas de carne y un vaso de chocolate caliente. El hombre coloca la bandeja sobre la cama y sin prestar atención a Martín, que está sentado en la taza, recoge la caja de pollo y el vaso de refresco del suelo, luego abandona la celda y cierra la puerta con llave.

Consciente de que necesita alimentarse, Martín se levanta del inodoro y se obliga a comer. Decisiones de vida o muerte requieren su atención. Si comete el más mínimo error, la falsedad de su propuesta será descubierta. Quizás este sea el último bocado que pruebe en vida, así que todo dependerá de la providencia. "*¿A quién llamaré? ¿A mi madre, o a mi tío, Elkin?*"

CAPÍTULO XXV

La luz del amanecer apenas comienza a filtrarse por las cortinas de la habitación cuando Victoria se levanta de la cama, incapaz de seguir durmiendo. Presentimientos ominosos la han perseguido durante toda la madrugada, llenando su mente con imágenes de peligro y violencia. Sin poder soportar más la incertidumbre, coge el teléfono y marca el número de la oficina de Jebb Taylor. Sabe que él es su mejor opción para encontrar a Martín, y espera que pueda ayudarla a poner fin a su pesadilla.

—Si tan solo supiera que está bien, me consolaría, Jebb —le dice.

Con una actitud paciente y reflexiva, el oficial escucha las preocupaciones de Victoria, mientras analiza las opciones que tiene desde su departamento. Después de un momento de consideración, le promete que hará todo lo posible por ayudar a encontrar a Martín.

—Si se hubiese comunicado ayer, no interferiría en su viaje —comenta Victoria angustiada—. Pero me resulta imposible tener tranquilidad, presintiendo que algo malo le sucede.

—Descuide —la reconforta el oficial—. La ayudaremos a ubicar a Martín. Es natural su preocupación.

Hacia el mediodía, dos horas después de haber llamado a Jebb Taylor, Victoria recibe su llamada de vuelta. Desesperada por algo que hacer, ella se había incorporado a su trabajo en el canal de televisión para mantenerse ocupada. Las noticias todavía giran en torno a los estragos causados por el huracán en los estados del país.

—Necesito que venga urgente a mi oficina —dice Jebb a secas.

—¿De qué se trata? —se inquieta Victoria.

—No le puedo explicar por teléfono, necesito verla urgente.

Victoria cancela su jornada junto a un panel de periodistas que, ubicados en diversos puntos del estado, analizan las pérdidas dejadas por el temporal. Y, a noventa millas por hora, conduce su lexus hasta la sede de la DEA en Miami.

—Le va a sorprender lo que tengo que decirle —comenta Jebb mientras la encamina por un pasillo hacia su oficina—, pero tenga por seguro que le ayudaremos a resolver la situación.

—¿De qué se trata, Jebb? —exige Victoria.

—Martín está en México.

—¡¿México?! —Victoria abre los ojos y se lleva la mano a la boca—. Pero, ¿cómo es posible?

—Hicimos un rastreo de su tarjeta de crédito. Viajó a Ciudad de México hace dos días, compró los tiquetes en el aeropuerto; pagó con la tarjeta —una vez ingresan a la oficina, el oficial invita a sentarse a Victoria, pero ella permanece en pie; él continúa—. Llamamos a la agencia que le vendió el tiquete y solo compró boleto de ida. Volvió a utilizar la tarjeta en Ciudad de México, en el hotel La Condesa.

Hace una pausa y mira a Victoria, que boquea estupefacta, permanece unos segundos de pie y luego desvaída se descompone en la silla.

—Quisiera saber si conoce los motivos por el cual Martín viajó a México —inquiere el oficial.

"Busca pistas de su padre" —piensa Victoria. Pero le gana la ansiedad.

—¿Sabe cómo está él? ¿Martín se encuentra bien?

—Ya llamamos al hotel La Condesa —responde Jebb erguido en su silla—. Abandonó el hotel ayer en la mañana, no hizo el *check out* —el rostro de Victoria palidece. Entrecruza las manos temblorosas en su regazo y la castiga una mudez pasajera.

—Los empleados revisaron la habitación que Martín alquiló en el hotel y no hay pertenencias suyas —agrega Jebb—. Tampoco ha vuelto a utilizar la tarjeta de crédito. Por eso la llamé, porque necesito saber algunas cosas.

Victoria asiente.

—Creo que mi hijo está en problemas —balbucea.

Jebb le sirve un vaso de agua de un botellón en su despacho y se lo entrega. Retoma el asiento detrás de su escritorio.

—¿Conoce algún motivo que pudo llevar a Martín a México? —cuestiona.

—Busca pistas sobre la vida secreta de su padre —señala Victoria en voz baja luego de sentarse. Bebe agua del vaso y se frota la frente con la mano izquierda.

El agente frunce el ceño y se reacomoda en la silla.

—¿A qué se refiere cuando dice que busca pistas?

Victoria inspira profundo, sostiene el vaso de cristal con las dos manos temblorosas, y demora varios segundos en responder.

—Él está obsesionado en conocer los asuntos secretos de su padre —responde con aire de turbación.

Jebb aguarda silencioso y ella continúa.

—Martín encontró un manuscrito de William en Medellín —detalla—. Sospecho que eso lo impulsó a viajar a México.

—¿Un manuscrito de William? —inquiere Jebb con sorpresa.

Victoria traga en seco y asiente pesarosa.

—Siempre traté de evitar que Martín conociera el trabajo oculto de William, pero en nuestro viaje al funeral, él encontró pistas que lo guiaron hasta el manuscrito de su padre, y a los documentos que le entregué ayer. En realidad, fue él quien los halló.

Jebb se frota la frente y arruga el entrecejo con aire de desconcierto.

—¿Existe alguna razón para que William involucrara a su hijo en estos asuntos? —inquiere.

—No lo sé. William siempre deseó que Martín conociera la verdad sobre su vida. Pero yo lo impedí.

—Y, ¿por qué, entonces, permitió que Martín leyera aquel manuscrito?

Victoria mueve las comisuras labiales a ambos lados y coloca el vaso con agua sobre el escritorio.

—Creí que, tras la muerte de William, era tiempo que Martín conociera la verdad sobre su padre. Ahora reconozco que me equivoqué.

—¿Dónde está el manuscrito en estos momentos?

—La Alézeya, así lo tituló William; Martín siempre lo lleva consigo.

—¿La Alézeya? ¿Por qué La Alézeya?

—Porque revela la verdad de sus motivaciones; elementos que William deseó que Martín conociera.

Jebb tamborilea la mano derecha sobre el plano de la mesa. Analítico, trata de dilucidar el trasfondo del asunto. *"¿Usted sabe si, aparte del Cartel Reinoso-Paredes, mi padre espiaba a otra organización?"* —recuerda la pregunta que Martín le planteó a su regreso de Colombia. Ahora atisba nuevas razones para que Martín se mostrara inquieto ese día. El manuscrito le reveló información que, quizá, la DEA desconoce.

—¿Por qué William le heredaría evidencias secretas justo a Martín? —Plantea Jebb con aire de intriga.

—Tampoco logro comprender. William siempre evitó colocar en riesgo a nuestra familia.

—Entonces, ¿cree que fue casualidad que Martín encontrara aquellas evidencias?

—Es probable —asiente Victoria—. Por eso creo que Martín corre peligro. Escarba asuntos de su padre en el lugar menos indicado.

—¿Sabe si William tenía algún contacto en México, al cual Martín pudiese recurrir?

—Desconozco dicha información —Victoria niega con la cabeza.

—Comprendo.

Victoria se coloca en pie.

—Debo ir a buscar a mi hijo —manifiesta—. Sé que algo no anda bien.

—Debe tranquilizarse —le aconseja el oficial—. Ya autorizamos a un agente en el área para que investigue el paradero de Martín.

—No me sentaré a esperar las respuestas —señala Victoria y camina por delante del escritorio—. Viajaré a México a buscar a mi hijo.

—Si en veinticuatro horas no tenemos información sobre él, le prometo que yo mismo la acompañaré a México.

Victoria se detiene y clava la mirada directa en el oficial. Se muerde los labios y pestañea; luego resignada, asiente con la cabeza.

—Debemos intervenir su teléfono —le comenta Jebb—. Así ubicaremos a cualquiera que la contacte, incluido Martín.

—¿Por qué no me dice la verdad, oficial? ¿Qué es lo que sospecha?

—Lo mismo que usted —contesta él—. Martín puede estar retenido en México. Es mejor que llevemos un paso adelante.

—¿Y si no se da esa comunicación?

—Viajaremos mañana a México. Traeremos de vuelta a Martín.

CAPÍTULO XXVI

Medellín, Colombia

En pleno centro de la ciudad, una unidad investigativa de la fiscalía, acompañada de patrullas y policía motorizada, despliega un operativo judicial en el *"Pink Heaven Club"*, propiedad que, según registros públicos pertenece a una sociedad anónima, de la cual Patricia Londoño es representante legal. Los oficiales detuvieron a varios funcionarios en el operativo, luego acordonaron el lugar y sellaron todos los establecimientos. La fiscalía colombiana acusa a Patricia Londoño y a varios de sus empleados, de servir de testaferro a reconocidos jefes del narcotráfico. El inmueble de cinco pisos con fachadas de cristal y piedras naturales cuenta con gimnasio, spa, suites de hospedaje, cabaré y juegos de azar. Todo quedó bajo custodia policial y ligado a un proceso de extinción de dominio.

Ningún jefe ejecutivo del club hizo presencia durante el operativo policial. Sólo meseros, mucamas y algunas trabajadoras sexuales se hallaban en el lugar. Un empleado reportó la ausencia de *La manager* en los últimos dos días; tampoco Elkin ni sus hombres ubicaban su paradero. Los celulares de Patricia permanecían apagados y era imposible rastrearlos.

—Algo anda mal —se inquieta Elkin reunido con el *filipino* en su fuerte del *Punto Cero*—. Primero el allanamiento al *Pink Heaven Club*, y ahora la desaparición de Patricia.

—Es una retaliación del ala corrupta de la policía —asegura el *filipino*.

—Si la policía vincula a Patricia con la desaparición del comandante Camacho, todo estará perdido para ella —advierte Elkin con los brazos cruzados, de pie, detrás de un escritorio—; la torturarán, le arrancarán la verdad y luego la asesinarán. Debemos encontrarla.

—Ya tengo hombres en ello —señala el *filipino*—. Nuestros aliados en la policía y del *B1* tampoco saben nada.

—Debemos ubicarla antes de que sea demasiado tarde —presiona Elkin—. Es de los nuestros, no la dejaremos atrás.

Elkin es consciente del peligroso papel que Patricia juega en su organización, ya que su vida pende siempre de un hilo. Con sus habilidades como cortesana moderna, logró infiltrarse en las altas líneas de policías corruptos y de ejecutivos del Cartel Reinoso-Paredes. Además, se ha ganado la confianza de poderosos amantes políticos mediante la venta de información. En el fondo ella siente un profundo repudio hacia funcionarios y políticos corruptos, por ello coopera con la unidad de Elkin, que busca exponerlos.

El móvil del *filipino* vibra en su mano derecha, en el display se distingue el número de un informante de la policía. El *filipino* se levanta de la silla y se pasea dentro del laboratorio de inteligencia. Lo que el oficial revela en códigos lo paraliza de golpe, y más cuando observa las fotografías enviadas a su celular.

—Señor, un cadáver fue encontrado en una ladera al sur de la ciudad — reporta el *filipino* a Elkin—. Por las características físicas, el informante cree que es MH-21.

Con el peso de la incertidumbre, Elkin detalla en una pantalla multitáctil insertada en la pared, las imágenes proyectadas desde el celular del *filipino*. Las fotografías enseñan el cuerpo semidesnudo de una mujer en el fondo de un precipicio, en medio de las rocas y los matorrales.

—Se cree que el cuerpo fue arrojado desde la carretera — agrega el *filipino*.

—¡Ellos lo hicieron! —asegura Elkin visiblemente consternado—. Los malditos la asesinaron —recorre la oficina con los brazos cruzados; luego se afloja la corbata y se gira hacia el *filipino*—. Se aproxima una guerra. Muchas cosas cambiarán a partir de ahora.

Sobre las diez de la mañana, los peritos concluyeron el levantamiento del cadáver hallado en una ladera al sur de la ciudad. El cuerpo de la víctima se trasladó en un auto de la policía investigativa hasta las instalaciones del instituto regional de medicina legal.

A tan solo dos horas después del levantamiento, Elkin consigue ingresar a la institución de apoyo judicial para el reconocimiento del cadáver.

Dentro de las instalaciones de medicina legal, Elkin es dirigido por una auxiliar hasta un amplio salón con cadáveres cubiertos con sábanas blancas sobre camillas de acero. Los cuerpos aguardan su turno para ser preparados en las mesas de autopsia. Detrás de una ventana de cristal, un doctor encorvado, de melena gris y en bata azul, garabatea un informe en una tabla de apoyo, delante hay una bandeja con los órganos de un cuerpo cercenado. Otro médico más joven prepara un cadáver de un adolescente en la mesa contigua; cuando el doctor se percata que Elkin lo observa, una asistente cierra las persianas verticales detrás del cristal.

—Estos son los objetos encontrados junto al cadáver número once —expresa la auxiliar que acompaña a Elkin tras colocar una bandeja metálica sobre la mesa.

Dentro de un recipiente Elkin distingue dos anillos de oro, un reloj Bulova Caravelle y una pulsera con cuentas de perlas de cristal verde.

—¿Los reconoce?

Elkin se mantiene silencioso, impasible, solo observa los artículos que brillan en el tazón; luego de un rato asiente consternado. Reconoce muy bien ese reloj. Él mismo se lo regaló a Patricia con motivo de su último cumpleaños.

—¿Puedo ver el cuerpo? —solicita.

La auxiliar lo mira a los ojos y asiente con la cabeza.

—Espere un momento.

Se aleja hasta la otra habitación y habla en voz baja con el forense encorvado, que ahora lleva un delantal de hule. Este le asiente. Ella regresa solícita hasta donde Elkin, extrae de un estante una bata azul y un tapaboca desechable. Se los entrega a Elkin.

—Debe colocárselas; el cuerpo aún está en la sala de autopsias. El doctor le permitirá verlo.

El doctor, apellidado Rodríguez, saluda a Elkin con una leve inclinación del rostro y luego lo conduce a una mesa de Morgagni ocupada por un cadáver cubierto con una sábana blanca.

—Acabamos de practicarle la autopsia —refiere—. Era muy joven, es doloroso que muriera de esa manera.

En la etiqueta que cuelga del dedo gordo del pie izquierdo, se distingue el número once, no hay nombres ni otro tipo de identificación. Un frío distinto al del aire acondicionado recorre toda la piel de Elkin y se cala en sus huesos. Es la primera vez que entra a una morgue a reconocer a uno de los suyos, y más de alguien con quien tuvo un vínculo pasional.

Cuando el doctor destapa la cabeza de la occisa, un olor a sangre herrumbrosa corta el aliento de Elkin que frunce el ceño, y se muerde los labios. Es evidente que ver los moretones y el cuerpo lacerado de Patricia le estremece. Hace cinco años, él mismo la había reclutado e instruido como informante del *Punto Cero*. "MH 21" era la vigésima primera integrante de su organización. La tercera mujer entre sus filas y la primera en ser asesinada.

El rostro de Patricia luce entre un pálido terroso en la frente y un violáceo mate en las mejillas. Un orificio de bala relleno de sangre oscura le corona la frente. Los labios entreabiertos en la exhalación final lucen como pasas, negruzcos y resecos; los cabellos apelmazados por la maleza y la tierra caen tiesos sobre sus hombros y adheridos a sus sienes. No queda en aquel cuerpo, un solo vestigio de la mujer colorida y sensual que fue.

—¿La reconoce? —pregunta el legista.

Elkin asiente.

—¿Nadie ha reclamado el cuerpo?

—No, señor; usted es el primero —contesta el doctor—. ¿Cuál es su vínculo con la víctima?

—Solo conocidos —el silencio del doctor obliga a Elkin a reforzar su historia—. Soy un investigador independiente. Conocía a esta mujer desde hace muchos años. Era la administradora de un club nocturno de la ciudad.

El doctor garabatea esos datos en su informe.

—Parece que no se trató de robo ni de acceso carnal ¿verdad, doctor?

—En absoluto. La víctima fue encontrada con todas sus pertenencias, pero sin documentos. Tiene señales de contusiones y abrasiones en piernas y muslos. La golpearon, luego la arrastraron viva hasta el lugar donde la ultimaron a balazos, dos en el tórax y otro en la frente; casi a quemarropa. Un acto cruel y con sevicia, pero no hay señales de abuso sexual —pesaroso, el doctor niega con la cabeza—. ¿Sabe cuál es el nombre de la víctima?

—Patricia... Patricia Londoño.

El legista lo anota en la libreta.

—¿Tiene forma de contactar algún familiar?

—Sí. Me encargaré de los trámites; alguien de la familia reclamará el cadáver una vez se cumpla con todo el proceso investigativo.

—Será de mucha ayuda. Tenemos muchos cuerpos aquí.

La auxiliar descorre la puerta y le hace una señal con la mano al doctor, que acude a su llamado. Elkin permanece rígido al lado de la mesa mientras contempla el rostro de Patricia. En ese momento de dolor no alberga rabia ni deseos de desquite; sólo siente una tristeza profunda que le escuece la piel. Es claro que quienes cometieron el crimen, se ensañaron con su agente, la torturaron y la asesinaron para enviar un mensaje a sus enemigos; una muestra de la crueldad con que procederán con todo aquel que se interponga en sus caminos.

Con aire de veneración, Elkin vuelve a cubrir el rostro de Patricia con la sábana. Es consciente de las consecuencias que derivarán de aquella muerte. Patricia era triple agente, cooperaba para el *Punto Cero*, para policías corruptos y para ex ejecutivos del CRP; alguna de las otras partes recibiría el mismo mensaje que él. Pero hay algo más grande que le preocupa a Elkin. Quienes torturaron a Patricia buscaban información. Si ella reveló el operativo del comandante Camacho, el *Punto Cero* corre peligro. Él y sus hombres quedarán expuestos. Les será difícil sostener una guerra abierta en contra de policías corruptos; pero él no esperará a que ellos den el siguiente golpe; ya sabe cómo atacarlos.

—Descansa en paz, Patricia —le susurra al cadáver de su agente—. Te prometo que tu muerte no quedará impune.

CAPÍTULO XXVII

Estado de México

Pasado el mediodía, el mal encarado del metro libera el grillete que mantenía atado a Martín y le entrega una bolsa plástica con un pantalón, una camisa y artículos de aseo personal. Exige que se cambie la ropa agriada por el sudor, pero Martín solo se cambia el suéter, renuente a quitarse los pantalones y quedar desnudo ante aquel extraño que lo insulta.

El hombre amenaza con golpearlo y lo empuja sobre la cama. Martín se incorpora y entre lágrimas de impotencia, se cambia rápido el pantalón. El sujeto lo obliga a que use el desodorante y se lave la cara con el agua fría del lavado; luego lo toma por el brazo. Juntos cruzan el pasillo cernido de goteras y ascienden hasta la sala de estar en el segundo piso. Sentado en un sofá de cuero marrón, el jefe fuma un habano; en el lado opuesto, el canoso en guayabera azul masajea un teléfono en su mano izquierda. Martín advierte en sus miradas el brillo de la conspiración.

En el balcón, dos guardaespaldas se pasean ceñudos con sus armas largas apoyadas en los hombros.

—Sabemos que tu contacto no reside en México —comenta el jefe una vez sientan a Martín en una silla frente a él—, pero para liberarte, necesito las carpetas de tu padre. Hoy, antes de las 6 P.M. Cuando todo repose en mi poder, serás liberado en un punto escogido de la ciudad.

Martín se encoje en la silla. Los párpados amoratados y las escleras enrojecidas en su rostro pálido, reflejan el aspecto de un enfermo terminal. Lleva los cabellos alisados con la mano hacia ambos lados de la cabeza. Al oír las palabras del jefe, Martín mueve los ojos y comienza a masajearse la pierna izquierda con la mano. Se ve a sí mismo caminando descalzo hacia el precipicio. Sabe que sus verdugos lo manipulan. Se burlan de él de un modo infame. Tendrá que urdir su defensa y superar el pavor para demostrarle a aquellos hombres, que ya conoce su destino. Si ha de morir, al menos desafiará el cinismo con la verdad. Desde su postración saca valor, empuña las manos y balbucea.

—¿Cómo sé que cumplirán con su palabra?

El hombre se muestra sereno, da otra calada a su cigarro y lo apoya en el cenicero.

—A ver, muchacho —exclama de súbito—. Si deseara hacerte daño ya lo hubiera hecho, y si quisiera entregarte a los enemigos de tu padre, también lo hubiese hecho. ¿No son suficientes motivos para confiar? Como muestra de mi buena voluntad, te devolveré la mochila con el libro de tu padre. No hay nada importante en él.

—Pero...

El sujeto que custodia a Martín se moviliza con intenciones de golpearlo, pero el jefe levanta la mano.

—No te pongas quisquilloso, muchacho —frunce el ceño—. Las cosas se harán a mi manera o no se hacen —sacude la ceniza del cigarro en el cenicero y vuelve a llevarlo a su boca—. Debes confiar en mi palabra.

Martín busca en la mirada de su interlocutor algún elemento que le permita confiar en él, pero solo encuentra cavernas oscuras de maldad, teñidas por llamas sedientas de sangre. *"Definitivamente, me asesinarán. Todo está determinado. Quizá, después de la llamada o dentro de unas horas. Pero sucederá".*

—Cooperaré —carraspea Martín, y se desliza en un instinto de esperanza con voz trémula—. Pero, si no me liberan...

—¡Cuidado, chaval! —se levanta el jefe del sofá y enarca las cejas. Su rostro adquiere un tono del naranja al rojizo—. No confundas las concesiones con debilidad. No toleraré la insolencia.

Martín siente la voz del pistolero como ondas filosas en sus tímpanos. En un estremecimiento de terror, vuelve a su estado de sumisión, encorvándose en la silla y uniendo las manos en su regazo. Aunque resignado, acepta que se enfrenta a un asesino cuyos impulsos no deben ser llevados al límite. Sin embargo, decide arriesgarse, impulsado por su instinto, cree que debe recordarle al jefe que es solo un peón y que él también corre riesgos si los documentos de *C32* caen en manos equivocadas. De algún modo, ambos juegan a perder si no llegan a un acuerdo.

Con las manos en el cinto y resoplando por la nariz, el jefe se mueve molesto por la sala; su colega lo sigue silencioso con la mirada mientras taconea inquieto. Martín interpreta que sus verdugos se amedrentaron con la sola intención de una amenaza, eso les irrita. Sienten que la situación se escapa de sus manos y deben actuar con cordura. El tiempo tampoco trabaja a su favor, varios jefes de carteles volvieron a llamarlos para pedir razones sobre el hijo de *C32*.

Tras balancearse por la sala y moderar su cólera, el pistolero extrae un cuaderno de notas y un bolígrafo del bolsillo de su camisa, y los coloca sobre la mesa frente a Martín.

—Anota el número de teléfono —le ordena.

Martín desenrolla las manos mojadas de sudor y toma el bolígrafo entre sus dedos temblorosos. Sin muestras de compasión, el jefe le lanza un gruñido por su parsimonia:

—¡Vamos, no tengo todo el día!

Minutos antes, Martín había decidido llamar a su tío Elkin, pero en ese momento donde todo parecía derrumbarse, una corazonada lo empujaba a llamar a su madre. Era más una necesidad personal que una táctica bien pensada.

El jefe desfrunce el ceño mientras Martín garabatea unos números en la hoja. Da una calada profunda a su cigarro y tras la nube de humo que expele de su boca, se quita el sombrero.

—Adelante, muchacho, no agotes mi paciencia —lo presiona.

"Si he de morir hoy, deseo escuchar tu voz, madre mía" —se retuerce Martín, y se apresura a anotar el número de teléfono de la casa en Coral Gables y del celular de Victoria. Coloca el bolígrafo en el centro del papel y vuelve a entrelazar las manos sobre los muslos.

—Son de mi madre —murmura—. Ella colaborará.

El mayor de guayabera hace un gesto de complacencia. Se levanta de su silla y toma de sobre la mesa el cuaderno de notas. De pie, marca el número de la hoja en el teléfono inalámbrico. Martín repara en las veces que aquellos hombres habrán ejecutado aquel ejercicio: llamar a familiares de secuestrados para chantajearlos con rescates imposibles.

—Recuerda, chaval, que tu vida está en juego —lo amenaza el jefe—. Si das un solo paso en falso —hace la señal de pistola con la mano derecha—. ¡Bang! Todo se acaba.

Cuando el teléfono empieza a timbrar en su destino, el mayor se lo pasa al jefe y toma el tiempo en su reloj.

El teléfono timbra tres veces y no hay respuesta. Martín se preocupa; quizá, su madre no está en casa. Si acudió al trabajo tiende a olvidar el celular. En realidad, justo en ese momento, los agentes de Jebb activan un dispositivo electrónico en la línea telefónica de la casa de Victoria. Con un gesto de la mano, un técnico le indica a Victoria que deje timbrar el teléfono mientras ejecuta un radiolocalizador en una laptop.

—Recuerda, si es una llamada sospechosa debe lucir coherente, mantener la comunicación el mayor tiempo que puedas —le recomienda Jebb—. Quien tenga a Martín desconoce que el teléfono está intervenido. Llevamos la ventaja. Si la llamada procede de México tomará más tiempo triangularla.

Cuando el teléfono vuelve a repicar, Victoria levanta el auricular junto a Jebb que tiene otro teléfono de interceptación preparado.

—Familia Marín, muy buenos días —saluda Victoria con voz serena.

—Buen día, señora —se escucha una voz grave en el auricular—. Le habla el hombre que retiene a su hijo —a Victoria se le corta la respiración, se tapa la boca con la mano y siente que no puede sostenerse en pie.

Jebb le hace un gesto con la mano para que mantenga la calma.

—En este momento él está bien —continúa la voz—, pero su bienestar dependerá de su cooperación.

—No le hagan daño, por favor —salta Victoria, la voz le sale entrecortada—. Cooperaré con todo. ¿Dónde está mi hijo?

—Pronto lo sabrá —responde la voz—. Solo debe entregarnos unas evidencias. ¡Papeles para ser exacto!

A Victoria se le congela la sangre, el pedido de evidencias en lugar de dinero, le confirma que quienes retienen a Martín son antiguos enemigos de William.

—Cooperaré —dice tras una inspiración—. Pero no le hagan daño a mi hijo, por favor. Él no sabe nada de esos archivos.

—Por el contrario, señora. Él conoce todo lo que deseamos.

—¿De qué habla?

—De las evidencias de su esposo —responde el hombre con voz tajante.

—Necesito hablar con mi hijo —se angustia Victoria—. Necesito saber que él está bien.

El agente Jebb la mira, le asiente con la cabeza en señal de aprobación; el técnico manipula presuroso la laptop donde se reflejan imágenes satelitales, que tras los segundos encuadran con mayor precisión la fuente de la llamada en el estado de México.

—Era de suponerse —comenta el hombre.

Coloca el teléfono justo al oído izquierdo de Martín.

—Háblale a tu madre —le ordena.

El escolta desfunda la pistola con silenciador y apunta a la cabeza de Martín.

—¡Martín, Martín, hijo! —tartamudea Victoria—. ¿Me escuchas?

—¿Mamá? —susurra Martín.

—¿Estás bien, hijo?

—Estoy bien, estoy bien, mamá —el hombre en el costado aprieta el tubo de su arma en la cabeza y Martín se compone.

—Escucha, madre —apresura sus palabras—, debes traer a México los documentos...

—Sí —lo interrumpe ella—, ¿pero...?

El jefe le arrebata el teléfono a Martín.

—Señora, hoy antes de las 7 P.M. debe traer a Ciudad de México todos los archivos de C32, más dos millones de dólares puestos en una valija. Eso es lo que la mafia colombiana pagará por su hijo.

Martín se sobresalta a oír la cifra e intenta protestar, pero el escolta a su costado le aplica una pinza digital sobre el hombro izquierdo y lo inmoviliza por completo.

—Pero, ¿cómo conseguiré ese dinero en tan poco tiempo? —objeta Victoria a punto de quebrarse.

—No es mi problema, señora —rezonga el jefe—. Si no cumple, olvídese de su hijo.

Jebb le hace una señal a Victoria para que gane más tiempo, mientras observa en la laptop estrecharse la triangulación digital de la fuente de la llamada.

—Necesito más tiempo para conseguir el dinero —se agita Victoria.

—Será hoy mismo, señora —farfulla el jefe—. Se hospedará en el Hotel Yucatán, habitación 302, allí será contactada a las 7:00 P.M., ni un minuto más, ni un minuto menos.

El agente en el computador hace una señal que necesita unos segundos más. Victoria capta la señal y se apresura a decir lo primero que se le ocurre.

—Y, ¿quién me asegura que liberará a mi hijo?

—Cumpla con su parte, señora. Yo cumpliré con la mía —ladra el sujeto.

—Cumpliré, pero no me hospedaré en su hotel —se envalentona Victoria.

La reacción inesperada de Victoria sorprende al jefe de los pistoleros. Va a amenazarla, pero ella lo interrumpe con voz angustiada.

—Usted quiere las evidencias y el dinero, yo quiero a mi hijo de vuelta, sano y salvo.

El jefe suelta un bufido. Es claro que le irrita la exaltación de Victoria, pero en favor de sus planes logra moderarse.

—Así se hará, señora —acepta—. Pero recuerde, si vemos rastro de las autoridades, su hijo no verá la luz de mañana —cuelga. Le entrega el celular al canoso y ordena iracundo:

—Regresen al chaval a la celda —dos hombres lo toman por los brazos y lo sacan presuroso de la sala.

El canoso sentado en el sofá, vuelve a mostrarse indeciso.

—¿Por qué no entregamos ese chaval a los norteños y nos olvidamos de todo este asunto?

—¡Que los años no te enfríen la sangre! —rezonga el jefe—. Crecimos en medio del peligro y así moriremos. En esta iremos hasta al final.

El canoso mueve la cabeza.

—Creo que nos exponemos demasiado con este chaval.

—¡Tranquilo, *wey*! —rechifla el jefe mientras camina por la sala con su cigarro en la mano—. Jugaremos con él. Devuélvele la mochila con el manuscrito de su padre. Eso lo hará sentir confiado. Creerá que tenemos un trato. Cooperará en todo. De igual manera este chaval no irá a ninguna parte con el libro. Los muertos no leen.

Victoria quedó petrificada y boqueando después de terminada la llamada con los pistoleros. Jebb le quita el teléfono de las manos y trata de tranquilizarla.

—¡Muy bien! —le susurra mientras la ayuda a sentarse en el sofá—. Fue muy valiente lo que hiciste.

El técnico que manipula el computador se lamenta; faltó poco para localizar con precisión la fuente de la llamada, la señal provenía del estado de México, pero la triangulación en el computador, aún abarca kilómetros de una zona con población dispersa. Una investigación en tierra, sin levantar sospechas, tomará varios días a los departamentos de inteligencia, y sin contar que los secuestradores muevan a Martín en las siguientes horas.

—Cuando se vuelvan a comunicar los ubicaremos —asegura Jebb.

—Cuando lo hagan debo estar en México —solloza Victoria—. Con el dinero y los documentos de William.

CAPÍTULO XXVIII

Elkin sale del Instituto de Medicina Legal después de identificar el cadáver de Patricia y con paso firme camina por el parqueadero frente al edificio, en su mano izquierda lleva una valija negra que contiene una pistola Colt 9 mm. Detrás de sus gafas de sol, su rostro refleja una expresión de dolor. Al salir, se encuentra con el *filipino*, y juntos se dirigen hacia el automóvil.

—Ubica a alguna de las empleadas de Patricia —le ordena—. Que reclamen el cadáver y le den sepultura.

—¿Quiere que ubiquemos algún familiar, señor? —pregunta el *filipino*.

—Que lo hagan sus empleadas. Desconozco el paradero de los verdaderos familiares de Patricia.

A bordo de su auto blindado en medio de la autopista sur, Elkin recuerda que Patricia le mencionó una vez el nombre de una hija, la cual dejó bajo el cuidado de su madre en Bogotá. Tendrá quizá, unos trece años.

—Amanda Ríos —recuerda Elkin—. Ese es el nombre de la hija de Patricia.

Una vez en su condominio, Elkin abre su laptop y se conecta al servidor del *Punto Cero*. Después de pasar varios niveles de seguridad, accede al folio de *MH-21*. Cada agente y colaborador de su unidad tiene un archivo con códigos secretos que detallan la operación y los programas de mando relacionados. Patricia era una de los colaboradores de mayor antigüedad del *Punto Cero* y estaba vinculada a la investigación contra el Cartel Reinoso-Paredes.

Elkin se detiene frente a la fotografía de Patricia, que data de dos años atrás, en la que ella luce un vestido negro elegante, aretes de perlas y un peinado recogido. La imagen muestra una sonrisa tímida pero sofisticada en sus labios. Mientras lee el contenido del archivo, se percata que Patricia tuvo acceso a información confidencial de seguridad nacional. Era una agente habilidosa y versátil, que podía mezclarse sin problema en cualquier entorno. Se desempeñó como acompañante de políticos en varios eventos oficiales, donde su elegancia y sofisticación cautivaban a todos. Al final del archivo, Elkin encuentra el nombre de Rosario Imelda Londoño, la madre de Patricia, junto con su número de teléfono fijo en Bogotá. Sin dudarlo, decide llamar.

Al tercer repique, tras un segundo intento de llamada, una adolescente de voz melodiosa se escucha en la línea. Elkin supone que es la hija de Patricia.

—¿Amanda Ríos?

—Sí... ¿con quién hablo?

—Soy Elkin, un amigo de tu madre, de tu verdadera madre.

Hay un silencio del otro lado del teléfono.

—¿Bromea, señor? —replica la joven—. ¿Qué se le ofrece? Vivo con mi madre y está enferma. No tengo otra madre.

—Tu verdadera madre fue asesinada —descarga Elkin.

La joven inspira profundo y enmudece.

—¿Patricia Londoño? —pregunta varios segundos después.

—Sí, tu madre biológica, Patricia Londoño, fue asesinada. Sé que no eran cercanas, pero creo que le hubiese gustado que asistieras a su funeral.

—¿Cómo sucedió? —se le quiebra la voz a la joven.

—Ya se abrió una investigación —comenta Elkin.

Se escucha un sollozo tras la línea.

—Por otro lado —continua él—, te asesoraremos para que recuperes las propiedades de tu madre; te pertenecen. Te alcanzarán para pagarte una carrera profesional y salir adelante. Es lo que más deseaba tu madre.

—¿Y quién es usted? ¿Por qué hará todo eso?

—Digamos que fui muy cercano a tu madre.

Se escucha otro gemido de la joven. Elkin se apresura:

—En verdad, lamento mucho su muerte.

Elkin cuelga el teléfono y gira pensativo su silla hacia el ventanal que brilla con el sol. Enciende un tabaco y lo inhala varias veces, luego se sirve coñac en una copa y pasea por el estudio alfombrado mientras observa las montañas azuláceas a través de la pared de cristal del segundo piso.

El timbre del celular de emergencia, lo saca de sus cavilaciones. Es Victoria. Suena tensa. Sin preámbulos, ella descarga una retahíla sobre el secuestro de Martín.

—Los archivos secretos de William y dos millones de dólares son los requerimientos para su liberación —concluye Victoria con aire desesperado—. Todo, al caer la tarde, en Ciudad de México.

—¿Ciudad de México? ¡Demonios, Ena! ¿Y qué hacía Martín en México? —prorrumpe Elkin; apoya el tabaco en el cenicero.

—Martín me engañó. Viajó a México a escondidas. Asumo que buscaba algún contacto de William. Está obsesionado con el pasado de su padre.

—¿A qué documentos de William te refieres, Ena? —inquiere Elkin un poco más calmado. De un trago se toma todo el coñac de su copa.

—No sé a ciencia cierta, pero creo que son las carpetas de William que Martín encontró cuando viajamos al funeral.

—¿Y para qué los secuestradores quieren esos documentos?

—Esa es mi inquietud —razona Victoria—. Creo que es un mensaje de Martín.

—Puede ser —asiente Elkin—. El pedido indica que quienes lo retienen son narcotraficantes.

—O las agencias de seguridad que perseguían a William —agrega Victoria.

—Es otra posibilidad —Elkin coloca la copa vacía sobre su escritorio—. Haré algunas llamadas. Pero debes saber, Ena, que será muy difícil proceder sin arriesgar la vida de Martín.

—¡Dios mío!

—Tranquila, por el momento concéntrate en el pedido del rescate. Cuéntame, ¿tienes en tu poder las carpetas de William?

—Las tiene la DEA. Se las entregué a Jebb Taylor ayer.

—¿Confías en esos hombres?

—No tengo opción, *frère* —lamenta Victoria—. La DEA organiza un operativo en conjunto con agencias de seguridad mexicanas para lograr el intercambio de Martín. El plazo para la entrega del pedido vence a las 6 P.M., sino... asesinarán a Martin.

Elkin vuelve a sentarse en la silla, sostiene el tabaco en su mano derecha.

—¡Perfecto, Ena! Les daremos el dinero y los documentos a esos bandidos. Pero si no ejecutan la liberación de Martín, ¿qué haremos después?

—Por el bien de todos, confío en Dios que liberen a Martín —a Victoria le flaquea la voz—. No soportaré otra pérdida violenta en mi familia, y mucho menos la de mi hijo.

—Liberaremos de inmediato los recursos, Ena. Se hará según lo has dicho. Pero mantenme informado.

—Así será, *frère*. Y, por favor, no comentes el asunto con nuestro padre.

Elkin cuelga el celular, y Victoria se queda en medio de la sala conteniendo los impulsos del llanto. Se pregunta si es momento de regresar a su vida pasada y reclamar justicia con sus manos. No delegará más la defensa de su familia, ni ocultará su realidad. Empuña las manos y aprieta con fuerzas el celular. La hostiga el deseo de gritar, correr, llorar… matar. Sí, matar.

"*¿Por qué la vida se ensaña con mi familia? ¿Por qué el destino insiste en hacerme regresar? ¿Por qué… por qué?*".

CAPÍTULO XXIX

Desde su despacho, Elkin llama al general Cuauhtémoc Sánchez, jefe de la división antidrogas de la policía federal en Ciudad de México. En el pasado Elkin le había proporcionado información de inteligencia que llevó a la incautación de varias toneladas de drogas en un yate de lujo en Acapulco. Sin dilación, Elkin le explica al general sobre el secuestro de su sobrino en la Ciudad de México.

—Me llama la atención —razona el general Cuauhtémoc—, un espía colombiano fue asesinado ayer al norte de la ciudad. Testigos aseguran que otra persona estaba con él. Hasta el momento los investigadores no han confirmado la información ni la identidad del otro acompañante.

Elkin traga en seco, le hace sentido el comentario del general. Existen altas probabilidades que un espía colombiano en México se relacionara con William, y que Martín buscara contactar a personas que trabajaron con su padre.

—¿Cómo se llamaba el agente asesinado? —indaga Elkin.

—Paulo Andrés Uribe, alias *Anónimo X*.

Elkin se queda perplejo, él sabe que los *Anónimos* conformaban la inteligencia internacional del *B1*. Es muy probable que Martín buscara a este agente para averiguar sobre su padre. Pero, de ser cierta esa suposición, ¿cómo su sobrino pudo localizar un *Anónimo*?

—Hay pocos grupos armados de los que operan en la ciudad, con la capacidad militar y logística para realizar este tipo de operativos —repara el general—. Uno de ellos es *"Los norteños"*, mercenarios al mando de Belisario Montero, alias el jefe. Trabajan al servicio de los carteles. Pero son asesinos a sueldos, no secuestradores; tampoco buscarán rescate. De manera que, si ellos retuvieron a tu sobrino, tenemos escasas horas para encontrarlo.

—Espero contar con su colaboración, general —replica Elkin—. Viajaré mañana a primera hora a México.

—Hay buenas noticias —señala el general, y expulsa el humo de su cigarro por los labios—. Tenemos infiltrados en esta organización. Si ellos tienen a tu sobrino, pronto lo sabremos.

CAPÍTULO XXX

A las cuatro de la tarde, un jet privado Gulfstrem G450 llega a la terminal 2 del aeropuerto internacional Benito Juárez, en la Ciudad de México. Victoria y un equipo especial conformado por cuatro miembros de la DEA, entre ellos Jebb Taylor, abordan dos Toyotas SUV negras con blindaje nivel RB III en la plataforma de aterrizaje y se dirigen al hotel *Le Meridien México City*, situado cerca al Museo de la Revolución. Ocupan una suite ejecutiva en el piso quince con vista panorámica a todo el centro-sur de la metrópoli, una ubicación estratégica para un despliegue rápido al lugar que los secuestradores decidan para la entrega de la valija.

Con premura, los técnicos de la DEA instalan sobre una mesa equipos de rastreo y de comunicación satelital. Conectan el celular de Victoria a uno de los aparatos de geo-localización y prueban la calidad del sonido en un computador comunicado con un satélite militar.

Desde otra habitación, Jebb Taylor repara en los detalles secretos de la misión. Los directivos solicitaron el apoyo de un avión fantasma de la fuerza aérea americana para sobrevolar el estado de México en la hora prevista del nuevo contacto telefónico de los mercenarios con Victoria. El objetivo es ubicar con rapidez y precisión la fuente de la comunicación. Si los mercenarios llaman desde el mismo punto donde lo hicieron en la mañana, los técnicos de la DEA podrán localizar el sitio exacto de la señal en escasos segundos. Una unidad de *rangers* ubicada en las inmediaciones del sector entrará en acción al instante.

El operativo fue clasificado como de seguridad nacional, por lo que se involucró a una unidad de operaciones especiales adscrita al comando sur del ejército estadounidense. El grupo mercenario que capturó a Martín es considerado enemigo de los Estados Unidos de América. Para la DEA, Martín es una pieza clave para acceder a las pruebas secretas de William y del narcotráfico en Colombia, en particular, para recuperar La Alézeya, que según los directivos del departamento, contiene información clave sobre el modo y los lugares de operación de los espías *Cooperantes*.

Hace una hora, la división antinarcótica mexicana, liderada por el general Cuauhtémoc, confirmó que Martín había sido retenido por *"Los norteños"*. Aunque desconocían su paradero y si seguía con vida, la información era verificada y confiable gracias a los videos de seguridad. En las imágenes compartidas se podía ver claramente a Martín junto al *Anónimo X* en la calle donde el espía había sido asesinado. Ante esta información, Jebb intuye que los mercenarios no tienen intenciones de liberar a Martín y que su único interés es obtener los documentos secretos de C32.

Frente a estas circunstancias, Jebb diseñó dos operativos simultáneos: un grupo de agentes custodiará a Victoria en el lugar donde entregará la valija; mientras que el otro grupo, compuesto por la unidad especial de *rangers*, ingresará al sitio exacto de la fuente de la llamada donde se sospecha que Martín está retenido.

Victoria desconoce la dimensión del operativo y las fuerzas de seguridad implicadas. Jebb teme que, al tratarse de su hijo, ella pierda la mesura y comprometa la misión.

Erguido, Jebb cruza la sala de la suite y camina hacia Victoria, que fuma un cigarro frente al ventanal. Su mirada flota sobre el paisaje de la ciudad que se extiende hasta el horizonte lejano. Sospecha que, en algún lugar de esa metrópolis, desalmados someten a su hijo. Evita pensar en las condiciones en la que Martín pueda estar, aunque ya sabe que es probable que esté herido. Se consuela diciéndose que él es fuerte y podrá soportarlo.

—Aún podemos suplantarla por una especialista —le comenta Jebb—, de esta manera evitaremos que se exponga al peligro.

Ella lo mira con los ojos marchitos. Los labios trémulos expulsan el humo de su boca.

—¡Lo haré, Jebb! —dice con firmeza—. No permitiré que por mi temor se comprometa la vida de Martín. No podría vivir con ello.

—Comprendido —acepta Jebb—. Entonces, verifiquemos todo.

Sobre la mesa, en una valija negra, se hallan las carpetas de William, encima de paquetes de billetes encintados que suman dos millones de dólares. Jebb corrobora el peso de la valija, Victoria debe manipularla con facilidad. Los técnicos colocaron entre las costuras del maletín un rastreador para monitorear todo el tiempo su ubicación.

—¿Qué haremos si no lo liberan? —pregunta Victoria.

—No dejaremos que eso pase —comenta Jebb. Se ve confiado; ella capta la sensación y asiente un poco recelosa.

—¿Puedo pedirte algo, Jebb? —dice con voz suave—. Prométeme que evitarás cualquier acción que ponga en peligro la vida de mi hijo.

Jebb la arropa serio con la mirada. Ambos se miran directo a los ojos por unos segundos.

—Todo está bajo control —replica él—. Martín regresará esta noche a casa.

—Dios te escuche —agrega ella; da una última calada a su cigarrillo y lo apaga en un cenicero sobre la mesa.

Agobiada por la zozobra, Victoria vuelve a pasearse por la sala. Con los brazos cruzados trata de esconder el temblor de sus manos. Sabe que Jebb y su equipo le ocultan información, pero solo espera que los secuestradores cumplan con su parte y liberen a Martín; así evitaría la incertidumbre que arrastra un rescate militar.

A pocos minutos de la hora prevista para el nuevo contacto de los mercenarios, Jebb y sus hombres se acercan a la mesa de trabajo; el celular de Victoria reposa conectado a un equipo de rastreo. Un técnico militar se ajusta un audífono en su cabeza y confirma que todo está listo. El reloj inteligente de Jebb se ilumina en su pulso izquierdo; él lee en el display un reporte en clave que traduce: el avión fantasma sobrevuela la zona.

A las 7:00 P.M. en punto, ni un minuto de más, ni uno de menos, irrumpe el timbre del celular de Victoria sobre el plano de la mesa. Ella lo deja repiquetear hasta que Jebb se acomoda los auriculares en las orejas. Victoria descuelga al cuarto impulso y lo coloca en su oído izquierdo.

—¿Tiene todo lo que pedí? —Es la misma voz grave con la que conversó en la mañana, aunque ahora tiene un tono más áspero.

—Lo tengo todo —Victoria respira profundo.

—Bien. En una hora en el monumento Ángel de la Independencia, de pie en dirección a Río Tíber, en el último escalón. Los documentos y el dinero deben ir en una valija, por la cual se le reconocerá. Debe estar sola. El contacto dirá el código: *Libertad*. Usted contestará: *Dos millones y así será*. Sólo a quién le diga el código le entregará la valija.

—¿Cuándo liberará a mi hijo? —a Victoria le tiemblan los labios.

—Tan pronto tengamos la valija, lo liberaremos en un punto de la ciudad. Cumpla con su parte; nosotros con la nuestra. La llamaré para darle la dirección.

El operario confirma que la llamada se realiza desde un teléfono distinto al de la mañana, pero sin duda, desde el mismo lugar. Con la ayuda de sensores de reconocimiento de voz ubicados en el fuselaje del avión fantasma, el técnico triangula con rapidez la fuente de la señal y levanta el pulgar para confirmarlo. La llamada se ejecuta desde una hacienda campestre al norte del estado de México. Jebb asiente y el operario telegrafía las coordenadas a la unidad élite.

Al instante, cuatro *rangers* fuertemente armados ocupan una Range Rover SUV negra y abandonan un bunker militar en dirección al sitio ubicado entre las coordenadas. Se les señalan dos objetivos primordiales: rescatar a Martín y recuperar La Alézeya, antes de que Victoria entregue la valija con el dinero.

CAPÍTULO XXXI

Victoria queda enmudecida y con el pecho ondulante cuando el mercenario cuelga el teléfono. Se frota la frente con las manos frías y, aturdida, presta atención a Jebb, quien le muestra en una tableta electrónica la ubicación exacta que los mercenarios han elegido para la entrega. Aunque el sitio está a varias calles del hotel, lo que beneficia a la operación, a Jebb le preocupa que una hora sea insuficiente para movilizar a su equipo táctico en el lugar.

—Señor, necesito que vea esto —exclama un oficial de nombre John; eleva el volumen del televisor en la sala y señala—. Son las calles aledañas al sitio indicado para la entrega de la valija.

En el televisor una periodista, con voz diligente, reporta una movilización tumultuosa de personas en la avenida Paseo de la Reforma; la misma había sido convocada por organizaciones sindicales, opuestas a una reforma tributaria promovida por el gobierno federal. Los líderes de la marcha afirman que se trata de una protesta pacífica, pero las autoridades policiales impedirán el paso de los manifestantes hacia el Zócalo, por lo cual se presume posibles alteraciones del orden público.

—¡Son astutos! —murmura Jebb—. Escogieron ese sitio porque estará convulso a esa hora y se camuflarán entre la gente.

—No podremos asegurar el lugar —comenta *TZ*, experto en seguridad—. Debemos respaldar el activo de cerca. También utilizaremos la muchedumbre a nuestro favor.

Jebb observa de nuevo el mapa de la ciudad en su tableta y se da cuenta que, debido a las nuevas circunstancias, Victoria tendrá que caminar una larga distancia por la avenida de la Reforma para llegar a tiempo a la escalinata del pedestal del Ángel de la Independencia.

—Está bien, señores —señala a dos de los oficiales que lo acompañan—. Los necesito en el lugar. *TZ* se mantendrá cerca del activo dentro del tumulto, y John se apostará en la terraza de uno de los edificios con vista al monumento. Necesitamos ojos en lo alto. El Alfa llegará retrasado.

Ambos oficiales asienten y se apresuran a desempacar sus respectivas armas. John se posiciona una pistola bajo el cinto, y hala una valija donde reposa un fusil táctico desarmado.

—El equipo Alfa se desplaza a la zona, señor —informa el operador—. En cincuenta minutos arribará al lugar.

—¡Muy bien! Quiero saber cuando llegue a la zona cero —exige Jebb—. Ahora, concentrados en la misión. Victoria debe dejar el hotel de inmediato o no le alcanzará el tiempo.

Victoria inspira profundo; se recoge el pelo en una coleta y camina hacia la mesa donde se encuentra la valija con el dinero y los documentos. *TZ* le ayuda a ponerse un chaleco antibalas debajo de la camisa, y le adhiere un micrófono invisible en la zona del escote.

—Recuerda lucir natural —le recomienda Jebb—. Un taxi te acercará a Paseo Reforma, luego debes caminar varias cuadras en medio de la multitud. Una vez realices la entrega, debes salir del lugar. El mismo taxi te traerá de regreso.

Victoria toma la valija en su mano derecha y camina con firmeza por el salón. Se detiene justo en la puerta de la suite, y con aire vacilante se gira sobre sus pies. Jebb la observa sereno desde el centro de la sala; ella da la impresión como si quisiera decirle algo, pero se queda en silencio; asume que él recordará su pedido: *"prométeme que no pondrás en riesgo la vida de Martín".* Pestañea nerviosa por unos segundos, recompone la postura y continúa la marcha hacia el ascensor. Con los brazos rígidos a los costados y la valija sujeta a su mano derecha, Victoria desciende sola hasta el vestíbulo del hotel. A pesar de la incertidumbre tiene una sospecha latente: Jebb intentará rescatar a Martín por su cuenta, a espaldas de ella. Por el bien de todos, ella espera cumplir con su parte y que los mercenarios liberen a su hijo.

—Neutralicen al *conejo* antes de que contacte con el paquete —exhorta Jebb a los dos oficiales que se prestan a dejar la suite—. Con seguridad habrá varios hombres en el terreno, deben extraer el paquete antes de que los demás reaccionen. El momento de la acción lo marcará el avance de la operación *flor de lis.*

—Entendido, señor.

Los oficiales abandonan la suite al momento que Jebb se dirige por radio a todas las unidades.

—Atención, equipos, el paquete abandonó la base. Luce gabardina gris y camisa blanca, una valija negra en la mano.

—Equipo Alfa fuera del perímetro —responde un contratista militar que se desliza veloz sobre una motocicleta en medio de la autopista norte—. Estaré a tiempo para la acción.

—El paquete va en escarabajo vocho cu 426.
—Copiado, señor —se escucha desde varias direcciones.
Jebb cambia en seguida la frecuencia en su radio para conocer el avance del operativo de rescate de Martín.
—JT para equipo *flor de lis* —dice en voz alta.
—Equipo *flor de lis* acercándose a objetivo, señor.
—*Big box* reporte situación.
—Veinte minutos para asegurar zona operativa, señor. Un *Centinela* reporta la salida de dos camionetas del sitio, con seis hombres fuertemente armados. No se constató la presencia de *flor de lis* en los autos.
—Recibido, *Big box*.
—Cambio y fuera.

Big box había sido designado como comandante para llevar a cabo la operación *Flor de lis*, cuyo objetivo era rescatar a Martín antes de que Victoria entregara la valija en la escalinata del Ángel de la Independencia. Al mando de cuatro *rangers* armados con fusiles de asalto M16 y pistolas semiautomáticas, *Big box* conduce su camioneta por un campo arcilloso al norte de la Ciudad de México. A medida que se acercan al objetivo, a un kilómetro de distancia, decide alejarse de la ruta principal para evitar que los anillos de seguridad de los mercenarios los detecten y alerten.

Big box estaciona el vehículo en un descampado a más de ochocientos metros de las coordenadas demarcadas. Y en la oscuridad, se adentra con sus hombres en una zona semi boscosa con el suelo cubierto de hojas. Finalmente, se posicionan en una colina pelada de tierra marrón al oeste de un edificio de dos plantas de fachada gris, iluminado por reflectores en varias direcciones. Con ayuda de prismáticos de visión nocturna, los *rangers* se desplazan hacia el borde de un barranco para realizar un reconocimiento del perímetro.

El lugar tiene el aspecto de un fuerte militar, con un reflector situado en la terraza que proyecta un haz de luz blanca hacia la entrada principal, la cual se encuentra sellada con rejas de hierro. Vallas electrificadas protegen la fachada del edificio y una parte de los flancos, llegando incluso hasta las colinas laterales. Enfrente de la casa, se encuentran estacionadas dos camionetas pick-up negras con ametralladoras montadas en la parte trasera. Dos hombres musculosos vigilan desde el balcón del segundo piso con mini uzis en sus hombros. En el patio terroso y desolado, cerca de la casa, tres hombres patrullan con uniformes de camuflaje, fuman cigarrillos y discurren desprevenidos con los fusiles terciados por las correas al hombro.

En la sala del segundo piso, sentado en el sofá, un hombre habla por teléfono; lo acompaña un sujeto canoso que fuma tabaco. Otros dos pistoleros permanecen en pie cerca de ellos. El primer piso luce oscuro, un largo pasillo separa un conjunto de habitaciones a lado y lado; el informante había sugerido que en una de ellas podría encontrarse el rehén. *Big box* se percata del alto potencial de fuego en el fortín; los mercenarios los superan en hombres y armas pero se muestran disgregados en ese instante, lo cual juega a su favor.

—Recuerden: el objetivo debe estar en el primer piso —enfatiza por el micrófono.

—Hay entre ocho a diez hombres armados en el lugar —susurra un *ranger* ubicado a varios metros de *Big box*—. Tres afuera, dos en el balcón, dos en la sala y quizá otro cercano al rehén.

—Controlaremos el primer piso y aseguraremos al rehén —ordena *Big box*.

Tumbados en la arena, sudorosos y con los rostros tensos tras la mira de sus fusiles; en los audífonos los agentes escuchan las últimas indicaciones de *Big box*.

—M2 al lado oeste, corta la energía —ordena—. Los demás iremos por el centro.

—Activo asegurado —susurran los soldados en sus micrófonos.

M2 enrosca un silenciador a su pistola, y sigiloso desciende las grandes rocas de la colina hasta el llano del perímetro. Tras el barrido del reflector en la azotea, corre encorvado entre las sombras, con la pistola en ristre. Silencioso, llega hasta la parte oeste de la casa, apoya la espalda en la pared de hormigón y evalúa sus opciones. La caja de circuito eléctrico se halla empotrada en la pared, justo a la entrada del pasillo. Echa un vistazo adentro; en el fondo, iluminado por una única bombilla, dos hombres conversan frente a una puerta de hierro cerrada con candado.

—Objetivo localizado —susurra—. Dos pistoleros a la vista.

CAPÍTULO XXXII

En la avenida del Paseo de la Reforma, en Ciudad de México, la multitud avanza alentada por arengas y consignas que demandan la dimisión del presidente de la república. En pancartas y banderolas se denuncian actos de corrupción y mala gestión pública. Trabajadores, sindicalistas, universitarios y ciudadanos en general se agolpan alrededor del Ángel de la Independencia, unidos en una sola masa que marcha hacia la Plaza del Zócalo, la cual está custodiada por decenas de policías antimotines.

Con paso firme, Victoria se adentra entre la multitud, con la valija sujeta en su mano derecha y el corazón desbocado en las sienes. Su vista ralentiza todo el entorno: las miradas de extraños abriéndose paso, los policías en las aceras, motorizados del tránsito en las intersecciones, las pancartas, banderas y luces de los edificios. Todo parece inerte, confuso. Pero su vista se enfoca cada vez más en el punto de la entrega: el majestuoso monumento del Ángel de la Independencia, que, con sus alas revestidas de pan de oro, se yergue imponente sobre la marea humana, indiferente a los coros y arengas a su alrededor. Esas mismas luchas sociales que, en su época universitaria, Victoria había defendido con ahínco, ahora la hacen estremecer de pies a cabeza. Reniega de su destino, sabe que transita por la senda de su calvario.

—Paquete a la vista —alerta John por su micrófono, apostado en la terraza del edificio Del Principado, al lado norte del Monumento a la Independencia.

A través de la mira telescópica de su fusil M40 estándar, John sigue con atención el lento desplazamiento de Victoria entre la multitud. Con su gabardina gris larga y camisa blanca, parece un ángel caminando entre el fuego, dirigida hacia un precipicio invisible y un destino incierto, tal vez atraída por su propia muerte. La única esperanza de supervivencia reside en la protección que él, desde la altura, pueda brindarle. John respira con calma y mueve un palillo en su boca mientras rastrea todas las ventanas y terrazas de los edificios aledaños en busca de francotiradores. Nada sospechoso surge a la vista. Luego, con detenimiento, escanea el lugar donde Victoria entregará la valija. En la escalinata del monumento, un grupo de personas agita banderas y pancartas. A pesar del revuelo, comprueba que tiene una buena vista para disparar.

A varios metros de Victoria, en medio de la multitud, *TZ* camina con el rostro oculto bajo la capucha de su abrigo. Avanza en el centro de la vía al ritmo de las personas en su rededor, lleva las manos guardadas en los bolsillos de su chaqueta, cerca de la empuñadura de la pistola en el cinto, listo para actuar. De reojo controla la posición de Victoria, que camina entre la multitud hacia su costado izquierdo.

—Paquete localizado —reporta por el micrófono en la solapa de la camisa dentro del *hoody*—. No hay señales del *conejo*.

—Equipo, alerta, el *conejo* aparecerá en cualquier momento —escucha la voz de Jebb en el audífono.

—Hombre con chaqueta marrón se acerca al paquete —alerta John desde la terraza.

TZ capta el mensaje, levanta la vista y en medio del gentío distingue a un hombre de estatura mediana, joven, trigueño, con gafas medicadas negras y chaqueta marrón, que rebasa a las otras personas y se aproxima a Victoria con evidente interés. Trae una cámara de periodista colgada en su pecho y las dos manos hundidas en los bolsillos de su gabán.

—Parece llevar un arma bajo su chaqueta —comenta John.

TZ apresura el paso y se mueve en paralelo al sujeto; lo mira de reojos pero evita que el sospechoso sienta el peso de su mirada y se ponga en alerta. La proximidad de las personas impide que se acerque a él. La muchedumbre fluye apretujada por la avenida coreando consignas a viva voz, cada vez con mayor entusiasmo; desde las aceras los policías vigilan recelosos.

—No lo intercepres hasta comprobar que se trata del *conejo* —ordena Jebb.

El sospechoso de chaqueta marrón se acerca a Victoria y camina junto a ella; no la mira ni establece contacto. Victoria mantiene su marcha impasible con aire sonámbulo entre la multitud. Su aliento se evapora grisáceo con cada respiración, avanza con la mirada ausente, como imbuida en una introspección. El agente John encuadra la cabeza del sospechoso en la mira del fusil y tensa el dedo en el gatillo; el tiro es limpio a menos de ochocientos metros de distancia; enlentece la respiración y aguarda sereno.

TZ acelera el paso y sujeta con firmeza la pistola en el cinto que lleva bajo el abrigo. Sabe que tiene la responsabilidad de asegurar el paquete en caso de que las cosas se compliquen, pero también es consciente de que debe actuar con cautela. Si los mercenarios ya han ubicado a Victoria en medio del tumulto, es muy probable que estén vigilando desde las terrazas. Un solo error podría alertarlos y arruinar todo el operativo.

El sujeto de chaqueta marrón roza el hombro de Victoria por el lado de la valija, ella lo nota, hacen contacto visual. Victoria sospecha que es el mensajero, espera que él pronuncie la clave, pero el hombre vacila, cambia de pronto la mirada, toma su cámara en la mano y continúa la marcha.

—Falsa alarma —reporta *TZ*.

John relaja el hombro y barre con la mira de su fusil el perímetro en busca de otros sospechosos cercanos a Victoria, quien ya se aproxima a la escalinata del monumento.

—Todos alerta —se escucha la voz de Jebb—. En cualquier momento aparecerá el *conejo*.

CAPÍTULO XXXIII

Con la cara pintada de negro y los ojos brillosos entre las sombras, M2 se desliza cauteloso entre las penumbras del pasillo y ubica la caja de circuitos eléctricos empotrada en la pared.

—Preparados —alerta por el micrófono.

Big box y los otros dos agentes bajan sus visores nocturnos en las frentes y aseguran sus blancos. De un golpe, con una manopla de hierro en su mano izquierda, M2 rompe el cristal de la caja y desconecta los interruptores de electricidad. Al instante, la hacienda se hunde en la oscuridad.

Tras varios disparos certeros, *Big box* y sus hombres aniquilan a los tres guardias en el patio, y así también, a aquellos ubicados en el balcón de la segunda planta. Todos se doblan en sus rodillas y caen al suelo en un estropicio. Guiados por sus visores nocturnos, *Big box* y su equipo abandonan su posición, resbalan por la ladera y en el llano polvoriento corren hacia la casa que retumba con el traqueteo de las metrallas.

El jefe mercenario junto a su socio, salta del asiento, desfunda su pistola y desconcertado por las ráfagas de disparos se abalanza detrás del sofá.

—¡Maten al rehén! —vocifera.

Un sujeto de melena larga a su costado con una ametralladora en ristre, se mueve presuroso por el pasillo a cumplir la orden. Otro pistolero sale al balcón y en un grito desgarrador dispara enceguecido hacia el exterior.

En el primer piso, *M2* corre por el pasillo e impacta en la frente y el tórax a los dos mercenarios que custodian la celda de Martín. Luego se encarniza en una lucha de disparos con el melenudo que, desde las escaleras, le lanza una lluvia de fuego y balas. *M2* salta dentro de una habitación, da vueltas en el suelo y se reposiciona al instante. Se asoma al pasillo y contraataca con su pistola automática; trata de impedir que el mercenario acceda a la celda donde sospecha se encuentra Martín.

Guiados con sus visores nocturnos, *Big box* y los otros agentes irrumpen a toda prisa por la puerta principal de la casa y se distribuyen en el vestíbulo. Destellos de luz y ecos de disparos se escuchan desde el pasillo lateral. En las escaleras, otro pistolero le hace frente a los *rangers* con una ametralladora. *Big box* lo impacta varias veces en el pecho y luego corre hacia el pasillo, donde el otro mercenario oculto entre los marcos de las puertas y las columnas de las paredes, intercambia disparos con *M2*.

Encogido en el piso de la celda, al pie del camastro de hierro, Martín se tapa los oídos con fuerza y cierra los ojos tras cada martilleo de los fusiles en el pasillo. El humo y el olor a pólvora colado bajo la puerta, inunda el ambiente oscuro de su celda. Presa del pánico, se contorsiona en el suelo con las piernas mojadas de su propia orina. No articula gritos en su garganta, ni lágrimas en sus ojos. Solo solloza sin aire y tiembla convulsivamente en el piso frío. Toda su vida se refleja ante sus ojos, sabe que en cualquier momento entrará alguien a ultimarlo.

Dos *rangers* ascienden rápido por la escalera de la casa y llegan hasta la puerta del salón, donde el jefe y su consejero se acuartelan acuclillados detrás del sofá.

—Maten a la mujer —grita el jefe por el celular—. ¡Mátenla!

—Confirme orden, señor —exige un francotirador, apostado en la ventana de un edificio aledaño al Ángel de la Independencia.

—Maten a la mujer —repite el jefe.

—Copiado, señor —el tirador desliza su fusil y enfoca en la mira la cabeza de Victoria, que sube por la escalinata del Monumento a la Independencia.

La explosión de una carga de C4 derriba de golpe la puerta de la habitación, en la que se recluye el jefe y su secuaz. Una nube de humo caliente y fuego se arrastra por todo el salón. Los agentes traspasan el umbral de la puerta a la vez que martillan sus automáticas. El jefe da un grito y se le cae el teléfono de las manos. Tras un impulso, el canoso de guayaberas se levanta y dispara errático su pistola; dos impactos de balas le alcanzan el pecho, y se desparrama en el piso herido de muerte.

Cegado por la oscuridad, en medio de la humareda, el jefe se arrastra jadeante en busca de resguardo tras una columna. Sabe que lo han derrotado. Pero morirá de pie. Empuña su pistola y con un gemido trata de levantarse del piso. Dos balazos le impactan el temporal derecho al instante. Lanza una exhalación dolorosa y se allana de bruces sobre las manos. Un río de sangre le anega el cuerpo.

Bajo fuego cruzado, *Big box* y *M2* acribillan al último pistolero atrincherado en el pasillo de la planta baja. El hombre se dobla en las rodillas y expulsando sangre por la boca cae de costado en el piso encharcado en agua.

Todo queda en silencio al momento. El humo surca las penumbras cargadas de olor a pólvora y campaneadas por las goteras que rezuman del cielo falso.

Agazapado en el suelo, Martín percibe un chapoteo y unos pasos de botas que se acercan a la puerta, seguidos de un chirrido metálico al abrir el candado. Un disparo retumba en la habitación y la puerta se abre de golpe. El cuerpo de Martín tiembla incontrolable; le falla la respiración, el aire no llega a sus pulmones, sus orejas se llenan de zumbidos. Presiente que lo torturarán, que morirá de una forma dolorosa. Cuando una linterna le ilumina la cabeza, apenas logra balbucear:

—¡No me maten, por favor!

—¡Tranquilo! —le dice *Big box*—. Vinimos a rescatarte.

El comandante se acerca a Martín y este se sacude de miedo.

—Abre los ojos, Martín —le encoraja—. No te haremos daño.

Martín luce pálido y ojeroso, los cabellos mojados se arremolinan en su frente. Las manos heladas tiemblan incesantes. Los dientes castañetean y murmura incoherencias. *Big box* lo sacude.

—Tranquilo, tranquilo... vinimos a rescatarte —le repite y lo ayuda asentarse.

Martín abre los ojos vidriosos, le golpea el brillo de la luz y vuelve a apretarlos con fuerza.

—¿Puedes caminar?

Martín desenrolla los pies; *Big box* distingue la cadena atada a su pierna izquierda. Con repulsión desfunda su pistola y rompe la cadena de un disparo.

—Ya estás libre —le dice—. No tengas miedo.

—Señor, necesito que vea esto —lo interrumpe *M2* por el auricular.

—Estoy contigo —responde el comandante y ayuda a Martín a levantarse del suelo—. *Flor de lis* bajo control. Preparen retirada.

Cuando llegan a la otra habitación, *Big box* se sorprende al ver los alijos de cocaína embalados en paquetes y listos para despacho.

—Las autoridades mexicanas se ocuparán de esto —indica—. Debemos salir de este infierno, antes de que lleguen los refuerzos.

—No veo los documentos, señor —reporta un *ranger* en el segundo piso—. Solo una laptop.

—La llevaremos con nosotros —ordena el comandante por su micrófono.

Apoyado a *Big box*, Martín se deja conducir por el pasillo. Las piernas le flaquean, el grillete aún aprisiona su pierna izquierda, tres eslabones de la cadena se arrastran en el suelo con un tintineo.

—Equipo bravo... aseguren la retirada —repite *Big box*—. *Flor de lis* a salvo.

A la vanguardia *M2* se cruza por delante de Martín. Aunque la linterna no le deja ver el rostro, Martín siente su respiración y lo observa desplazarse por el pasillo mojado, con la pistola en su mano.

—¡Mi mochila! —reacciona Martín y mira al comandante que lo sostiene—. Está en la celda.

—De ninguna manera —objeta *Big box*—. Debemos salir de este lugar.

Martín le sujeta el brazo con las manos frías.

—Necesito mi mochila —dice a punto del desmayo—. Es de vida o muerte.

CAPÍTULO XXXIV

Justo en la cumbre del pedestal escalonado del Ángel de la Independencia, Victoria detiene su marcha, apoya la valija en sus muslos y, desde la altura de su posición, observa la multitud. Por primera vez, evalúa los rostros de las personas a su alrededor: trabajadores, estudiantes y ciudadanos en general que gritan arengas, agolpados en una sola masa. Ninguno le genera sospechas, tampoco las personas que ondean banderas alineadas en las escalinatas del monumento. Resulta imposible reconocer a su contacto en medio de tanta gente, aunque ella presiente que él la observa, la evalúa de cerca, como un animal que olfatea su presa. Siente el peso de su mirada aunque no puede distinguirla.

A pesar del frío, Victoria percibe el sudor que baña su cuerpo, los cabellos mojados adheridos a sus sienes. Entorna los ojos y levanta la mirada hacia los edificios circundantes, la paranoia la carcome, intuye que tras la mira de un fusil alguien la escudriña, de igual modo a como lo hacían los *Centinelas* del *B1*. Ella fue testigo de aquel proceder: en los últimos segundos, antes de ejecutar el disparo, el *Centinela* contiene la respiración, sus músculos se contraen firmes como el acero, la pupila refleja la diana, el dedo tensa el gatillo a la espera de la orden. Pero ahora ella es la diana. Un fusil encuadra su cabeza. Lo presiente, aunque no distingue a su verdugo en la oscuridad ni en medio de la gente. Un escalofrío aprisiona su cabeza, la respiración se agita, el pulso retumba en su cuello. Sabe que la matarán, pero debe correr el riesgo; lo hace por su hijo, por él ofrendará su vida. Igual no valdría la pena vivir sin él. Aprieta el maletín entre sus dos manos y lo levanta hasta su pecho; guarda la esperanza que el tirador se detenga.

—*Big box* a Central, ¿me escucha? —resuena el radioteléfono de Jebb.

—Adelante, *Big box*.

—Objetivo asegurado. *Flor de lis* a salvo.

—¡Buen trabajo, comandante!

Jebb cambia de inmediato la frecuencia del radio.

—A todas las unidades, extraigan el paquete —ordena exaltado, y repite—. A todas las unidades, protejan y extraigan el paquete.

—Copiado, central —responde *TZ*.

Desde la vía, al pie del monumento, *TZ* levanta la mirada y distingue a Victoria en el último escalón del pedestal, sosteniendo la maleta a la altura de su pecho. Espantado, *TZ* distingue al *conejo* que había descartado, el sujeto de gafas y chaqueta marrón, que se aproxima a Victoria, le susurra algo al oído y ella le entrega la valija.

—*Conejo* a la vista —informa—. Atención, *conejo* a la vista.

Saca la pistola de debajo de su chaqueta y mientras sube la escalinata a toda prisa, apunta hacia su objetivo.

—No tengo visión de tiro —distingue la voz de John por el audífono.

La Alézeya 227

La multitud, al ver a *TZ* blandir su pistola, se dispersa en una estampida bulliciosa, abandonando pancartas y banderas en el piso.

—Perdí visión de tiro —repite John desde la terraza.

—Equipo 1. Proteger y extraer al paquete —ordena Jebb mientras corre al ascensor y marca al parqueo del sótano—. Equipo 2 neutralizar al *conejo*.

TZ sube presuroso la escalinata con el arma empuñada con las dos manos. El *conejo* lo distingue, extrae rápido una pistola del cinto y sin dudarlo dispara. La bala rechina y lanza un destello en la escalinata cerca de los pies de *TZ*; el hombre empuja a Victoria hacia la humanidad de su protector, ella lanza un grito y rueda por la grada. *TZ* contiene la caída aparatosa de Victoria, momento que el *conejo* aprovecha y se escabulle entre la turba.

TZ sostiene a Victoria que hace muecas de dolor.

—Tranquila, estoy aquí para protegerla —ella se sacude esquiva y trata de ponerse en pie.

Justo en el instante que Victoria levanta la cabeza, el zumbido de una bala le roza los cabellos y vuelve a lanzarla contra el piso. El proyectil resquebraja el mármol en el peldaño de la escalinata y tiñe de polvo blanco el aire circundante.

—Manténgase abajo —grita *TZ* a Victoria, mientras alcanzan uno de los pedestales que encuadran la base del monumento. Luego anuncia rápidamente por el micrófono:

—Estamos bajo fuego. Francotirador en los edificios.

—Salgan del *Punto Cero* —ordena Jebb tras el volante del auto en una vía alterna—. El apoyo está en camino.

John se enfurece al perder la posición de tiro y dejar que el *conejo* se esfumara entre la multitud. Tampoco ubica la sombra del francotirador oculto tras las ventanas de los edificios. Escupe la bilis de su boca, desarma el fúsil con presteza y, con el estuche en la mano, vuela por las escaleras del edificio.

En ese instante, otro proyectil cruza la avenida e impacta la base del pedestal donde se oculta Victoria. Esquirlas de mármol le golpean el rostro; Victoria cierra los ojos con fuerza y tras un grito seco cae al piso cubierto de polvo. *TZ* se percata que son balas de alto poder por la fuerza con que impactan en el piso. El francotirador está bien posicionado, dispara desde uno de los edificios en la parte frontal al obelisco que los protege. No tienen oportunidad de escapar.

—¿Por qué nos disparan? —grita victoria—. Les entregué la valija.

—Son asesinos. No iban a cumplir su parte.

—Pero, mi hijo. Lo asesinarán.

—Está a salvo. Ya fue rescatado.

John abandona el hotel por la puerta principal donde dejó la valija. En la avenida choca con las personas que corren horrorizadas por todas las direcciones, en su mano derecha lleva desfundada una Mauser 9 mms.

—Equipo dos a Central —dice por el auricular—. Quiero coordenadas.

—*Conejo* sobre calle Río Tíber. Repito, *conejo* sobre Río Tíber a la altura de Río Lerma —informa un operario desde la suite, en la pantalla del computador centellea un punto azul sobre el mapa de la ciudad.

—Equipo dos, no pierda al *conejo* —ordena Jebb.

—Copiado, central —responde John y cruza la glorieta de la avenida Reforma, en medio del tumulto que se dispersa entre alaridos y sonidos de sirenas.

—Equipo 1, seguir plan B de evacuación —agrega Jebb, en medio del tráfico desviado en la calle Liverpool.

Una unidad de la policía mexicana, armada de fusiles, irrumpe en un edificio residencial en el que parece se localiza el tirador. El mal encarado que plantó a Martín en el metro se percata de la presencia de los oficiales; desarma rápido su fusil táctico y furioso abandona la posición de ataque.

—Apoyo aproximándose al punto de extracción —informa Jebb.
—Debemos movernos —ordena *TZ* a Victoria—. El tirador está de frente.

Inclinados, descienden la escalinata por detrás del pedestal que los protege. A toda prisa, cruzan la glorieta del Ángel y tras los carros a un costado de la acera, corren en dirección a calle Florencia. Saben que el francotirador perdió la posición de tiro, pero aún no cesa el peligro.

El mal encarado abandona el fusil en el edificio donde estaba oculto, se escabulle por un callejón oscuro y ahora sigue el rastro de Victoria en medio de la vía. Trae una pistola automática con un silenciador enroscado al cañón. Es la única figura que corre en dirección contraria a la multitud que se dispersa entre las sombras. *TZ* se percata rápidamente de la presencia del mercenario y apresura el paso en la acera. El pistolero los localiza detrás de los carros, a un costado de la avenida, y se abalanza hacia ellos. Dispara varias veces, destrozando los ventanales de los automóviles. Los cristales estallan en el aire frente a Victoria que se cubre el rostro mientras corre hasta que dobla la esquina hacia la calle Berna.

Con un chirrido acompañado de humo en el asfalto, el auto de Jebb aparece sobre la avenida, da un giro extremo en U y, envuelto del hedor a goma quemada, abre la puerta trasera de sopetón.

—¡Sube Victoria... vamos! —le grita Jebb.

Victoria salta al auto y cae adolorida al golpearse las piernas entre las sillas. *TZ*, tras los autos, intercambia disparos con el pistolero. Hace una última descarga de su pistola, y cuando el mal encarado se oculta tras otro carro junto a la acera, él aprovecha y corre hacia el auto de Jebb. El mercenario lo persigue furioso, dobla en la esquina, y le lanza una andanada de disparos que le rozan las piernas y lo obligan a abalanzarse dentro del auto blindado.

Jebb acelera el vehículo y ráfagas de balas tamborilean en la luneta del auto. Victoria se dobla entre las sillas y horrorizada se tapa los oídos con las manos. Aprieta los labios con fuerza para contener el grito que hincha su garganta.

Tras acelerar a fondo sobre el asfalto raído de la calle en penumbras, Jebb gira a la izquierda en la primera intersección y esquiva las balas del atacante que aún corre tras el auto.

En la huida, Jebb olvida que las calles alternas permanecen cerradas debido a la movilización popular. El auto va en dirección a un sin salida.

—Gira a la derecha —se escucha por la radio la voz del operador desde la suite—. Te acorralarán.

—¡No hay opción! —replica Jebb, y en lugar de desacelerar, pisa a fondo la velocidad y se encamina directo al tramo cerrado de la calle.

Del otro lado, la manifestación popular se torna violenta, algunos anarquistas entre canticos y gritos queman llantas de autos en las vías, rompen los cristales de edificios con piedras y pintan grafitis en las paredes. La policía anti disturbio los repele con gases lacrimógenos y tanques de chorro de agua.

—¡Sujétense! —grita Jebb y sostiene el volante firme con las dos manos; Victoria cierra los ojos y se cubre el rostro tras la silla.

El auto impacta las barricadas y los trafitambos que cierran la avenida a toda velocidad, lanzándolos por el aire como si fueran bolos. Con un rugido del motor, el vehículo vuela por la intersección en medio del humo, las piedras y los gases lacrimógenos arrojados por los antimotines y repelidos por los manifestantes. Tras el paso del auto, un tumulto de personas con las cabezas cubiertas grita enardecido y se lanza hacia el puesto de los antimotines con palos y piedras, obligándolos a retroceder.

A toda marcha Jebb alcanza el otro lado de la avenida, en el retrovisor se refleja el humo y los desmanes de los encapuchados. Varias patrullas de la policía ululan en contravía a su costado.

—Equipo 2, ¿qué hay del *conejo*? —inquiere Jebb.

—Localizado, señor.

—Equipo Alfa en el perímetro —tercia otra voz.

—Bienvenido, Alfa. Apoye al equipo 2. Aniquilen al *conejo* y rescaten la valija.

CAPÍTULO XXXV

A varias cuadras del lugar de la violencia en la que derivó la marcha popular, en una calle en penumbras, John localiza al *conejo* que se escabulle entre los autos de un parqueadero público, en el sótano de un edificio comercial. El lugar está atestado de carros y escasamente iluminado por tubos fluorescentes aislados en las vigas, lo que inunda al sitio de sombras.

El agente de la DEA entra al lugar con sigilo, empuñando su arma con ambas manos. El vigilante, un hombre mayor que cuida el estacionamiento desde una cabina de cristal, huye despavorido. A pasos silenciosos y con la respiración serena, John revisa los entresijos entre los coches y debajo de ellos en busca del *conejo*. A través del audífono, el operador confirma que la señal de la valija sigue en el edificio y que el equipo Alfa se mueve en su apoyo.

De pronto, un carro gira con las luces frontales encendidas; John corre hacia el vehículo y apunta su arma al volante. El auto se detiene, John le grita al conductor que salga del vehículo con las manos levantadas. La puerta se abre, John vuelve a ordenar que salga del carro con las manos en alto. De pronto, el *conejo* aparece inadvertido de detrás de una columna, armado con un tubo de hierro y le asesta un golpe en el estómago. John se dobla de rodillas y la pistola rueda en el piso. El *conejo* vuelve al ataque y le propina otro golpe en la nuca. En una exhalación el oficial cae de bruces, inmóvil. Mientras pierde la conciencia solo observa la sombra del *conejo* esfumarse. Dos tiros en seco le suceden, luego un golpe muerto. *Conejo* cae en el piso con los ojos abiertos, sus gafas se desprenden del rostro.

Un hombre alto, vestido de traje negro, zapatos de charol y guantes táctico militar, sale de entre la penumbra, se acerca al occiso. Toma la valija de entre las manos del *conejo* y desaparece del lugar.

CAPÍTULO XXXVI

—Operación *flor de lis* ha concluido— indica Jebb por radio teléfono mientras conduce por la autopista norte—. Repito, *flor de lis* ha terminado. Todas las unidades dirigirse al punto AB-12.

—Copiado, central —se escucha desde distintas direcciones.

El punto AB-12 es un refugio de la DEA dentro de un batallón militar en las inmediaciones de Ciudad de México, Jebb había previsto utilizar ese sitio para reagrupar el equipo antes de abandonar el país.

—¿De qué se trata todo esto, Jebb? —lo increpa Victoria recomponiéndose en la silla—. ¿Qué hay de mi hijo?

—¡Martín está a salvo! —responde él.

—Y, ¿por qué todo esto?

—Los mercenarios no lo iban a liberar —se justifica Jebb y mira a Victoria por el retrovisor.

—¿Y dónde está mi hijo?

—Una unidad élite lo traslada en este momento al punto de encuentro.

Victoria emite un sollozo. Se seca los ojos aguados con las manos temblorosas y aprieta los labios. Los dedos se humedecen de lágrimas y niega con la cabeza.

—Entonces, ¿para qué fui al encuentro con aquellos mercenarios? —se queja cuando recobra la voz.

—No había otra manera —replica Jebb—; el rescate de Martín se ejecutó simultáneo a la entrega de la valija. Una distracción. Si no acudías al lugar, ellos hubiesen sospechado todo.

Victoria traga en seco e inclina la cabeza apoyada en sus manos; aún está conmocionada. Son muchas emociones juntas en las últimas horas, e ignora cómo procesarlas. Se pasa la mano izquierda por la nuca y siente el frío sobre la piel tersa. Nerviosa, extrae un cigarro del abrigo y lo coloca en su boca, se palpa los bolsillos, no le atina al encendedor. TZ capta su alteración y solícito enciende rápido un mechero; ella acerca el cigarro entre sus labios y da una calada presurosa.

—¿Cómo está Martín? —pregunta inquieta—. ¿Saben si está bien?

—El equipo táctico reporta que se encuentra bien —responde Jebb.

Victoria trata de bajar la ventanilla del auto, pero es imposible, había olvidado que es un vehículo blindado. Siente que se ahoga. Necesita aire. Se quita el abrigo y apoya la cabeza en el cristal; observa su aliento que empaña el vidrio. Vuelve a dar otra calada, su mirada se pierde entre las luces del tráfico que se forman y desaparecen en la vía.

"Hijo mío; mi pequeño Alejandro, gracias doy por tu vida y por tu libertad". Se regocija en el deleite de sus pensamientos y cierra los ojos, tratando de ocultar las lágrimas.

Tras varios minutos, Jebb vuelve a mirarla por el retrovisor. Parece serena, sin duda, apaciguada con el llanto silencioso que dimana en su pecho; su pelo rojo dibuja ondulaciones, frágiles y hermosas; sobre su frente, el prisma del sudor cristalino refulge en su cuello. Él desea consolarla, prometerle que todo estará bien, pero sabe que se engaña; aquella es una mujer forjada al fuego del dolor y las pérdidas, que repudia la compasión y los sentimientos de lástima.

Victoria siente el peso de la mirada de Jebb y con los ojos entornados lo detalla por primera vez. Su conciencia se pierde cuando intenta descifrar los pensamientos del oficial, su rostro refleja un sentimiento genuino de compasión hacia ella; también desborda otros sentimientos, pero ella se rehúsa a aceptarlo. Se miran. En cada pecho emerge el pálpito de la atracción adornado en el júbilo del deber cumplido.

"*¡Gracias, muchas gracias!*" musita ella para sus adentros y vuelve a cerrar los ojos.

Pasado un cuarto de hora, el auto abandona la autopista y recorre varios kilómetros en una zona industrial de bodegas y contenedores de carga a los costados de la vía, luego toma una carretera solitaria en medio de la llanura árida y oscura, y tras varios kilómetros de recorrido arriba a un complejo militar delimitado por cercas eléctricas, garitas de vigilancia y cámaras de seguridad.

En la entrada principal, Jebb enseña su placa y los guardias de control permiten el ingreso del automóvil. Transita al interior del batallón por un camino asfaltado en medio de cuadrículas de casas grises unifamiliares, con amplios patios de pasto bien cuidado. Parquea al frente de un condominio de una planta, justo al lado de donde están apostadas dos camionetas negras.

—Ya están aquí —se dirige Jebb a Victoria—. ¡Misión cumplida!

Victoria se incorpora en la silla de un salto y mira a Jebb perpleja, él asiente y le esboza una sonrisa. Victoria se apea rápido del auto, corre por la acera y entra presurosa a la casa con la puerta abierta y las ventanas iluminadas.

Martín se halla sentado en un sofá de cuero marrón, apoya en su regazo la mochila roja con La Alézeya. En el fondo, bajo la luz de una lámpara que cuelga del techo, *Big box* junto a los otros tres *rangers* que participaron en el operativo desmontan sus armas en una mesa de acero; otros dos militares con audífonos en sus cuellos, conversan y ríen sentados en sus literas.

Con un estruendo de pasos Victoria irrumpe en la casa:
—¡Martín, Martín!
Martín reconoce la voz de su madre y corre a su encuentro. Se funden en un abrazo. *Big box* sonríe de gozo al verlos: es la discreta satisfacción de un hombre acostumbrado al deber. Dormirá tranquilo: rescató al rehén, neutralizó a los bandidos y no perdió a ninguno de los suyos. Aunque ignora que también recuperó La Alézeya en el interior de la mochila de Martín, le consuela que incautaron la laptop del jefe de los mercenarios.

—Pensé que te perdería, hijo mío —susurra Victoria entre lágrimas, besa a Martin en las mejillas, y vuelve a estrecharlo entre sus brazos.

—Perdóname, madre —le susurra él al oído—. Sé que te fallé.

—No hay nada que perdonar —lo interrumpe ella—. Eres tú quién debe perdonarnos.

Ella lo separa un poco de su pecho y lo mira a los ojos.

—Dime, ¿aquellos hombres te lastimaron?

Martín niega con la cabeza; inspira profundo. Su mirada devela el brillo del tormento que lo acosa.

—Hay algo importante que debes saber —susurra.

Victoria lo detalla; se asusta al ver en su hijo la misma actitud de William cuando decidió vengar la muerte de su padre, Lorenzo Mancini. Ella sabe que algo cambió en su pequeño. Ya no es el mismo Martín. Luce descarnado y ojeroso, pero su cambio no radica en lo físico, sino en su espíritu. Ella creyó encontrarlo enfermo y asustado, pero, al contrario, parecía que el secuestro había transfigurado al niño frágil y temeroso en un joven osado y desafiante.

—¿Madre, estás bien? —le interrumpe él.

—Estoy bien, hijo —vuelve a besarlo ella en la mejilla—. Sólo es cansancio. Aunque anhelo que ya termine este calvario.

—Hay cosas que debes saber —insiste Martín.

—Tendremos tiempo para ello, hijo.

—Es importante, mamá.

—Lo hablaremos luego.

Victoria cruza mirada con los militares que trabajan en la mesa, y les hace una venia en señal de agradecimiento. *Big box* le devuelve el asentimiento y le sonríe.

Tres horas más tarde, Jebb y su equipo abandonan el refugio, van escoltados por otra camioneta negra con agentes especiales. Un avión militar los transportará en la madrugada a la Florida, junto a sus dos protegidos: Victoria Marín y Martín Marín.

CAPÍTULO XXXVII

Miami, USA

Al despuntar la mañana, los periódicos y noticieros abrieron sus ediciones con la noticia del golpe conjunto de la DEA y la división antinarcótica mexicana, la noche anterior, a una célula de narcotraficantes en el estado de México. Nueve delincuentes fueron abatidos por un comando especial, además se incautó media tonelada de cocaína embalada en bolsas plásticas, listas para ser transportadas a territorio estadunidense; se confiscaron ametralladoras, fusiles, municiones, y otras pertenencias privativas de uso militar. Las noticias también reportan los disturbios ocurridos en medio de una protesta popular, en Ciudad de México, que dejó el saldo de un fallecido, decenas de detenidos, y varias personas heridas en los choques entre manifestantes y la fuerza pública.

—¿No me digas que estuviste en medio de todo ese disturbio, mamá? —pregunta Martín mientras se acerca a la sala abierta de la casa.

Victoria hace un gesto de intriga y apaga el televisor.

—¡Buenos días, galán! ¡Qué hermoso estás! —sonríe melancólica desde la cocina, donde prepara huevos para el desayuno—. ¿Cómo dormiste?

—Creo que bien —responde Martín—. Sentirte cerca, me sosiega.

Ella sonríe, se acerca y le da un beso en la mejilla. Todavía lleva el pijama púrpura atado con un lazo a su cintura.

—Hoy hubiese deseado quedarme todo el día en casa —comenta—. Pero debemos colaborar con una investigación de las autoridades.

—¿De qué se trata? —se interesa Martín, y muerde una tostada de las servidas en una bandeja.

—Procedimientos de rutina. Las autoridades necesitan conocer detalles de lo sucedido durante el operativo de rescate.

—¿Y no basta con lo que digan sus oficiales? —comenta Martín algo inquieto.

—Parece que no, así que cumpliremos con ese deber.

Se sientan en torno al comedor. Victoria coloca sobre la mesa varias bandejas con croissants, tostadas, huevos revueltos con tocinetas y lonjas de queso azul francés, chocolate humeante, zumo de naranja y una fuente con frutas picadas en trocitos, todo lo que por costumbre desayunan en casa. Pero Martín se siente sin apetito.

—Necesito contarte algo, mamá —expresa después que Victoria bendijo los alimentos—. Debo hacerlo antes de hablar con las autoridades.

—De acuerdo, hijo —Victoria coloca los cubiertos de vuelta en la mesa y dispone toda su atención hacia él—. Cuéntame, ¿de qué se trata?

Él la mira a los ojos, le comienza el parpadeo incontrolable del ojo izquierdo y una leve sacudida del hombro del mismo lado. Victoria extiende los brazos sobre el plano de la mesa y le toma las manos.

—Te escucho, hijo —le susurra.

Martín se yergue en la silla y comienza a frotarse las manos. Victoria le asiente con la cabeza para encorajarlo.

—En México, me reuní con el *Anónimo X* —se endereza en la silla—. Los mercenarios que me retuvieron, lo asesinaron.

Victoria se muerde los labios y corta la respiración.

—¿Y cómo localizaste al *Anónimo X*? —indaga perpleja.

—¡La Alézeya! —revela Martín, detiene el masajeo de sus manos—. El manuscrito de papá guarda información secreta.

Victoria se pasa la mano derecha por la nuca y suspira con aire de molestia.

—¿Sabes que fue peligroso lo que hiciste, Martín? —le reprocha—. Siempre que escarbes en el mundo de tu padre, habrá consecuencias.

—Lo sé, madre, y te pido perdón por ello —Martín hace una pausa y amplía las comisuras labiales—. Pero ahora conozco la verdad: la policía colombiana asesinó a mi padre.

Victoria emite un sonido de asombro, se tapa la boca con las manos, y su rostro palidece. En solo unos días, Martín dio con todo lo que ella le ocultó durante años.

—Un general corrupto ordenó su muerte —prosigue él con voz firme—. Lo asesinaron porque mi padre poseía evidencias en contra de algunos altos mandos militares y políticos corruptos.

—¡Oh, Martín! —reacciona Victoria y une sus manos bajo el mentón como en una plegaria—. Prometimos que reiniciaríamos nuestras vidas, para ello tendremos que olvidar el pasado. Si no, nunca viviremos en paz.

—¡Imposible madre! La verdad debe salir a la luz —se yergue Martín en la silla un poco inquieto—. ¿Cómo viviremos en paz si la muerte de mi padre queda impune?

Los ojos de victoria se inyectan de un rojo vivo, a punto del llanto; parpadea conmovida y logra serenarse.

—Las autoridades son quienes deben investigar —señala tras una inspiración profunda—. No debemos inmiscuirnos.

—¡No lo harán! —Martín levanta la voz; Victoria se queda atónita. Él prosigue—. Hay una sociedad secreta denominada el *Círculo de la Corona*. Son los amos de varias mafias transnacionales. Trabajan asociados a cúpulas militares en diferentes países de Latinoamérica, incluido Colombia. Papá tenía pruebas sobre el funcionamiento de esta organización; las iba a hacer públicas, por eso lo asesinaron.

—¡Dios mío, Martín! —Victoria queda atónita con el ceño fruncido; los labios le tiemblan—. No vuelvas a mencionar a esa organización. No nos inmiscuiremos en ningún asunto de tu padre.

Martín traga en seco.

—¡No lo haremos solos! —resuelve Martín—. Debemos encontrar al *Anónimo* Z. Él sabrá qué hacer con las evidencias de mi padre.

—¡No, Martín! —Victoria da un golpe sobre la mesa—. ¡Ya basta! Esto no es un juego. En la vida real mueren personas. Anoche estuvimos a punto de ser asesinados por esta causa. No nos inmiscuiremos y no quiero oír más sobre este asunto.

Martín se quita del cuello la gargantilla que le dio el *Anónimo* X. Desenrosca el amuleto con los dedos y coloca en la palma de su mano un punto electrónico. Victoria enmudece.

—Tengo un deber y debo cumplirlo —dice con denuedo.

Victoria lo observa con los ojos llenos de lágrimas. Él continúa—. El *Anónimo Z* nos ayudará a exponer a los asesinos de mi padre.

Victoria emite un sonido de dolor y desvía la mirada con amargura. Dos gotas de lágrimas se desprenden de sus ojos; se frota los párpados y luego se gira a Martín con el rostro encendido.

—Ni tú ni yo haremos algo que arriesgue a esta familia —parafrasea sus palabras—. Entregaremos todos los documentos de William a las autoridades, incluido ese dispositivo electrónico. A propósito, ¿cómo recuperaste La Alézeya si estaba en poder de los mercenarios?

Martín pestañea.

—Después de la entrega del dinero y los documentos de rescate, ellos iban a transferirme a otra organización; por eso guardaron el manuscrito en mi mochila, para aparentar que nunca lo tuvieron; los *rangers* también lo querían, pero desconocían las características del documento que buscaban.

—O sea, ¿la DEA ignora dónde está el manuscrito de William?

—Eso creo, aunque no será por mucho tiempo, por miedo sé que les entregarás La Alézeya —Martín le sostiene la mirada a Victoria, a ella le desconcierta su insolencia. Él continúa—. Sabes que es nuestra única arma de protección, ¿verdad?

Victoria se limpia las manos con la servilleta de tela y se levanta de la silla hacia el mueble bar.

—Dime una cosa, mamá —insiste Martín. Ella lo mira vacilante, sus párpados lucen hinchados—. ¿Confías en Jebb Taylor?

—¿De qué se trata esto, Martín? —salta Victoria—. Tu padre confiaba en él. Nosotros también lo haremos.

—No es que desconfíe de él o de su departamento —responde Martín en tono de disculpa—. Pero La Alézeya en manos equivocadas acarreará graves consecuencias en nuestra familia. Siempre sospecharán que ocultamos más evidencias de mi padre.

—No sucederá, si hacemos lo correcto —se justifica Victoria y vuelve a pasarse la mano por la frente—. ¿Por qué crees que William y, el tal, *Anónimo X* evitaron denunciar esa organización ante las autoridades?

—Es lo que debemos averiguar.

—¡Por supuesto que no, Martín! —salda Victoria con amargura, y atina a servirse vino en una copa—. Dejaremos que las autoridades realicen su trabajo.

—No llegarán a ningún lado, mamá, y lo sabes. ¿Acaso por miedo aceptaremos la impunidad? —objeta Martín con aire fogoso—. ¿Qué tal si aquellas personas que se muestran solidarias con nuestra causa sólo nos manipulan?

—Pero, ¿qué dices, Martín? —Victoria frunce el ceño y se gira en sus piernas con la copa en su mano—. No continuaré esta charla —resuelve—. Entregaremos a las autoridades todas las evidencias de tu padre. Fin de la discusión.

—¡Estamos en peligro, madre! —se levanta Martín de la silla. Victoria palidece; él se percata del descuido de su reacción y camina hacia ella, que se da un trago de vino—. Yo le mentí a los sujetos que me secuestraron. Dije que poseía información secreta de papá, por eso ellos aceptaron el supuesto canje. A ellos no les importaba el dinero del rescate; alguien por encima de los pistoleros quería la información. Te has preguntado, ¿qué pasaría si el *Círculo de la Corona* fue quien asesinó a mi padre y al *Anónimo X*, y si son ellos los que quieren La Alézeya?

—¡¿Martín?! —grita Victoria. Aprieta la copa contra su pecho—. Tenemos una nueva identidad; hemos vivido sin inconvenientes aquí...

—¡Pero ya no, mamá! —la interrumpe Martín, quiere tomar a Victoria por los hombros, pero ella se sacude—. Ellos nos encontrarán, vendrán hasta aquí. Ya no estamos seguros en este lugar.

—¡Oh, Martín, hijo mío! —se lamenta Victoria con los ojos encharcados en lágrimas y niega con la cabeza—. ¿En qué te quieres convertir?

—¡Ojalá pudiera evitarlo, mamá! —comenta él cabizbajo—. Pero no depende de nosotros. Mi padre nos dejó armas para defendernos, y todas están en La Alézeya.

—Y también nuestra perdición —solloza Victoria; se toma otro trago y se queda pensativa; ahora teme que Martín recaiga en la paranoia, similar a lo que experimentó tras la muerte de Isabel, donde veía fantasmas que lo amedrentaban en cualquier circunstancia de su vida. Él se percata de los pensamientos de su madre por la forma como lo mira.

—La próxima semana habrá un encuentro del *Círculo de la Corona* en Las Bahamas; Hotel Atlantis Paradise Island —comenta en voz baja—. Debemos estar allí. Quizá, allí encontraremos al *Anónimo Z*.

—¡Suficiente, Martín! —se exalta Victoria, su rostro se enciende—. No continuaré esta charla. Entregarás La Alézeya y el sobre azul a las autoridades. No terminarás como tu padre —se le quiebran las palabras.

Estupefacto, Martín observa a su madre marcharse gimiendo hacia su habitación. Sabe que ella busca protegerlo, pero él ahora es consciente de su realidad. El destino que eludieron por tantos años los alcanzó en su nueva vida, y ésta vez tendrán que enfrentarlo. Imbuido en aquel oscuro vaticinio recuerda las palabras de su padre en La Alézeya, el día que asesinaron a Isabel:

"No permitas que el miedo limite tu capacidad de amar la justicia; pero, aún más, no permitas que la búsqueda de esa justicia te impida a hacer lo correcto, pues no todo lo que parece ser justo es correcto, como no todo lo que parece ser correcto es justo. Hasta la verdad necesita su tiempo para ser dicha. La justicia es esclava del poder. Aunque poseas la verdad, no siempre la justicia te dará la razón, por eso nacimos los Centinelas, para cubrir ese vacío que deja la justicia".

CAPÍTULO XXXVIII

A las 11:00 A.M., Victoria y Martín acuden a las oficinas centrales de la DEA en Miami. Una comisión de investigación conjunta de dicho departamento con el FBI, había solicitado entrevistar a la familia Marín, a raíz de los sucesos ocurridos en Ciudad de México.

En compañía de Tom Dylard, un joven oficial de la DEA, Victoria ingresa a una sala de interrogatorio. Lleva una chaqueta blanca cruzada y pantalón negro liso, una cartera marrón de mano y el pelo recogido en una coleta. Afuera de la sala, en un pequeño vestíbulo, Martín espera sentado en un sofá, de frente a los cubículos de los oficiales; en su regazo reposa la mochila roja donde lleva La Alézeya; le había prometido a su madre que él mismo entregaría los documentos.

—Usted comprenderá que las investigaciones de William Mancini eran relevantes para nuestro departamento —comienza el oficial Dylard con las manos apoyadas al escritorio. Victoria lo escucha con atención—. Con la muerte de su esposo perdimos evidencias en contra de ejecutivos asociados con carteles colombianos y sus enlaces en el exterior. Quisiéramos saber si, aparte de las carpetas que usted entregó al oficial Jebb Taylor, conserva otras evidencias en su poder.

—Después de toda la colaboración que mi familia ha hecho con este departamento, ¿por qué se me trata con tintes de desconfianza, oficial? —se inquieta Victoria—. En absoluto, no poseo ninguna información concerniente a los trabajos secretos de William.

Sin perturbarse, el oficial la mira directo a los ojos, se frota suave las manos.

—¿Por alguna circunstancia, usted o alguno de sus familiares realizan investigaciones independientes sobre las actividades secretas de William? —inquiere sereno.

—Siempre estuvimos ajenos a las actividades de William —comenta Victoria algo prevenida, y se reacomoda en la silla—. Por nuestra seguridad él nunca compartió con la familia información sobre su trabajo encubierto. Todas las evidencias que accidentalmente llegaron a mis manos, las entregué al oficial Jebb Taylor.

—¿Conoce las razones por las cuales su hijo, Martín, viajó a la Ciudad de México?

—Escapó de casa, yo desconocía su paradero. Dejó una nota en la que afirmaba que tomaría un viaje por las ciudades de la costa este... deseaba estar solo.

—Y, ¿ya lo había hecho otras veces?

—Era la primera vez. Pero es un adolescente que acaba de perder a su padre. Aunque es mi hijo, es imposible predecir cómo reaccionará al dolor.

—¿Cómo explica usted el hecho que Martín se haya reunido en México con un narcotraficante colombiano, perseguido por nuestro departamento y las autoridades mexicanas durante varios años, y él lograra ubicarlo en pocas horas?

El director a cargo de la división de investigación de la DEA, John Mc Kanny y otros dos oficiales, entre ellos Jebb Taylor, observan el interrogatorio de Victoria desde una habitación contigua, separados por una pared de vidrio polarizado con visión unidireccional. Unos pequeños altavoces, reproducen el sonido y un monitor las imágenes grabadas.

Victoria traga en seco, desconocía hasta ese momento que el *Anónimo X* era un fugitivo requerido por la Interpol. Martín se había referido a él como un espía del *B1*, pero no como alguien con nexos con el narcotráfico. Aprieta las manos sobre la mesa y se toma varios segundos para empezar; cuando lo hace maneja un tono algo melancólico.

—Durante nuestro viaje a Colombia por el sepelio de William, Martín encontró una valija con documentos de su padre, oculta en una de nuestras propiedades. Él siempre desconoció el trabajo secreto de William. Así que ese hallazgo lo entusiasmó, creyó que aquellos archivos le darían la oportunidad de intimar más con la esencia de su padre. En ese afán se escapó a México, a buscar testigos de esa realidad que le fue negada —Victoria entrecierra los ojos, como sumida en una abstracción—. En su inocencia, él nunca previó los riesgos. Llevó consigo un manuscrito de William. Solo lo supe después de su huida. Los otros documentos los entregué al oficial Jebb Taylor.

—¿Había un manuscrito? —inquiere el oficial Dylard con interés.

—Sí; William lo tituló La Alézeya.

—¡La Alézeya! ¿Lo leyó? ¿Qué había en él?

—Nunca lo leí —responde Victoria firme—. En realidad, no tuve certeza de la naturaleza de los documentos hasta después de la desaparición de Martín, cuando esculqué su habitación

—niega despacio con la cabeza y desvía la mirada—. Repudio las cosas que mataron a mi esposo.

—¿Qué cree que había en aquel manuscrito de William?

Victoria apoya el mentón en su mano e inspira profundo.

—Creí que era algo íntimo, una especie de diario de William. De modo que, cuando supe que Martín lo había encontrado, sentí temor, pero pensé que era el momento de que Martín conociera la verdad. Aquella que yo le había ocultado toda la vida. No quise negarle ese derecho, y más cuando su padre ya había dejado de existir.

—Pero ahora concuerda que aquel manuscrito posee información relevante, pues al parecer permitió que Martín localizara a un prófugo de la justicia —Victoria permanece en silencio, impávida; el agente prosigue—. ¿Qué motivó a Martín a viajar a México y encontrarse con este narcotraficante? ¿Qué es lo que en realidad deseaba averiguar?

El agente Jebb detalla en el monitor las expresiones de Victoria: los gestos de su rostro, la mirada y las inflexiones en su voz. Está sorprendido, él mismo desconocía la relevancia del manuscrito de William, pero las explicaciones de Victoria le resultan coherentes, y más cuando ha sido una testigo clave durante toda la investigación.

—¿Es necesario presionarla de ese modo? —se dirige a Mc Kanny—. Esta mujer acaba de perder a su esposo y de recuperar a su hijo de un secuestro.

—Es nuestro trabajo, oficial —responde Mc Kanny—. Debemos conocer todo sobre los documentos.

—Pero, dice la verdad.

—¡Muy bien! Eso lo determinará la investigación —resuelve Mc Kanny.

Victoria parpadea y se frota las manos. Vuelve a quedarse pensativa por unos segundos. Luego reacciona con voz serena.

—Es natural que un joven, quien ha perdido de forma violenta a su abuelo, a su hermana y a su padre, exija conocer la verdad. Esa es la historia de Martín. Él nunca conoció los motivos. El manuscrito de William le dio esa posibilidad, y su inocencia lo llevó a cruzar una puerta que no sabía a dónde conducía —las palabras de Victoria son firmes, sin atisbo de dudas. Mira de frente al oficial, sus ojos miel relucen brillosos—. Él cometió una imprudencia, eso lo sé. Pero quiso buscar por sí mismo las respuestas que yo me negué a revelarle. Fue la forma de asumir el duelo.

El agente tamborilea con el pulgar sobre la mesa y da oportunidad a que Victoria recupere el aliento.

—Por último... —le dice a Victoria—, quisiera saber si usted notificó a alguien más sobre el operativo de rescate de su hijo en México. A algún familiar, amigos o a alguien en especial.

Victoria enarca las cejas en señal de desconcierto.

—Convine con los secuestradores entregar los documentos de William y el dinero por la libertad de mi hijo. Yo misma desconocía del operativo de rescate —respira profundo—. No podía dar información sobre algo que ignoraba.

El oficial Dylard se levanta de la silla, estira los puños de su camisa de hilo blanco por debajo del saco y toma su portafolio de la mesa.

—Es todo por hoy, señora —comenta—. Agradezco su cooperación. Pero debo hablar con su hijo.

—¡Excúseme, oficial! —Victoria se pone en pie y apoya las dos manos sobre la mesa—. Solo permitiré una declaración libre de Martín con el acompañamiento de un psicólogo que garantice su control emocional y que impida que sea presionado más allá de sus capacidades. Conozco mis derechos, y si no lo aceptan de ese modo, no autorizaré la indagatoria.

El oficial detiene la marcha ante la reacción de Victoria. Se da la vuelta e inspira profundo.

—Así se hará, señora —responde algo contrariado, y abandona el recinto.

CAPÍTULO XXXIX

Al entrar al salón de interrogatorio, Martín detalla que es una habitación hermética de hormigón, con sistema de iluminación regulable, de promedio veinte metros cuadrados, sin ventanas. El acceso es a través de una puerta metálica que se abre solo con tarjetas electrónicas. En el centro hay una mesa fija gris con esquinas redondeadas y dos sillas de respaldo recto, ubicadas una frente a la otra. En lo alto del cielo falso hay una bocina y dos cámaras de video que graban de frente a la mesa. La mitad de una de las paredes laterales la conforma un gran vidrio en espejo.

"Un salón de interrogatorio para sospechosos de delitos" —piensa Martín.

Tras él, ingresa al salón una oficial rubia, de quizá escasos treinta años, que se presenta como psiquiatra forense; trae unas gafas medicadas de finas monturas marrón y un maletín negro en su mano derecha.

Martín coloca su mochila roja en el piso y la apoya a un costado de la silla. Cuando se sienta se gira hacia el vidrio en espejo y lo detalla con detenimiento, en realidad no observa su reflejo, parece mirar a los ojos de quienes lo escudriñan detrás del cristal. Jebb se turba con la mirada intensa de Martín, desconoce si es un pedido de auxilio o una mirada de miedo; piensa que quizá, el muchacho solo busca una persona con quien desahogarse.

—Hola, Martín, soy Emily Berg— saluda la oficial que se sentó frente a él; lo hace con entusiasmo para desprenderlo del arrobamiento—. No tienes de qué preocuparte, solo estaremos aquí por un momento—. Martín la mira torpemente, no dice nada, ella continúa—. Sé que tienes muchas dudas, pero estoy aquí para ayudarte y para comprender tus necesidades—. Él asiente despacio y une las manos sobre su regazo.

—Sabemos que encontraste un manuscrito de tu padre —le dice. Martín no se inmuta, sabe que la oficial lo evalúa—. Queremos saber qué pasó con el documento.

Martín se percata que no hay agresividad ni simpatía en el tono de la agente Berg, solo una voluntad fría, profesional, de explorar en un parpadeo, en un gesto o en un cambio en el tono de su voz, elementos que le permitan conocer su estado mental.

Levanta la mirada y la observa de frente, quiere saber si puede confiar en ella o quizá, en aquellas personas que están detrás del cristal en espejo.

"¿Por qué me trata cómo un lisiado mental? —piensa—. ¿Pretende persuadirme sin expresar sus verdaderas intenciones?"

La oficial no soporta el peso de la mirada de Martín y parpadea. Él distingue las variaciones de sus pupilas que se dilatan. Martín lo interpreta como una inconsistencia entre las palabras y la conciencia que oculta otro interés.

—Hay personas peligrosas interesadas en ese manuscrito —acuña la oficial—. Me gustaría saber qué pasó con el libro.

—Lo perdí en México —murmura Martín, coloca las manos sobre la mesa y se endereza en la silla—. Lo usurparon los hombres que me detuvieron.

La oficial lo mira atenta.

—¿Sabes de lo que trataba el manuscrito de tu padre? —se ajusta ella las gafas.

Martín titubea, se impulsa a confiarle algo, pero luego se detiene.

—¡Frustraciones y culpas! —atina a decir luego con aire indeciso—. Relatos sobre el dolor de mi padre a causa del asesinato de mi abuelo, Lorenzo Mancini, y culpas por la muerte de mi hermana Isabel. En el libro mi padre reconoce que destruyó su vida y la de toda la familia.

—¿Conoces del trabajo secreto que realizaba tu padre?

Martín asiente despacio con la cabeza y mueve las comisuras de los labios.

—Él era un espía —desgrana con voz queda—. Trabajaba para una agencia de seguridad nacional colombiana.

—Entonces, ¿crees que en el manuscrito tu padre se arrepentía de su trabajo?

—¡En absoluto! —objeta Martín. No hay expresión de emociones en sus gestos—. Él buscaba una salida negociada a su situación cuando lo asesinaron.

—Entonces, ¿qué te impulsó a viajar a México?

—Buscaba conocer la verdad —admite Martín y balancea la cabeza—. Aquella verdad que mis padres siempre me ocultaron.

—Pero, ¿eras consciente del peligro de aquella búsqueda?

—No. Según el manuscrito, mi padre y el *Anónimo X* se habían reunido varias veces en Ciudad de México. Por eso decidí viajar allí en busca de aquel hombre.

—¿El manuscrito especifica los motivos de aquellos encuentros?

—No; busqué al sujeto para que me hablara de mi padre.

—Y, ¿cómo localizaste al *Anónimo X*?

—Fui al bar donde se reunía con mi padre: *"Bar/Restaurante Los Amigos"*. Si el *Anónimo X* frecuentaba ese lugar, alguien me daría información, y así fue.

Detrás del cristal, el director John Mc Kanny se muestra un poco ansioso. Se pasa la mano por el mentón pensativo.

—El joven dijo: *¿Bar/Restaurante Los Amigos?* —inquiere.

Jebb asiente.

—¿Acaso no fue el bar del tiroteo que reportaron las noticias?

—Efectivamente —responde Jebb—; las autoridades mexicanas reportaron una masacre en aquel lugar, justo el día que secuestraron a Martín. El administrador, junto a varios de los meseros, fue asesinado por un especialista.

El director Mc Kanny se alarma.

—Entonces, ¿crees que aquel ataque tuvo relación con las mismas personas que asesinaron al *Anónimo X*? —cuestiona con interés.

—Es muy probable. Es una historia demasiado espinosa —razona Jebb—. El chico aparece en el bar y pregunta por el *Anónimo X*, y justo el día que lo secuestran, también asesinan a todas las personas que trabajaban en aquel lugar. Todo esto deja mucho que pensar.

—Cuéntame, ¿qué hablaste con el *Anónimo X*? —se aventura la oficial Emily Berg.

Martín espabila, vuelve a mover las comisuras de los labios a ambos lados, y revive en su mente la escena en el callejón junto al *Anónimo X*. *"Debes sobrevivir... Eres un Heredero. Un Insospechado. En ti centramos nuestras esperanzas de justicia"*.

—Me dijo que... oficiales de la policía colombiana asesinaron a mi padre —responde Martín cabizbajo—. No fue el Cartel Reinoso-Paredes, como trascendió en las noticias.

—¿Y en que se basó él para afirmar ese hecho? —la oficial Berg apoya las manos unidas sobre la mesa.

—Mi padre conocía de nexos de altos mandos militares con el narcotráfico, por eso lo asesinaron.

—¿Señaló algún nombre en específico? —la voz de la agente Emily es incisiva, constante, sin treguas, pero Martín establece las pausas.

—No... justo en ese momento aparecieron los pistoleros —Martín baja la mirada hacía el puño de sus manos, los ojos se le tornan rojizos.

—El chico oculta la verdad —comenta el director Mc Kanny—. Hay que encontrar el modo de presionarlo. Necesitamos averiguar todo lo que sabe.

—Es improcedente exigirle más a este chico —señala Jebb con los brazos cruzados—. Es una víctima. No podemos condenarlo por ello.

—Dijeron que era un chico atontado, casi trastornado —agrega Mc Kanny—; pero para mí, es un joven muy sagaz. Creo que por algún motivo esconde información.

—Debes saber, Martín, que la muerte de tu padre es objeto de investigación por parte de las autoridades —esboza la agente Berg—. Por lo tanto, no podemos señalar culpables hasta que termine el proceso. La verdad saldrá a la luz y los culpables pagarán.

—Mi deseo es que se haga justicia —agrega Martín y levanta la mirada con firmeza.

—Es lo que todos deseamos. Nuestro departamento colabora con las autoridades colombianas y panameñas en dicha investigación.

El jefe Mc Kanny abandona el recinto contiguo junto a Jebb y camina a paso firme por el pasillo. El rostro fruncido revela su frustración.

—Necesito llegar al fondo de todo este asunto —refiere contrariado—. Debemos recuperar el manuscrito del espía.

—Estamos en la tarea —responde Jebb—. Haremos una nueva búsqueda en la propiedad donde fue rescatado Martín. El computador incautado ya fue analizado por los especialistas, pero no hay grandes asuntos en él.

—¿Qué hay de los otros documentos de William que entregó su esposa?

—Son reportes de testaferros, rutas de tráfico de drogas y armamentos que ya conocíamos. Seguimos cotejando la información.

El jefe Mc Kanny asiente serio. Ambos entran al ascensor.

—Necesitamos resultados, Jebb. Investigaciones que conduzcan a la captura de los grandes capos del narcotráfico colombiano.

Llegan hasta la oficina de Mc Kanny, en el noveno piso. Con un gesto, el jefe invita a Jebb a sentarse en una silla; él ocupa otra tras el escritorio.

—¿Qué has averiguado sobre el dinero del rescate?

—Nada en concreto. El oficial John, quien persiguió al *mensajero* con la valija, recibió un golpe en la cabeza con una barra y perdió el conocimiento, uno de nuestros *contratistas* en Ciudad de México lo rescató minutos después. La policía mexicana indagó a una testigo presente en el parqueadero al momento del incidente. Una mujer al volante de su auto, refiere que un sujeto con gabardina negra salió de la nada, disparó dos veces al hombre que golpeó al oficial John en la cabeza, y se llevó el maletín.

—¡Vaya, vaya! Es como si este nuevo sujeto supiera de antemano que el *mensajero* estaría en aquel lugar —razona Mc Kanny receloso.

—¡Exacto! Lo raro es, ¿por qué este incognito asesinó solo al *mensajero*, y no a John ni a la testigo ocular, que estaban en la escena? —comenta Jebb.

—Una de dos —plantea Mc Kanny con los ojos entrecerrados—. El asesino no era parte de los secuestradores o pertenecía a la banda mercenaria, pero al enterarse del ataque a la base, tomó ventaja del caos y se llevó el botín. Aunque si no pertenecía a la banda de los mercenarios, ¿cómo se enteró del operativo y localizó al *mensajero* antes que nuestro equipo?

—Las dos opciones son válidas —concede Jebb—, pero lo llamativo es que siempre tuvimos ubicado el maletín. Una unidad de asalto llegó hasta la habitación de un hotel, a varias cuadras del sitio donde asesinaron al *mensajero*. Pero, el *incógnito* se llevó el dinero y dejó los documentos falsos en la valija —el director enarca las cejas en señal de asombro, y Jebb prosigue—. Es como si este sujeto hubiera sabido de antemano que el maletín tenía un rastreador y que los documentos eran falsos. Era imposible que corroborara esa información en tan poco tiempo, y más cuando las carpetas de William eran el principal objetivo de los mercenarios.

—¿Qué insinúas? —Tantea Mc Kanny. Inclina el cuerpo hacia Jebb con las manos unidas bajo el mentón—. ¿Crees que alguien filtró el operativo?

Jebb asiente, reconoce con pesar que su respuesta desencadenará una investigación interna del grupo que él comanda.

—Todos mis hombres son de confianza —replica un poco incómodo—. No dudo de su integridad. Pero ante las circunstancias, hay que evaluar todas las opciones. Incluido el *contratista* Alfa que participó en el operativo.

—Es muy delicada la situación —se lamenta Mc Kanny—. Solicitaré a control interno que investigue a todo el personal que participó en dicho operativo. Es inaceptable, si quiera, la idea de un topo en nuestras filas.

CAPÍTULO XL

Culminada la sesión de indagatorias, Jebb aborda a Victoria y a Martín cuando caminan hacia los ascensores. Con aire de protesta, Victoria le expresa su inconformidad por el tipo de interrogatorio al que fueron sometidos sin previo aviso.

—Somos aliados en unos asuntos, pero en otros, parecemos sospechosos de delito —descarga.

—Es solo cuestión de rutina —justifica Jebb—. Surgieron varios hechos inesperados durante el operativo en México, y necesitamos averiguar.

—¡¿Hechos inesperados?! —Victoria detiene la marcha. Martín se aparta a un costado del pasillo con las manos sujetas a las correas de su mochila.

—Perdimos el dinero del rescate —señala el oficial en tono circunspecto—. Colocamos un localizador en la valija y nunca le perdimos el rastro. Pero antes de que nuestro equipo recuperara el maletín, un *incógnito* asesinó al *mensajero* de los mercenarios, tomó el dinero y luego abandonó la valija con las carpetas.

—Comprendo, ¿por eso el interrogatorio? —refiere Victoria en tono mordaz—. ¿Sospechan que mi familia tuvo que ver en el asunto? —hay un silencio de parte de Jebb, Victoria retoma la marcha—. Quizá, los mercenarios sospecharon de un dispositivo en la valija, por eso la abandonaron.

—Es lo esperado —acepta Jebb mientras le sigue el paso—. Pero, ¿por qué razón abandonarían las carpetas de William? El *incógnito* que usurpó la valija era perseguido por un comando élite. No tuvo tiempo de examinar las carpetas y descubrir que eran documentos falsos; alguien lo alertó.

Victoria se queda congelada con los ojos bien abiertos. Hasta ese momento, ella desconocía que las carpetas en la valija eran falsas, Jebb le había omitido dicha información.

—Pero... ¿quién en medio de una persecución pudo alertarlo? —Cuestiona Victoria—. Los secuestradores no podrían conocer esa información.

—El *incógnito* no era uno de los secuestradores —interrumpe Martín con firmeza; todos detienen la marcha frente al elevador y lo observan fijamente—. Aquellos hombres eran avaros, deseaban con ansias controlar aquella información. Ninguno de los mercenarios hubiese desechado los documentos.

Jebb asiente un poco perplejo, le sorprende la seguridad en las palabras de Martín.

—Sospechamos que pudo tratarse de un elemento externo al operativo —suelta Jebb—. Alguien distinto a los mercenarios y a nuestra unidad; alguien que estaba al tanto de la operación, y recibía informes de primera mano. Es justo eso lo que tratamos de averiguar.

—Entonces, alguien interno filtró información —deduce Victoria en voz baja.

—Así es, lo cual es muy grave para nuestro departamento.

—¡Ya veo! Entonces ahora todos somos sospechosos —concluye Victoria.

La sospecha de la filtración de datos, dentro de la operación secreta, es el elemento que más inquieta a Jebb, por encima incluso de la pérdida del dinero. Las operaciones de las unidades especiales se basan en la discreción y la seguridad en el manejo de la información. Si alguien filtró datos en la unidad que él comanda, necesita averiguarlo. Nadie dormirá seguro hasta sellar aquella grieta.

¡El Círculo de la Corona! —piensa Martín—. *Ellos son el elemento externo.*
Recuerda al instante la descripción sobre el *Círculo de la Corona* que su padre realizó en La Alézeya: *"Son fantasmas ocultos en instituciones, corporaciones y gobiernos; atisban desde lo secreto, incluso en los abismos de lo prohibido. Moran en los extramuros de la ley. No enfrentan límites; ellos controlan el sistema".*

—Agradezco el apoyo de su unidad en el rescate de mi hijo, oficial Jebb —comenta Victoria cuando se abre la puerta del ascensor y agrega en tono firme—. Colaboraré en su investigación. Pero debe notificarnos sobre el tipo de indagatorias a las que seremos sometidos; también velaremos porque nuestros derechos no sean vulnerados.
—¡Así se hará! —responde Jebb.

Victoria y Martín caminan hacia el interior del ascensor en láminas de cristal, Jebb los observa firme hasta que las puertas se cierran. Martín lo mira suspicaz hasta que el artefacto desciende el piso; va pensativo, él no descarta detalles a la ligera. La presencia de un *incógnito* en el operativo de rescate lo inquieta. *"¿Cómo explicar que en medio de una persecución, aquel hombre dedujera la falsedad de los documentos en la valija?* —razona—. *Algo no concuerda. Si el Círculo de la Corona infiltró el operativo, es porque también les interesaban los archivos secretos de mi padre; y esta información la pudieron haber obtenido de los mercenarios. Pero, ¿por qué desecharon las carpetas en última instancia?"*

—Hay un traidor en el equipo de Jebb —comenta Martín, una vez ingresa al auto con su madre. Ella frunce el ceño, muestra deseo de reprocharlo. Él prosigue—. El saboteo del operativo fue premeditado, el *incógnito* conocía el sitio de la entrega de la valija con las carpetas, y también estaba al tanto de los reportes de la ubicación de la valija, por eso localizó al *mensajero* de los mercenarios. Luego durante el escape, alguien informó al *incógnito* que los documentos eran falsos, por eso los desechó y se llevó el dinero. Ahora, ¿cómo obtuvo toda esa información?... la única posibilidad es que alguien dentro de la propia DEA le informara en tiempo como se desarrollaban las acciones.

—¡Por favor, Martín! —Victoria tensa las manos en el volante—. Son muy graves tus afirmaciones. Es mejor que en nuestra posición no hagamos ese tipo de conjeturas. Cuéntame de nuestro compromiso, ¿entregaste La Alézeya?

—Espero me comprendas, mamá, pero hay un código oculto en La Alézeya que creo debemos resolver primero.

—¡Por Dios, Martín! —Victoria salta en la silla y da un volantazo, luego se encarrila y controla el impulso de la cólera—. Esto no es un juego, es un asunto peligroso. ¿Te imaginas qué hubiese pasado si los oficiales de la DEA se enteran que los documentos de tu padre estaban en tu mochila?

—Lo siento madre, pero la presencia de un *incógnito* y la filtración de datos durante mi rescate, no son buenas señales.

—No podemos mentirles a las autoridades y pensar que no habrá repercusión, Martín —se lamenta Victoria con amargura.

Desde el asiento del copiloto Martín le lanza un reojo, sospecha que ella trata de restarle importancia al asunto de la filtración de datos dentro de la DEA, pero la tensión en sus manos delata su nerviosismo. Él aprieta los labios y con las manos se masajea las rodillas. Luego baja la cabeza en señal de sujeción, evita que su insolencia arroje a su madre otra vez al llanto. Guarda la esperanza que ella advierta los peligros que los acechan, aunque comprende las razones por las que ella, en su instinto maternal, trata de protegerlo.

Se reclina en la silla, apoya la cabeza en el respaldar y cierra los ojos. Revive en su mente la última vez que compartió con su padre. Sucedió a las afueras de Bogotá, en la hacienda donde se refugiaron cuando empezó su persecución. Camuflado en una furgoneta de una cadena de televisión, William se arriesgó a visitarlos en aquella fortaleza, una casa custodiada por seguridad privada y oficial. Para esa época ya él conocía que su padre era requerido por la justicia, y que las empresas Mancini eran acusadas de ser testaferros del narcotráfico. Pero esa noche su padre lo convenció de que aquello era un complot de las autoridades, que pronto se solucionaría y la verdad saldría a la luz. Prometió que él los protegería y que nada malo le sucedería a la familia.

Martín se percata que su padre presintió que incumpliría esa promesa. Era imposible que luego de escarbar en los secretos de enemigos tan poderosos como los *jinetes* del *Círculo de la Corona*, saliera ileso, se hizo consciente que nunca gozaría de paz, ni él, ni su familia. Por eso, escribió La Alézeya, con códigos ocultos bajo capas de seguridad, para proteger mensajes secretos dirigidos solo a él, para que protegiera a la familia.

"*¡Estamos en peligro!* —se retuerce Martín en la silla del carro y abre los ojos despavorido. Quisiera esbozarlo a su madre y que ella pudiera aceptar la realidad, pero cada vez que lo intenta, solo logra molestarla. Así que grita en su pensamiento—. *Cuán equivocados estamos. La persecución a la familia no cesará con la muerte de mi padre. Por el contrario, se intensificará.*"

CAPÍTULO XLI

Ciudad de México

Después del mediodía, Elkin llega al aeropuerto internacional Benito Juárez; en primera clase de un vuelo comercial procedente de Medellín. Tras unas gafas de sol oculta los párpados abultados del trasnocho. Viste un traje ejecutivo azul, sin corbata. Su rostro muestra firmeza, con una barba de tres días y los maseteros contraídos. Durante la noche y parte de la madrugada, desde su estudio, había monitoreado el operativo de rescate de Martín y el traslado de su familia a Miami. El general Cuauhtémoc Sánchez le resumió las incidencias por teléfono: unidades de inteligencia mexicanas, en colaboración con la DEA y un comando de fuerzas especiales, habían logrado la liberación de su sobrino en una hacienda a las afueras de la ciudad. En plena madrugada, cuando Elkin ya se disponía a ir a la cama, recibió una llamada en su teléfono cifrado de otro contacto en Ciudad de México.

—Necesito que nos reunamos —le dijo deprisa—. Es urgente. Surgió algo inesperado.

—De acuerdo, estaré allí al mediodía —confirmó Elkin.

—Perfecto, mismo lugar, misma hora.

Desde el aeropuerto Benito Juárez, Elkin contacta a Victoria por celular. Bajo un ataque de paranoia, encerrada en el estudio de su casa, ella borra todos los archivos privados de su computador personal y de sus redes sociales.

—A la caída de la tarde estaré en Miami —comenta Elkin—. Necesito verte.

—Igual yo, *frère*. Hay cosas delicadas por tratar. Creo que están más cerca de lo que pensamos.

—En mi propiedad de Fort Lauderdale, 6:00 P.M.

—Confirmado.

Elkin sale del aeropuerto a bordo de un Audi A6 negro que rentó. Sin reservas se encamina al sitio de encuentro con su contacto: un parque boscoso con grandes lagunas y bambúes, al sur de la ciudad. Al llegar, se detiene justo detrás de un Mercedes Benz plateado con vidrios polarizados, estacionado a un costado del camino dentro del parque. Baja del coche y, mientras arregla los puños de su camisa bajo el saco, camina con determinación hacia el Mercedes. Abre la puerta y toma el asiento del copiloto.

—Llegas a tiempo —comenta un sujeto que está al volante, viste traje gris con una corbata roja. En su mano derecha sujeta un vaso plástico con café apoyado al muslo. Se ve nervioso, también lleva la cara abotagada y ojeras violáceas. Lanza un reojo a Elkin, y luego posa su mirada en la vía asfaltada en medio del lago y el bosque de cipreses.

A esa hora, cuando los rayos verticales del sol rompen la sombra de los árboles, el parque se apresta solitario. Sólo un puñado de transeúntes caminan por la acera.

—Pláceme verte, Marcos —saluda Elkin—. ¿Qué es tan urgente?

Marcos Saldarriaga: analista de una agencia de seguridad estadunidense ubicada en Ciudad de México. Se dedica a la interceptación de datos y a la investigación de sospechosos que se perfilan como posibles terroristas internacionales. Es un especialista en seleccionar objetivos. Hace siete años, durante su tiempo en la Academia Naval de Annapolis, Maryland, Marcos conoció a Elkin, donde ambos estudiaron física. Después de graduarse, fue reclutado por la Agencia Nacional de Seguridad para formar una célula de informáticos y especialistas en radiofrecuencia, enfocada en interceptación de comunicaciones entre narcotraficantes mexicanos y sus contactos en los Estados Unidos de América.

Desde que Elkin fundó su agencia secreta, el *Punto Cero*, en un edificio del centro de Medellín, ambos intercambiaban de forma extraoficial, información de seguridad nacional.

—No son buenos tiempos, camarada —Marcos tamborilea el volante con el pulgar izquierdo—. Confirmé la información que me enviaste. Tengo grabaciones de un contacto privado del general Urdaneta con ejecutivos mexicanos quien, a su vez, transfiere datos a oficiales de alto mando aquí en México. Estos generales han conformado una mafia militar transnacional de carácter rentista. No sabemos cuántos oficiales de aquí y de allá están implicados en operaciones ilegales —Marcos gira la cabeza y mira a Elkin a los ojos—. Los carteles colombianos y mexicanos pagan rentas a estos militares. Lo hacen a través de inversionistas y de empresas fachadas en Panamá y las Bahamas. Rastreamos esos pagos y algunas cuentas subsidiarias se registran a nombre de familiares cercanos a varios de estos generales.

Elkin aguarda en silencio con los brazos cruzados. Marcos le pasa un sobre manila que saca de la guantera. Elkin lo toma en sus manos y le echa una ojeada a los documentos en su interior.

—Es la única interceptación que hemos descifrado del general Urdaneta, en ella intercambia con un general mexicano, y coordinan un encuentro extraoficial en Las Bahamas la próxima semana. Creo que ambos son parte del llamado *Círculo de la Corona*.

—¿*Círculo de la Corona*? —Elkin frunce el ceño—. ¿Crees que el general Urdaneta sea parte de dicha organización?

—No podría confirmarlo. Pero, sin dudas, el encuentro de las Bahamas nos dará luces.

Elkin asiente, vuelve a acomodar los documentos con la transcripción dentro del sobre. En el fondo hay un *pendrive*, lo toma entre sus dedos.

—Es la grabación encriptada —comenta Marcos.

—Entonces, ¿enfrentamos a generales corruptos que hacen del narcotráfico un negocio?

—¡Lo controlan! —corrige Marcos, da un sorbo presuroso a su café; ahora parece fatigado, se desajusta un poco la corbata—. Controlan los carteles y el mercado, mantienen la oferta baja para que los precios se mantengan altos. Dirigen la lucha antidroga según su conveniencia. Quienes no se pliegan a sus órdenes los capturan y extraditan.

Elkin contrae los maseteros y mueve el *pendrive* en sus dedos.

—Las pruebas aún son insuficientes, Marcos —dice y desliza el dispositivo dentro del sobre—. Estos corruptos controlan la policía y los departamentos de inteligencia en nuestros países, de modo que, cuando se sientan amenazados, fabricarán evidencias, crearán montajes, manipularán a testigos, y si aparece un idealista insobornable, lo asesinarán. Harán que los jueces desestimen cualquier evidencia endeble.

—Eso es lo peligroso del asunto —Marcos abre los ojos como platos—. Ellos controlan las instituciones. Están al mando de la inteligencia policial y subyugan la contrainteligencia. No dudarán en asesinarnos si sospechan que los investigamos.

Elkin desvía la mirada hacia la vía cubierta de hojas secas remecidas por la brisa. Dobla el sobre en su mano y lo guarda en el bolsillo interior del blazer.

—¿Qué tiene que ver esto con la muerte de William? —se gira a su interlocutor.

—Tu cuñado poseía información que involucra a mucha gente poderosa —señala Marcos con voz agitada—, a gobiernos, altos mandos militares, agencias de seguridad y hasta las mafias del narcotráfico. Cualquiera pudo asesinarlo. Él conocía a los *jinetes* del *Círculo de la Corona*. Heredó la información de los espías *Cooperantes*, por eso lo asesinaron.

Marcos masajea el vaso de café en su mano derecha y toma otro sorbo, luego saca un cigarro de una caja en el bolsillo de su pantalón, hace un gesto para llevarlo a su boca, pero se detiene en el acto.

—Creo que, si continuamos con esto, correremos la misma suerte que tu cuñado —enciende el cigarro y da una calada presurosa, abre un poco la ventanilla del auto y expulsa el chorro de humo al exterior—. ¿Te imaginas qué sucederá si componentes de la DEA son parte de esta organización? ¿O, si en realidad, generales corruptos de varios países son quienes forman el gran *Círculo de la Corona*?

Elkin traga en seco, los músculos maseteros se tensan bajo sus mejillas.

—Quedaríamos expuestos, camarada —prosigue Marcos—. No tendríamos en quién confiar. Ellos saben cómo nos movemos. Nos eliminarán.

—Aún no lo han hecho, Marcos, ni lo harán. Hemos sido prudentes.

—Pero tan pronto filtremos una información, lo averiguarán y nos encontrarán.

Elkin mira a Marcos a los ojos, nota el miedo tatuado en el rostro de su colega. Sabe que Marcos no es un hombre de acción, hace años lleva una doble vida detrás de un computador; ni siquiera su esposa conoce las implicaciones de su verdadero trabajo.

—Tengo una familia —descarga Marcos—. Lo único que deseo es regresar a casa todas las noches y cenar con ellos. No puedo seguir más en esto, camarada. Cada vez resulta más peligroso.

En el fondo del parque, sobre la vía que cruza detrás de unos guaduales, gira despacio una camioneta Toyota negra. Dos sujetos con sombreros blanco y marrón van en la parte delantera. Marcos se perturba. Apaga el cigarrillo y sube el cristal de la ventanilla.

—Debo marcharme —farfulla, no coordina bien los movimientos de sus manos, los ojos se mueven frenéticos en todas las direcciones.

—Fue grato verte, camarada —Elkin asiente—. Estaremos en contacto.

CAPÍTULO XLII

Al caer la tarde, Victoria conduce su Lexus SUV plateado desde Coral Gables hasta una impresionante mansión blanca con ventanas reflectantes en la costa de Fort Lauderdale. Esta propiedad de tres plantas con terraza jardín y vista panorámica al océano se encuentra en disputa legal entre Elkin y su exesposa, la médica Paulina Villamizar. Desde que inició el proceso de divorcio hace más de seis meses, la casa ha estado deshabitada, lo que llevó a Elkin a considerarla el lugar ideal para reunirse en privado con su hermana.

Victoria salta de júbilo al ver a su hermano, lo besa en ambas mejillas y lo abraza con fuerza. A pesar de que ella lo describe como un rebelde, confía plenamente en él. A su modo de ver, Elkin es un patriota amante de causas perdidas, comprometido en lo secreto en la defensa del país; a veces, incluso, sin discernir que sus acciones indirectamente benefician a aquellas oligarquías retrógradas que él tanto detesta. Aunque sus padres le inculcaron el amor por la familia y a la patria, Elkin practica esos valores de acuerdo a sus propias convicciones.

"Para que un país prospere y sus ciudadanos gocen de derechos, muchos deberán sacrificarse y luchar por las causas justas. Ningún

cambio se obtiene de la inacción" —solía repetir su padre, y Elkin asumió aquellas palabras como una guía en su vida.

Elkin conduce a Victoria por la sala comedor del segundo piso con circunspección. Un sofá de terciopelo blanco de origen francés ocupa el recibidor, mientras lámparas de Murano cuelgan del centro del techo. Al fondo, sillas Luis XV rodean mesitas con jarrones de porcelana antigua en una pequeña sala para tés. En una vitrina cercana, se pueden distinguir juegos de cristalería de la última dinastía rusa. Victoria siempre ha creído que su hermano tiene gustos extravagantes, y el excesivo aire ostentoso de la casa parece confirmarlo.

De un escritorio de madera tallada, Elkin toma una lujosa caja de caoba para cigarros y le ofrece uno a Victoria.

—¡Davidoff! —le dice.

Él sabe que ella fuma bajo tensión y que esos cigarros son sus favoritos. Inició a su hermana en aquel vicio desde muy jóvenes, cuando aún la familia vivía en París. De un mueble bar toma una botella de coñac Napoleón y escancia el licor en dos copas, le agrega un cubo de hielo al de Victoria.

—Hoy fuimos interrogados por la DEA y el FBI —comenta ella. Da una calada a su cigarro y expulsa un chorro de humo por su boca—. Sospechan que ocultamos información de William.

—¿Qué les hace pensar eso?

Camina junto a su hermana hacia la terraza, toman asiento en torno a una mesita de madera bajo una pérgola que mira a la playa. En el horizonte, el sol anaranjado se zambulle en el mar.

—Les entregué los documentos que Martín encontró en "Las Praderas", pero ellos temen que ocultamos más información.

—¿Por qué?... ¿de qué iban los archivos que halló Martín?

Elkin se da un trago de coñac. Enciende su cigarro. Da una calada y concentra su atención en Victoria.

—Rutas de lavado de dinero, contactos del cartel Reinoso-Paredes en Panamá y Las Bahamas, así como sobornos a funcionarios públicos en Colombia —señala Victoria, lanza otra bocanada de humo y remoja su boca con el coñac—. Las sospechas nacen a raíz de que Martín prometió a sus captores entregarles otras evidencias de William a cambio de su liberación.

Elkin frunce el ceño.

—Pero, ¿qué crees tú? ¿Sospechas que Martín conozca más información sobre William?

—Es probable, pero ignoro qué conoce en realidad. Sabes que es muy hermético, desconozco a fondo sus inquietudes. Pero evito presionarlo.

—¿Y aún insiste en escarbar en aquella historia?

—Eso lo llevó a México. Fue imprudente su proceder.

—La mezcla de ingenuidad con curiosidad es una mala combinación en este universo. Será mejor mantenerlo al margen de todo.

—Cada vez es más difícil.

—Lo sé, pero debes evitar que se inmiscuya —Elkin toma un trago y coloca la copa sobre la mesa—. No sabemos a dónde conduce todo esto.

Ella da una larga calada y sacude el cigarro en el cenicero. Parpadea, su mirada refleja la luz del sol mortecino en el horizonte.

—Después de la pérdida de Isabel, lo único que deseo es olvidar el pasado —gira la cabeza hacia su hermano—; carteles, venganzas, lavado de dinero, corrupción. Estoy cansada de esconderme, *frère*. Sólo deseo reiniciar una nueva vida junto a Martín —un mechón de pelo rojizo se bate sobre su frente, ella lo alisa hacia atrás con la mano. Respira profundo, evita conmoverse con sus propias palabras—. Por ese motivo entregué todos los documentos de William a las autoridades.

Pensativo y con la mirada extasiada en los arreboles alados que se extienden sobre la costa, Elkin se levanta de la silla, da unos pasos hacia el balcón y aspira su cigarro. Lucha en silencio entre si respetar las razones de su hermana que desea recuperar su vida, o el deseo que lo embarga a develarle los secretos de su investigación. Victoria lo sigue con la vista, sabe que su hermano no viajó hasta allí por los documentos de William. Hay algo más.

—En la mañana tuve un encuentro con un contacto en México —se gira un poco turbado, el humo gris del tabaco se despide suave de su boca—. Está confirmado. Una mafia policial transnacional está ligada al lavado de dinero del narcotráfico. Generales como Urdaneta lideran operaciones en México, Panamá y Colombia. Ocultan grandes recursos tras un muro de compañías en paraísos fiscales, supervisadas por bufetes de abogados aquí en los Estados Unidos, y protegidos por muchos cortafuegos de compañías instrumentales. No dejan rastros. Son los amos de los carteles de las drogas y del tráfico de armas en Latinoamérica; los controlan. William conocía esta modalidad de operación; filtró evidencias a la prensa internacional, lo que derivó en una crisis de poder sin precedentes. Por eso lo asesinaron —Elkin toma otro trago de su copa en la mano derecha y mira directo a los ojos de Victoria; ahonda su aire de preocupación—. Es muy peligroso que las autoridades y, sobre todo, los enemigos de William sospechen que ustedes ocultan evidencias secretas. Querrán averiguar por sus medios y cortar de raíz cualquier incertidumbre.

Victoria cambia el cruce de sus piernas y de un trago desocupa el coñac de su copa. Elkin desvía la mirada y se pasea un poco tras el antepecho de la terraza.

—El general Urdaneta ordenó la muerte de William —asegura, unos segundos después—. Un escarmiento a quienes se atreven a husmear a los *jinetes* del *Círculo de la Corona*.

Victoria vuelve a aspirar su cigarro. Ahora parece nerviosa.

—La hermandad de los *Cooperantes* ya conoce esa verdad —afirma Victoria, y el labio inferior le tiembla un poco—. El *Anónimo X* le confirmó a Martín que corruptos de la policía colombiana asesinaron a su padre.

Elkin camina vacilante por la terraza y regresa a la silla. Ahora es él quien se ve preocupado. Se sienta en la poltrona, apoya los codos sobre sus rodillas y se inclina un poco hacia adelante.

—Sospecho que allegados al gobierno colombiano también están implicados en esta organización —comenta despacio—. El general Urdaneta ordenó al *B1* una operación de escuchas ilegales a políticos y a magistrados, todo esto en favor del gobierno. William reveló esta información, por eso corruptos dentro del *B1* filtraron sus códigos secretos. Creemos también que un alto funcionario de la DEA forma parte del *Círculo de la Corona*. Es un entramado que extiende sus tentáculos a muchos países e instituciones.

—*¡Oh, frère, Dieu nous protege!*

Victoria coloca la copa vacía sobre la mesa y mira alarmada a su hermano.

—Ena, lo que más deseo es que puedan reiniciar sus vidas —la voz de Elkin suena con aire compasivo—. Pero no puedes ignorar la realidad: *jinetes* del *Círculo de la Corona* sospechan que ustedes heredaron evidencias secretas de William que los compromete.

Victoria se muerde el labio inferior, entrelaza las manos entre sus rodillas y balancea la cabeza.

—Tengo que confiarte algo, *frère* —murmura, y tras una inspiración profunda continúa—. Para el rescate de Martín en México, la DEA montó un doble operativo. Un comando elite, apoyado por unidades mexicanas, se trasladó al sitio donde Martín estaba recluido. Otro comando, integrado por oficiales de la DEA, cubrió el lugar donde yo entregaría la valija. Los operativos se ejecutaron de forma simultánea. El rescate se dio justo cuando yo entregué la valija al *mensajero*. Pero un francotirador impidió que mi retaguardia recuperara la valija. El mensajero desapareció entre la multitud. Luego, el reporte oficial constató que un *incógnito*, alguien no vinculado al operativo, asesinó al mensajero y se quedó con la valija —Elkin hace un gesto de desconcierto—. La valija llevaba un localizador y una unidad la rastreó de inmediato. En menos de una hora, la encontraron en un hotel aledaño al sitio del hurto, sin el dinero y con las carpetas de William que Jebb cambió por otros falsos.

—¡Sorprendente! —salta Elkin y sacude la ceniza de su tabaco—. El *incógnito* sabía de antemano que los documentos eran falsos.

—Es probable —acepta Victoria amargamente. Vuelve a aspirar su cigarro, le corta la ceniza y lo sostiene entre sus dedos—. Pero creo que es peor —se pasa la mano por la nuca y traga en seco—. Aquel fue un operativo ultra secreto, hasta yo ignoraba que los documentos en las carpetas eran falsos. Era información manejada por un círculo muy estrecho. Imposible que se filtrase.

Elkin se queda atónito por un instante, luego zapatea en la alfombra con la punta de sus charoles.

—Definitivamente, el *incógnito* conocía del operativo y del contenido de la valija —vuelve a servirse coñac en la copa.

—Una filtración interna —concluye Victoria—. De todas las agencias participantes en el operativo, solo la unidad de Jebb dominaba esas confidencias del operativo.

—Pero, ¿por qué una unidad de la DEA buscaría quedarse con evidencias que ya reposan en su poder? —masculla Elkin. Da otra calada a su cigarro y apaga el cabo en el cenicero.

—Quizá el *incógnito* no era de la DEA, sino un cómplice que responde a *jinetes* del *Círculo de la Corona* —acuña Victoria. Vuelve a levantar su cigarro, pero lo deja a medio camino de su boca.

—Quizá el topo también recibía reportes a medida que avanzaban los operativos —razona Elkin—. Por eso supo que las carpetas eran falsas cuando la valija ya estaba en su poder.

Victoria se queda congelada.

—Si tus sospechas son ciertas, confirmaría las altas conexiones del *Círculo de la Corona* y su recelo con los archivos secretos de William —musita luego de unos segundos.

—Esto nos obliga a evaluar tu seguridad en este lugar —comenta Elkin precavido.

Victoria suelta el cigarro en el cenicero y se levanta de la silla. Ahora es ella quien camina hacia el otro extremo de la terraza. Siente que, como el sol que se hunde en el océano, ella también sucumbe frente al pasado que la absorbe.

—¿Cuándo acabará todo esto, *frère*? —se lamenta.

Elkin vuelve a desocupar su copa y la coloca sobre la mesa. Camina y se ubica al lado de su hermana; la brisa marina le pega fresca en el rostro.

—Creo que debemos terminar el trabajo que inició William —comenta firme—. Debemos exponer a los *jinetes* del *Círculo de la Corona*, descubrir quiénes son los líderes, cómo operan en cada país. Detrás de esa organización se ocultan los culpables de la muerte de William, solo de esta manera alcanzaremos verdadera justicia —hace una pausa y mira los ojos enrojecidos de Victoria—. Ellos se sienten amenazados en este momento; comenzarán a cometer errores, y nosotros debemos estar vigilantes para encontrar las evidencias que los delaten.

—No hay forma de derrotarlos, *frère* —Victoria balancea la cabeza—. Incluso si reuniéramos todas las evidencias, será difícil llevarlos a un juicio. La mayoría de estos sujetos goza de inmunidad militar y judicial. Se rodearán de prestigiosos abogados y lo negarán todo con vehemencia, se desestimarán las denuncias y prolongarán el proceso por décadas.

—Huir no fue lo que nos enseñó papá —expresa Elkin en tono decidido—. Una guerra que no se enfrenta estará siempre perdida.

Victoria admira de su hermano el arrojo y la determinación. Es un hombre de acción, acostumbrado a moverse entre las sombras y los finos hilos de las instituciones oficiales, incluso de varias agencias de inteligencia extranjera. Pero esta vez ella siente temor, no solo por Martín ni por ella, sino por toda su familia. Los fantasmas de la muerte vuelven a batirse sobre sus cabezas. Ella sabe que enfrentar el *Círculo de la Corona* es distinto que el CRP. Es desafiar a los vicios propios del sistema, enfrentarse a organizaciones que se mueven entre las fisuras de las leyes y los concilios de poder. Es imposible que su familia salga ilesa de tan arriesgada empresa, aunque es consciente que desde que inició la persecución a William, todos sobreviven ocultándose, y nada de ello cambiará con la inacción.

—La próxima semana *jinetes* del *Círculo de la Corona* se reunirán en Las Bahamas —murmura Victoria luego de un rato. Elkin se sorprende.

—¿Cómo lo has sabido? Es información ultra secreta. Me la dio el contacto de México en horas de la mañana.

—El *Anónimo X* se lo confió a Martín.

—Pero, ¿cómo él pudo saberlo?

—No estamos solos, *frère* —responde Victoria—. Los *Cooperantes* han socavado información importante sobre el *Círculo de la Corona*. Por eso los persiguen y asesinan. También sienten temor de ellos.

La noche le gana al día y el horizonte anaranjado se desvanece en la oscuridad. La ciudad se ilumina en cascada de norte a sur, luces parpadeantes surgen a lo largo de la costa y en los cruceros que surcan el océano.

—¡Viajaré a Nassau! —decide Elkin—. Si vamos a confrontar al *Círculo de la Corona*, necesitaremos evidencias imposibles de desestimar.

—No quisiera que te involucres —expresa Victoria.

—Alguien tiene que hacerlo —refiere Elkin—. Es lo que nos enseñó nuestro padre.

Ella mira a su hermano, los ojos se anegan de lágrimas. Sabe que no lo convencerá de lo contrario.

—Quiero que se oculten, por un tiempo —le aconseja Elkin a Victoria—. Tengo un amigo con un rancho en Asheville. Es una buena opción.

Victoria niega varias veces con la cabeza y desvía la mirada, cabizbaja.

—Me da tristeza con Martín —suspira y coloca una mano en su boca—. No termina de adaptarse a un lugar cuando lo muevo a otro. Es injusto con él.

—Pero es lo mejor en este momento, Ena —insiste Elkin.

—Me temo que tendré que pensarlo —camina despacio y vuelve a sentarse en el sillón, se sirve coñac y se da un trago—. Me preocupa también nuestro padre. Él lleva el proceso de las interceptaciones ilegales a senadores y periodistas. Aunque su nombre está dentro de la reserva judicial, en Colombia todo se filtra. Estos corruptos lo verán como una amenaza. Aquello podría acarrearle consecuencias indeseables.

—Es ingenuo. Él cree en una justicia independiente, sólida y sin menoscabo en Colombia —resopla Elkin—, lo cual es un engaño. El país se mueve por los intereses de élites que codician el dinero y el poder, sin conciencia de nación.

—Pero nuestro padre lo hace bien —le reprocha Victoria—. Si dejamos de creer en las instituciones habremos perdido, *frère*. No tendría sentido hacer lo que hacemos.

Victoria siempre fue como la voz de conciencia para su hermano, y él lo agradece. Conocer las dinámicas más viles del funcionamiento del estado, ha hecho que Elkin se cuestione sus propios valores personales, los de su clase social y los de la patria. Pero Victoria, con sus consejos, siempre lo hace retornar a los caminos de salvaguarda de la nación, principios que su padre les inculcó sin menoscabo.

"Aún son jóvenes, pero deben aprender sobre el amor patrio, el orden y el respeto a las instituciones. Estar dispuestos, si es necesario, a tomar el fusil y refrendar sus vidas por la salvación de la patria. Defendedla siempre, tanto de enemigos internos como externos. Un país se debe a las leyes que lo conforman, y a la conciencia de sus ciu-

dadanos, de sus derechos y sus deberes" —aquellos pensamientos constituían parte de la cátedra diaria de su padre desde que ambos eran niños.

—Ya he tomado en consideración la seguridad de mi padre —comenta Elkin con las manos en los bolsillos de su pantalón—. Su chofer es de los nuestros, de manera que monitoreamos todos sus movimientos.

—Me tranquilizas. Él es incapaz de ver la corrupción estructural dentro de las instituciones —lamenta Victoria—, y si lo percibe cree que las propias instituciones lo arreglarán

—Como dijiste, él hace bien su trabajo —replica Elkin con remordimiento—. Nosotros haremos el nuestro.

Victoria mira su reloj, se devuelve y coloca la copa sobre la mesa.

—Me tengo que marchar, *frère* —dice.

Elkin se apresura y camina junto a ella hacia la sala. Abre una valija de sobre un aparador y del interior extrae un *blackphone*; un celular con un sistema operativo adaptado y con protección grado militar.

—Quiero que lo guardes —le pide a su hermana—; cuenta con una línea segura de comunicación satelital cifrada. Es la vía que utilizaremos para comunicarnos.

Victoria mira la pantalla iluminada del dispositivo, tiene grabado el número privado de Elkin. Coloca el teléfono dentro de su bolso y abraza a su hermano.

—Prométeme que te cuidarás —le susurra.

—Así será. Esta misma noche regreso a Colombia. Estaré al tanto de ustedes.

Las puertas del ascensor se abren en la sala de estar, Victoria entra al compartimiento, Elkin la observa de pie hasta que el ascensor se cierra. Ambos lo piensan, pero ninguno lo expresa: *"Adiós hermano, adiós hermana, espero que no sea la última vez que nos veamos con vida"*.

CAPÍTULO XLIII

De regreso a Miami, Victoria conduce su Lexus plateado en medio de la bruma y las luces expandidas de autos que circulan por la interestatal. Ideas de intriga y persecución anidan en su cabeza: los departamentos de seguridad, que hasta el momento los han protegido, aparecen, de pronto, señalados como conspiradores.

"*¡Maldita paranoia!* —aprieta el volante y sacude la cabeza con furia—. *¿En quién confiar?*"

Acelera de forma inconsciente en la vía. Quiere desaparecer en la oscuridad. Gritar; gritar y no mirar atrás. Llorar de impotencia para que el cansancio la consuele. Mísera es la vida que no encuentra sosiego en el llanto. Pero se niega a derramar lágrimas. Nunca ha sido una cobarde; ha sufrido las más profundas tristezas sin hallar alivio, pero nunca se ha doblegado. Y definitivamente, no volverá a esconderse.

De pronto, la tranquiliza la idea de protegerse entre la multitud y exponer su vida en televisión; que el mundo conozca que ella y su hijo son víctimas de la corrupción política en Colombia y que nunca colaboró con el trabajo encubierto de su esposo, y mucho menos guarda evidencias secretas.

"*Pero, ¿qué lograré con ello?*" —se refuta.

El auto no recorre un kilómetro de distancia y ya desecha de raíz todo fundamento de aquella idea tan ingenua. Una declaración a los medios sería contraproducente. Revelaría a la opinión pública su verdadera identidad, convertiría su historia personal y familiar en un circo mediático. Buitres del amarillismo periodístico escarbarían por todos lados y enlodarían su pasado: el de ella, el de William y de las empresas Mancini.

"Quiero que se oculten por un tiempo... —resuena en su mente la voz de Elkin— *...Asheville es una buena opción".*

—¡¿Asheville?! —descarga en voz alta y tamborilea nerviosa los dedos en el volante—. ¡Por Dios, Elkin! ¿Hasta cuándo huiré del pasado?

Los pensamientos de Martín, en ese momento, sintonizan con los de Victoria. Encerrado en su alcoba, con los pelos alborotados y sumergido en un concierto de violines, durante la tarde lanzó trazos de colores sobre un lienzo templado en un bastidor. Con pinceladas irascibles plasmó los sentimientos que aún torturan.

"¿Cuándo terminará esta zozobra? —se seca la frente con las manos y suspira—. *¿Cómo escapar de las sombras que nos dan alcance?"*

Luego de haberse dejado llevar por el frenesí de la pintura, se desploma en el taburete frente a su obra. Se pregunta si lo que ha plasmado es una manifestación de sus propios dolores o los de su madre. Con el pincel angular en la mano, detiene el impulso de seguir retocando la imagen. Hay tantas emociones entremezcladas en el lienzo que teme añadir más trazos que solo amplifiquen el malestar acumulado en su pecho. Tal vez la pintura, como su propia vida, ya está saturada de manchas indelebles. Agregar más fondos oscuros para ocultarlas solo depreciaría la obra completa.

"*Padre, ¿cómo hurgar en tus secretos? ¿Cómo recorrer tus pasos sin exponer a nuestra familia al peligro?*"

El sonido de un claxon sobresalta a Victoria en la vía. Alarmada, estabiliza el volante de su auto y da paso a un Mazda que se adelanta por el carril izquierdo de la interestatal. El conductor le lanza una mirada ofuscada y un gesto obsceno. Ella inspira profundo; se auto recrimina la desatención. Se percata que la vida puede ser arrancada en un segundo y que solo la esperanza te impulsa a conservarla a pesar de la fragilidad.

"*¡Eso es!* —celebra de repente—. *No permitiré que me maten la esperanza ¡Retomaré el control de mi vida!*"

Luego de abandonar la interestatal, Victoria se detiene en un restaurante italiano; allí le empacan sopa de raviolis frescos, una lasaña de carne boloñesa para Martín y una vegetariana para ella.

Cuando arriba a su propiedad, siente el peso lúgubre de la mirada de Martín de pie tras el cristal de los ventanales, en el segundo piso. Ella le agita una mano desde el auto; él solo le inclina el rostro.

—Tengo una sorpresa para ti —le dice Martín, apenas su madre aparece en el ascensor de la casa. Ella lo saluda en francés y lo besa en cada mejilla.

—¿De qué se trata, hijo?

Sobre la mesa del comedor, Martín coloca la bolsa de papel que Victoria trae en la mano, mientras ella se quita la gabardina y la cuelga en un perchero en la sala.

—Quiero enseñarte algo —le comenta Martín con inusitado entusiasmo. Ella le sigue los pasos.

En su alcoba, Martín se adelanta presuroso hasta su área de trabajo en el fondo de la habitación. Gira con cuidado el caballete que sostiene la pintura que realizó durante la tarde.

Victoria emite un sonido de asombro y se cubre la boca con la mano.

En un lienzo de lino, de 81 x 65, pintado al óleo, sobre un fondo oscuro, ella distingue su rostro con una mirada plácida elevada al cielo. El pelo bruñido con colores suaves, en diferentes tonalidades, se difumina en las capas negras del trasfondo. Una sonrisa tenue de labios pálidos sobresale del retrato.

—*El rostro de Victoria* —comenta Martín con voz queda.

—¡Oh, Martín! —a Victoria le brillan los ojos—. Alborozas mi alma —se acerca a él y lo abraza con fuerza—. Es la sorpresa más grata que he recibido en años.

Cuando se desprende de Martín, vuelve a sumergirse en el retrato. Se percata del giro artístico de su hijo. Desde los cuatro años, cuando él tomó por primera vez un pincel en las manos, sus pinturas fueron conceptuales y abstractas, recreaban siempre la compleja realidad de su mundo interior. Sin embargo, *"El rostro de Victoria"*, era una obra impresionista llena de sensibilidad, pero plagada de simbolismos: el fondo oscuro refleja los peligros que surgen del pasado, el albor que ilumina el rostro expresa el discernimiento que da la razón, la mirada al cielo invita a trascender al plano de la esperanza, y la sonrisa tenue que emana del rostro muestra la victoria, aquella que disolverá el dolor simbolizado en la cabellera difuminada en las sombras.

—¡Es preciosa! —Victoria vuelve a abrazarlo y le da un beso en la frente—. Me honras con tu obra.

—Solo trato de inmortalizar tu bello rostro —la halaga él.

Ella sonríe melancólica, sabe que detrás de la lisonja tímida, Martín esconde sus temores. Ella capta los sentimientos subyacentes en la pintura, pero evita exponerlos.

—La pondré en mi habitación —comenta.

—Aún no está lista, mamá —aclara Martín.

—¡Pero, si es perfecta!

—Aún debo retocarle algunos trazos.

Ella no imagina, aparte de las capas de barniz, qué otros detalles él podría agregarle al lienzo, pero sabe que Martín es obsesivo con su arte. El psicólogo que lo atendía en su infancia, le había explicado a Victoria que la pintura era el refugio más efectivo de Martín para afrontar sus miedos. Cada trazo y cada color aún expresan un sentimiento o una emoción que se le dificulta construir en palabras. Ha desarrollado una técnica refinada, pero no pinta para ser interpretado. Es una forma de liberación, lo hace para él; es parte de su vida.

—Tengo hambre, mamá —Martín interrumpe el júbilo transitorio de Victoria—. ¿Qué trajiste de comer?

Sentados al comedor, Martín rememora que la lasaña era uno de los platos favoritos de Isabel.

—Era el único plato italiano que papá sabía preparar —manifiesta con ironía. El comentario hace reír a Victoria.

—En el arte de la cocina, tu padre deshonró a sus ancestros —acuña ella y vuelve a reír.

—Ni sabores ni aromas, ningún plato sazonaba bien —agrega Martín.

Por primera vez recuerdan a sus muertos sin tristezas ni lamentos. Aunque solo espantan con risas sus temores latentes, la aparente seguridad brindada por aquella ciudad empieza a derrumbarse. Ambos lo intuyen, pero ninguno quiere perturbar la velada con malos augurios; al menos, hasta que degusten la comida.

—¿Cómo te fue en la tarde, mamá? —inquiere Martín, después de terminar su lasaña—. ¿Viste al investigador como lo prometiste?

A Victoria le abruma el carácter obsesivo de Martín, se enseria demasiado rápido y no se desprende fácil de detalles pendientes. Ella hubiese preferido que olvidara este asunto en particular.

—Sí —le contesta tajante.

El ambiente plácido del comedor se tiñe de pronto de las reservas que habían intentado evitar.

—¿Es alguien de confianza?

—Es el mejor investigador que conozco, Martín. Trabajó con tu padre.

Victoria coloca los cubiertos alineados en la mesa, se limpia la boca con una servilleta de tela y levanta su copa de chianti.

—Se comprometió a viajar a Las Bahamas —agrega y se da un trago—. Si algo dudoso se da en ese encuentro, estoy segura que él lo descubrirá.

—Entonces, ¿crees que recaudaremos las evidencias en contra de los asesinos de mi padre? —salta Martín; lo hace como una reafirmación de un deseo más que una pregunta en sí—. ¿Luchará para que haya justicia?

Victoria lo mira a los ojos, le parece ver al mismo William sentado a su lado. Más sumiso y discreto, pero indudablemente, Martín posee el mismo carácter de su padre: firme e insaciable.

—Él hará las investigaciones, recolectará evidencias, pero allí termina su jurisdicción. La justicia la impartirá un juez, esto será otro asunto.

—Entonces él conoce los riesgos, ¿verdad? —comenta Martín erguido en la silla—. Que el temor no lo ahuyente de buscar.

—No lo hace por el dinero —afirma Victoria—. Él también tiene motivos personales.

—¿Puedo conocer su nombre?

—Ya sabes todo lo que debes saber, Martín —lo reprende Victoria de tajo—. Recuerda nuestro compromiso: mientras menos nos involucremos en esta investigación, mucho mejor.

Victoria termina de paladear el vino de su copa con mirada pensativa; luego vuelve a dirigirse hacia Martín.

—Hay algo que debo pedirte —le dice en tono circunspecto—. Evitaré ahondar en los motivos por los cuales conservaste La Alézeya. Pero debes entregármela, la mantendré bajo mi poder.

Martín traga en seco. El remordimiento por sus continuas faltas le impide contradecirla, aunque ignora las verdaderas pretensiones de su madre. Con ello solo retrasará su intento de descifrar el código oculto.

—Lo haré, madre —accede en tono indeciso—. Pero si lees el manuscrito, prepara el corazón para que veas las señales. La Alézeya no es solo un libro, es un organismo viviente, capaz de interactuar con nosotros a través de su propio lenguaje. Enmarca la voluntad de mi padre; pero a la vez, es un arma filosa en contra de sus enemigos.

—¡Estoy preparada, Martín! —susurra Victoria—. Lo leeré.

CAPÍTULO XLIV

Acomodada en el diván de su alcoba, Victoria se sumerge en la lectura de La Alézeya al filo de la medianoche. Mientras recorre con ávido interés las páginas del manuscrito, sus recuerdos se entrelazan, oscilando entre las penitencias de amor por William y la resignación por las pérdidas sufridas.

Del mismo sello y letra de William, Victoria advierte que un mes antes del atentado en el que falleció Isabel, William había llegado a un acuerdo con la fiscalía colombiana. Según el acuerdo, William proporcionaría pruebas en contra de los ejecutivos Reinoso-Paredes, a cambio de protección para su familia y la exclusión del Grupo Mancini de los procesos judiciales. Sin embargo, después del atentado en el sótano de la fiscalía, donde su familia resultó gravemente herida, William perdió la confianza en las instituciones y acusó a la propia unidad de protección y asistencia de la fiscalía de filtrar información de seguridad. Impulsado por el resentimiento y la traición, se embarcó en una guerra desigual en contra de sus enemigos.

Victoria desconocía cuántas veces William había salido de Colombia en misiones encubiertas, así como su papel junto al *Anónimo Z* en el reclutamiento de desertores del *B1* y de otras agencias de inteligencia, para fundar *"La hermandad de los Cooperantes"* en Washington, un complejo entramado de especialistas militares, analistas y dobles agentes internacionales que respondían a sus propios criterios de justicia. Los *Cooperantes* declararon la guerra a varias organizaciones delictivas transnacionales, incluyendo el gran *Círculo de la Corona*.

—¡Dios mío! —reacciona Victoria espantada.

Ahora ella comprende los peligros inherentes en La Alézeya. Todos los enemigos de la familia sospechan con razón, que el libro oculta datos en contra de los *jinetes* del *Círculo de la Corona*.

—¿Por qué implicaste a nuestro hijo en este asunto William? —Victoria se estremece y queda atónita con la mano en la boca por varios segundos, mientras en su mente confronta una dura realidad—. *"Martín es el Heredero. Él es el Heredero Insospechado".*

William era un hombre supersticioso y creía firmemente en la capacidad visionaria de los sueños. Su creencia en este tipo de revelaciones, lo llevó a afirmar con convicción inexorable, que había visto el surgimiento de un *Heredero Insospechado*. De igual forma como, meses antes de la desgracia, se le había revelado en sueños la muerte de Isabel:

"Como ráfaga luminosa Isabel surgió a mi vista, ella corría por un campo de flores con sus botines rojos. El pelo cobrizo era batido por el viento, su risa cantarina irrumpía la quietud. Yo corría tras ella, pero no conseguía atraparla. Ella se burlaba divertida. De pronto, me quedé solo en el campo, girando sobre mis pies con los brazos extendidos. Sentí éxtasis. No había otro lugar mejor. Luego me desprendí al suelo. Me arropó el olor a tierra húmeda y el frío arrastrado por la brisa. A la distancia, al borde de un acantilado, volví a observar a Isabel flotando en el aire. Las tiras de su vestido gris cenizo se esfumaban en

el horizonte anaranjado; su mirada, dos fosas abismales. Ella movió los labios; pronunció algo incompresible, en ese instante, un chorro de luz cegador se abrió desde su pecho y la esfumó en el viento".

Victoria se desvanece en su silla y gime ante el recuerdo triste que la desafía una vez más: la historia del *Heredero Insospechado*, la visión más aciaga e implacable de William. Esta profecía era atesorada con devoción por los agentes *Cooperantes*, y practicada como una religión. Antes de morir, cada *Cooperante* escoge a un *Heredero* y le transfiere todas sus evidencias secretas, quien, como un apóstol bajo una influencia ideológica poderosa, continúa la misión de su maestro para enfrentar las fuerzas oscuras del mal. Victoria recuerda la fecha exacta en la que todo comenzó, meses después de la muerte de Isabel, cuando ella y Martín ya vivían en el exilio, y William era perseguido por varias agencias de seguridad. En un encuentro clandestino en un hotel del centro de Miami, bajo la calidez de las sábanas y con las pieles desnudas rozándose en la oscuridad, William le compartió aquella visión recurrente que lo atormentaba.

"Tras el exterminio de los Cooperantes, la angustia y la desesperanza azotará cruelmente a sus Herederos, que perseguidos y desterrados se ocultarán bajo las sombras del secretismo, hasta el día que surgirá el augurio del Shemot: un huérfano en el exilio, el más frágil de todos, descifrará La Verdad, la guía que los unirá en la venganza, hasta derrotar a los malvados".

"Un Heredero que vendrá de los Cooperantes, pero externo a la hermandad, cosechará la confianza de los Centinelas y los Anónimos que sobrevivan a la matanza. Será un agente perspicaz, rebosado de inteligencia y con el don de las visiones. Todos lo respaldarán y lo cuidarán. Sus revelaciones los guiarán en la guerra frente a sus más

temibles enemigos. Sin la guía de este Insospechado ningún Cooperante y su familia sobrevivirá".

— *¡Por Dios, William! ¿Y cómo reconocerán los Cooperantes a este Insospechado?* —rememora Victoria.

— *Él nacerá para ello; es su misión. Será el único capaz de seguir las señales ocultas y encontrar a cada uno de los Cooperantes que sobrevivan a los tiempos de las torturas y la persecución despiadada. Él sabrá unirlos en un objetivo común. Ellos lo aceptarán como líder natural y le ofrendarán el resultado de todas sus investigaciones. Sólo cuando él tenga todas las evidencias secretas en sus manos, comprenderá su misión. Será un consagrado, el único capaz de ver las fisuras del sistema y descubrir cómo eliminar a los jinetes coronados. Mientras él no descifre su misión, muchos morirán".*

Victoria se da cuenta de que Martín cumple con algunas de las predicciones de William. Como hijo del fundador de los *Cooperantes* y un joven que vive en el exilio, fue él quien siguió las señales ocultas de su padre en un reloj y descubrió el libro de La Verdad cifrado como La Alézeya. También encontró al *Anónimo X* en México y, a pesar de apenas conocerlo, este *Cooperante* confió en él y le legó un dispositivo electrónico con sus evidencias secretas. Además, lo comprometió con una misión: encontrar al *Anónimo Z*.

"*¡Por Dios, William!* —se sobresalta Victoria, sus ojos se llenan de lágrimas y golpea con rabia La Alézeya en sus rodillas—. *¿A dónde conduce esta locura? ¿Por qué involucraste a mi hijo en tus deseos más absurdos?*"

Cierra de golpe La Alézeya e inspira profundo varias veces buscando dominarse. Doblada en la silla, y con el libro apoyado en su regazo, permanece inmóvil por varios segundos; con el camisón blanco y los cabellos lánguidos caídos sobre sus hombros parece una estatua de cera que se deshace. Ahora comprende el recelo de Martín para desprenderse de La Alézeya; él conoce a profundidad la relevancia del libro y se considera ahora su protector.

Aquel libro, en manos equivocadas, pondría en peligro no solo a la familia Mancini, sino a todos los *Cooperantes* y su descendencia. Al igual que Martín, Victoria sospecha que existe un código oculto en el manuscrito que detalla la información de sucesos y operaciones en los que William y los *Cooperantes* tomaron parte. Además, también perfila los designios que le fueron revelados a través de visiones y sueños.

"La Alézeya es un ser vivo" —Victoria recuerda las palabras de Martín—. *Y, ¿qué tal si William codificó La Alézeya para revelar secretos dirigidos personalmente a Martín?* —reflexiona—. *¿Un código del Heredero? ¿Una instrucción que le enseña cómo encontrar a los Cooperantes y cumplir su misión?".*

Victoria sabe que los *Cooperantes* usaban programas informáticos para descifrar sus mensajes ocultos: palabras o frases escondidas en sus comunicaciones, códigos con infinidad de significados, ocultos tras capas y más capas de seguridad.

—Si en verdad existe el código del *Heredero* en La Alézeya, yo lo enterraré —reniega Victoria en voz alta—. ¿Para qué enfrentar a los *jinetes coronados*? ¿Qué ganaremos con ello, William? Nunca podremos derrotarlos.

Victoria se percata que, al caer la tarde, le había planteado la misma realidad a su hermano, Elkin: *"nunca podremos derrotarlos"*, pero él, sin embargo, había citado una máxima frecuente en boca de su padre, Pedro Antonio Sarmiento: *"una guerra que no se libra, es una guerra perdida"*.

Extenuada, Victoria coloca La Alézeya sobre la mesita de noche y camina nerviosa por su alcoba. Cuando por fin se mete bajo las sábanas púrpuras de su cama aún se siente agitada, y presagia otra larga noche de desvelo.

—¿Cuánto mal hemos hecho para merecer tanto castigo? —apaga la luz del nochero y se queda pensativa con los ojos abiertos en la oscuridad.

Odia la autocompasión, pero en ese momento de remordimientos consiente la idea de esconderse, huir tan lejos como pueda y evitar que Martín se inmiscuya en la empresa más absurda de su padre: *"convertirlo en un Heredero Insospechado, esperanza de un grupo de espías desertores. ¿Cómo puede suceder tal desatino? Mientras yo viva impediré con todas mis fuerzas esta locura. No dejaré que maten a mi hijo".*

CAPÍTULO XLV

Después de luchar contra las pesadillas, Victoria finalmente se rinde al sueño. Sin embargo, apenas ha pasado una hora cuando un crujido en la puerta eléctrica de la cerca la sobresalta. Entre las mantas, percibe un arrastre seguido de un silencio, y luego escucha pisadas de botas en el camino asfaltado. Alguien ha entrado en la propiedad.

Salta de la cama y frotándose los ojos, camina descalza sobre la moqueta hasta el ventanal. Descorre un poco la cortina y se estremece ante la sombra de dos sujetos en chaquetas que caminan hacia el interior de la propiedad. Uno de ellos sostiene en la mano derecha, una automática con silenciador, el otro manipula un dispositivo apoyado al abdomen.

Al instante, Victoria siente un fuerte disparo de adrenalina que despierta todas las células de su cuerpo y le corta la respiración. Sin hacer ruido, se apresura a correr hasta el teléfono inalámbrico que está en el nochero. Marca rápidamente el 911, intenta hablar, pero solo escucha el eco de su susurro pidiendo auxilio.

—¡No puede ser! —la invade el miedo. En su celular la línea telefónica también está bloqueada. El dispositivo portátil que traen los sujetos parece interferir con la señal.

Victoria desliza la mano por debajo de la primera gaveta de su nochero, y toma una Beretta 9 mm adherida con cintas debajo de la cajonera. Rueda con destreza la corredera del arma y le carga el cartucho. En su mano izquierda toma La Alézeya, las llaves del auto y el celular encriptado que le dio Elkin. Guiada por la luz que se filtra por los ventanales, corre descalza por el pasillo del tercer piso hasta la habitación de Martín.

Apenas abre la puerta de la habitación, Martín se despierta alarmado. Desde el secuestro, a él tampoco le resulta fácil conciliar el sueño.

—Tranquilo, hijo— le susurra Victoria.

—¿Qué pasa, mamá? —se pone en pie Martín.

Preso del cansancio, se había tendido sobre la cama con la ropa y los zapatos con los que anduvo durante el día. Victoria se acerca agitada y lo alerta en voz baja:

—Debemos salir de la casa. Hay intrusos en la propiedad.

Victoria corre hacia el escritorio y toma la mochila de Martín. Allí él guarda la carpeta azul: *"abrir solo en caso de necesidad extrema"*, y ella deposita La Alézeya y el teléfono satelital que Elkin le regaló.

—Llama al 911 —sugiere Martín con evidente nerviosismo.

—Bloquearon la señal —susurra Victoria, y le coloca la mochila en la espalda.

—¿Y qué vamos a hacer? —Martín se queda estupefacto cuando distingue el destello de la pistola en las manos de su madre.

Victoria extiende su mano izquierda a la mejilla de Martín y lo mira a los ojos resplandecientes en la oscuridad.

—No temas, hijo. Te sacaré de aquí —lo alienta—. Solo quiero que sigas mis pasos. Iremos al segundo piso.

Con el arma en ristre, Victoria sale de la habitación, seguida de Martín. Se mueven rápido por el pasillo, conscientes de que si los intrusos son profesionales, desactivarán la alarma antes de entrar a la casa, dándoles unos valiosos minutos de ventaja. Guiados más por la intuición que por la vista, descienden las escaleras en penumbras hasta el segundo piso con pasos sigilosos. Con las manos sudorosas sujetas a las correas de su mochila, Martín camina detrás, aterrado se mueve con dificultad.

Después de un leve traquido en los goznes, la puerta del primer nivel se abre de par en par y la alarma queda inutilizada sin activarse. Victoria empuña el arma y se esconde detrás de uno de los sofás modulares que llenan la sala de estar, Martín se oculta detrás de otro, frente a las persianas verticales que cubren los ventanales que dan al jardín de la plazoleta. Para evitar cansarse, Victoria hinca una rodilla en el piso y apoya el arma sobre su muslo derecho, mantiene su dedo índice tenso en el gatillo y mientras espera respira con lentitud.

Pasos atenuados de botas se escuchan ascender por los peldaños de travertino. Le precede un haz de luz tubular que rompe la oscuridad silenciosa; las pisadas se acercan cautelosas hasta el segundo piso. Dos chorros de luz, de linternas tácticas, barren las penumbras y se proyectan como lunas llenas en las paredes de la sala, en el comedor, en el pasillo, en la isla de la cocina y se entrecruzan por encima del sofá donde Victoria y Martín se ocultan. Martín ve las luces girar en las persianas tras él. Tras el espaldar del sillón con las manos firmes, Victoria observa la sombra de los intrusos que merodean por la sala; la luz brota desde una linterna en su mano izquierda. Un sujeto camina hacia el estudio; es un hombre alto y musculoso. Victoria percibe su respiración acompasada, el aroma añejo del sudor en la chaqueta de cuero, la tensión en sus brazos.

El intruso se gira sobre sus pies, guiado por su perspicacia sensorial y sintiendo la mirada de Victoria. Se encamina hacia el sofá con la pistola a la altura de sus ojos. El círculo de la luz de su linterna se refleja en las cortinas. Victoria escucha las pisadas sigilosas del hombre acercándose hacia ella. Aquel hombre también presiente el peligro. Ella teme lo peor, Martín cierra los ojos y empuña con fuerza su mochila.

Victoria aguanta la respiración y sostiene con firmeza su pistola. La adrenalina domina su cuerpo y se prepara para neutralizar al intruso. Un paso más y será su fin. En ese momento, el otro asaltante apunta su linterna a la espalda de su compañero. Este se voltea y recibe una señal con el pulgar para subir al tercer piso, parecen haber comprendido que las habitaciones se encuentran allí. El hombre en la sala asiente, se aleja del sofá y se dirige a la escalera. Desde el primer escalón, mira con sospecha y vuelve a iluminar las cortinas detrás de los sofás. Victoria observa cómo sus sombras se mueven lentamente hacia arriba por las escaleras.

"Son profesionales" —deduce por la economía de sus movimientos, la forma como empuñan sus pistolas y las botas *swat*.

Se siente tentada a levantarse y dispararles por la espalda para defender su hogar y proteger a su hijo, pero se controla a sí misma y restringe el impulso de la sed de sangre que la embarga. Se había prometido a sí misma no volver a disparar, o al menos evitar ser la primera en hacerlo. Aunque reconoce que las circunstancias han cambiado y que está preparada para enfrentar ese tipo de situación.

Los intrusos suben al tercer piso con sigilo. Victoria, calcula mentalmente el tiempo que les llevará recorrer el pasillo y entrar en cada habitación. Se pone de pie detrás del sofá y hace una seña a Martín para que la siga. Con su arma lista, cubre la escalera mientras espera a que Martín descienda algunos escalones. Ella lo sigue. Juntos, atraviesan el recibidor del primer piso y a oscuras salen al exterior.

—Al auto, corre, Martín —ordena Victoria. Activa las llaves del carro en su mano izquierda, y el Lexus estacionado bajo una marquesina, se enciende.

Sobre la grama húmeda que se desliza bajo sus pies descalzos, Victoria corre hacia el auto. Los intrusos, que ya están en las habitaciones, se alarman con el rugido del auto al encenderse. Intuyendo lo que sucede, uno de ellos baja furioso por las escaleras mientras el otro corre hacia el balcón del tercer piso.

Victoria abre la puerta del carro y se abalanza al puesto del piloto, en el acto se golpea las pantorrillas con el asiento y se dobla adolorida.

—¡Vamos, mamá, ya vienen! —grita Martín al escuchar el estruendo del sujeto que desciende por las escaleras.

Victoria da un portazo. Mueve la palanca de cambios y acelera en reversa. En el afán por maniobrar el volante, la pistola se desliza entre sus piernas y cae sobre el tapete del auto. Cuando intenta recogerla, el intruso en el balcón del tercer piso, hace varios disparos.

Las balas silenciadas impactan en el techo del auto que da un giro en U sobre la grama. Victoria alinea los ejes, cambia la palanca de cambios, pisa a fondo el acelerador, y el auto se desprende como un bólido en el asfalto. El otro atacante alcanza la puerta de la casa y, frenético, ejecuta una ráfaga de disparos que atraviesan la luneta del Lexus. Martín da un grito y se dobla en la silla del copiloto con la mochila entre sus piernas.

El auto avanza a toda velocidad por la vía interna de la propiedad, golpea la cerca entreabierta y arranca el retrovisor del lado del copiloto. Al salir a la vía, los amortiguadores hidráulicos absorben el impacto y evitan una caída brusca. Los neumáticos chirrían y dejan una estela de humo con olor a hule quemado sobre el pavimento.

El mercenario que corre detrás del auto dispara su arma automática una vez más, y algunos de los tiros impactan en el parachoques. Victoria endereza la dirección del auto y acelera por la vía desierta. En el espejo retrovisor interno, ve al sujeto que sigue corriendo hasta que finalmente se detiene en medio de la calle, frustrado. El hombre zapatea de rabia y baja su pistola.

Con las dos manos firmes al volante, Victoria recorre varias cuadras y, sin aminorar las revoluciones del motor, cruza dos intersecciones con los semáforos en rojo. Se trata de una situación de vida o muerte.

—¿Estas bien, hijo? —extiende la mano sobre la espalda de Martín.

Con temblores incontenibles y con la camisa mojada de sudor, Martín se reclina en el asiento. Pese a la escasa luz, Victoria lo observa pálido y le siente las manos frías.

—¿Cómo estás, hijo? —se inquieta.

Martín no responde, solo tiembla, parece ausente al borde del colapso. Ella teme lo peor, desacelera y con la mano derecha le tantea el cuerpo.

—¡Háblame, hijo! —le insiste angustiada—. Respóndeme, Martín ¿Cómo estás?

A Martín le tiemblan los labios, sus manos se sacuden convulsivamente, la mirada permanece perdida como en un estado de *shock* nervioso.

—Vamos, hijo, háblame —Victoria lo sacude por los hombros.

Martín voltea la cabeza hacia ella, inspira profundo y le vuelve el color al rostro.

—¡¿Mamá?! —reacciona ajeno a las circunstancias.

—Respira profundo, hijo. Te sentirás mejor —le exhorta Victoria.

Vuelve a acelerar el auto y da un giro al volante a la derecha.

—¿Estás herida, mamá? —se alarma Martín.

Victoria se palpa el hombro derecho y hace una mueca de dolor. Una mancha de sangre le humedece la manga derecha del camisón de dormir.

—No es grave —responde.

—Estás sangrando —Martín se endereza, saca unos pañitos de la guantera y los coloca en el hombro de Victoria, que se esquiva del dolor—. Debemos ir a un hospital.

—No iremos a un hospital —recompone ella la postura.

—Y entonces, ¿qué haremos?

—Debemos escondernos.

Martín se queda perplejo por un momento. Luego mira hacia atrás, nadie los persigue. Le pasa un pañuelo a Victoria y ella lo coloca sobre su hombro derecho.

—¿Sabes quiénes eran aquellos sujetos? —cuestiona Martín.

Victoria niega con la cabeza.

—No lo sé. Pero lo averiguaré.

—Y, ¿qué crees que buscaban?

Victoria sujeta con fuerza el volante, lleva el ceño fruncido, la respiración aún persiste acezante.

—¡La Alézeya! —dice y mira a Martín con firmeza—. Son los enemigos de tu padre, aquellos que siempre nos han perseguido.

Martín aprieta la mochila entre sus piernas.

—Pero... ¿qué te hace pensar eso?

—Leí el manuscrito de tu padre —inspira profundo; un brillo destella en sus ojos, gira la mirada hacia Martín—. Tú tenías la razón. Ahora sé que sus enemigos no se detendrán.

Martín se queda congelado, la mochila se desliza entre sus piernas hasta el piso del auto. Aprieta las manos entre sus rodillas que aún tiemblan y con un parpadeo incontrolable vuelve la vista hacia atrás de la vía.

El Lexus da un giro hacia una avenida semioscura y desolada, lo que hace que Martín se inquiete por la ruta que toman. Se encuentran en una zona de residencias de lujo que él no conoce, con casas que tienen céspedes reverdecidos y sistemas de riego que se activan con temporizador. A pesar de ser una zona residencial, Victoria mantiene la velocidad por encima de las sesenta millas por hora.

—¿A dónde vamos? —pregunta Martín.

Victoria permanece en silencio.

—¿No crees que deberíamos acudir a la policía?

—No, hasta que confirmemos quiénes nos persiguen —responde ella, y con la vista evalúa el vecindario como si buscara una dirección.

—Entonces debemos buscar un escondite —aconseja Martín.

Victoria extiende una mano entre las piernas y levanta la pistola del piso del carro. La coloca debajo de su muslo derecho.

—Estoy pensando en ello —señala—. Buscaremos un escondite.

CAPÍTULO XLVI

*L*os intrusos regresan furiosos a la casa de Victoria. Vacían armarios, nocheros y estantes en las alcobas y en el estudio. Lanzan todo al suelo y sobre las camas, hurgan detrás de cuadros colgados en las paredes e incluso debajo de los colchones. Ignoran por completo las joyas, las obras de arte y el dinero en metálico, su búsqueda se enfoca en algo muy específico: La Alézeya.

Quien parece al mando de la misión, un hombre trigueño de cabello negro y semblante recio, saca un celular de su pantalón y frustrado marca un número encriptado.

—Está todo limpio, señor —informa una vez alguien descuelga la línea—. No hay rastros del documento.

—¿Y el chico y su madre? —cuestiona una voz grave.

—Escaparon, señor.

—¿Por qué los dejaron escapar? —se escucha un grito en el auricular—. Salgan de allí, ineptos. A partir de ahora, otro equipo se encargará.

Victoria detiene su auto a un costado de la NW 87th ave, frente al Hotel Intercontinental at Doral, Miami. A esa hora de la madrugada la vía está semioscura y solitaria; una brisa apacible agita a las palmeras en la entrada del hotel. Victoria apaga las luces altas del auto y mantiene las manos en el volante mientras reflexiona. Un ardor le punza en el hombro derecho. La manga de su camisón tiene una mancha de sangre, que ella nota a pesar de la oscuridad. Martín la mira preocupado. Ella enciende la luz interior del auto y toma varias toallitas húmedas de la caja que sostiene Martín, hace un rollo y cubre la herida por debajo del camisón blanco.

—Se detendrá —comenta—. Es solo un roce.

—¿Te duele?

—Estoy bien —responde ella y atisba hacia el hotel—. No te preocupes; todo estará bien, hijo.

Desde la avenida, el recibidor del hotel se observa bañado por una luz tenue amarilla, ningún funcionario a la vista. Los ventanales de las habitaciones y pasillos en el segundo y tercer piso, frente a la vía, permanecen a oscuras.

—¡El teléfono! —reacciona Victoria, y se gira a Martín—. Pásame el teléfono de la mochila.

Martín apoya la mochila roja en su regazo; extrae el celular que Elkin le había dado a Victoria en horas de la tarde, y ella marca el único número registrado.

Dos horas antes, en vuelo proveniente de Miami, Elkin había arribado al aeropuerto internacional de Medellín. El *filipino* lo trasladó de inmediato a su mansión al suroccidente de la ciudad y, después de una ducha caliente, Elkin se metió en la cama. No había pasado un cuarto de hora, cuando timbra su celular de emergencias.

—¿Ena? —se apresura a responder. Victoria duda por un momento—. ¿Qué pasa, Ena? —insiste él.

Martín distingue la voz de su tío en el teléfono, mira a Victoria y ella recupera el valor.

—Está sucediendo, *frère* —le tiembla la voz.

—¿Qué sucede, Ena?

—Mercenarios irrumpieron en nuestra casa. Trataron de asesinarnos.

Elkin salta de la cama, descuelga una bata azul de seda y se la sujeta por encima del corto y la camisilla de dormir.

—¿Martín y tú están bien? —se inquieta mientras camina descalzo por la moqueta—. ¿Dónde están ahora?

Aunque en la oscuridad es imposible distinguir a alguien que los persiga, Victoria no deja de mirar por el retrovisor.

—Estamos ilesos. Escapamos en el auto —comenta Victoria—. Pero trato de definir hacia dónde ir.

—¿Sospechas de quién pudo atacarlos?

Hay un silencio reflexivo en la línea, y tras una inspiración profunda, Victoria afirma.

—¡Son ellos, *frère*! Los mismos de siempre.

Elkin entra al estudio contiguo a su dormitorio. Se sienta en una silla reclinable delante de un escritorio y abre una agenda electrónica.

—¿Dónde estás en este momento?

Victoria vacila, él puede sentir su respiración.

—Frente al Intercontinental at Doral, Miami.

—¿Sabes si los persiguen?

—Creo que no —Victoria vuelve a mirar el retrovisor.

Elkin anota la referencia en su agenda con un bolígrafo digital.

—¿Llamaste al 911?

—No. Eran profesionales. Bloquearon la línea.

—Bueno, quiero que te enfoques, Ena —Elkin busca en su agenda unos contactos protegidos con contraseñas—. No acudas a las autoridades, no te hospedes en ningún hotel, no contactes a ningún conocido y tampoco vayas a mi casa de Fort Lauderdale; es el primer lugar que pondrán bajo vigilancia —hace una pausa—. Es mejor que salgan de la ciudad. Toma la I-95 y conduce hasta Palm Beach. Sobre la Parker Ave. y El Vedado encontrarás el Palm Deluxe Motel. Tulio te esperará allí.

—¿El *instructor*?

—Sí, Ena. En estos momentos, es el único en quien podemos confiar.

Inclinado hacia delante de la silla, Martín observa a su madre que frunce y relaja el ceño mientras habla por celular. El sudor le brilla en la frente pálida, la nariz le aletea con la respiración, los labios le vibran incontrolables. Elkin le da otras instrucciones y ella asiente con impotencia.

Cuando Victoria cuelga el celular se ve espantada; los ojos le brillan a punto del llanto, la respiración es entrecortada y sus manos tiemblan. Apaga la luz interior, mueve la palanca de cambios y, sin dar explicaciones a Martín que solo la observa, vuelve a colocar el auto en marcha.

—Saldremos de la ciudad —dice minutos después.

Martín asiente con la cabeza y entrelaza los dedos de las manos, sumiéndose en un silencio sombrío. Victoria pisa el acelerador con los pies descalzos, y el velocímetro se dispara. La neblina se agita detrás del coche sobre el pavimento mojado. Rumbo al noreste y a la máxima velocidad permitida, después de varias millas de recorrido, el auto se incorpora a la interestatal. A través de la niebla de la madrugada, solo se divisan las luces suspendidas de automóviles y vehículos de carga que avanzan veloces por los carriles. Cuando abandonan la ciudad, Victoria se relaja, deja caer los hombros y se vuelve a Martín.

—Tranquilo, hijo —le susurra—. No permitiré que nadie te haga daño.

Martín vuelve a asentirle con la cabeza.

—¿A dónde vamos, mamá?

—A donde un amigo de tu tío, Elkin. Él nos protegerá.

—Está bien.

Victoria reduce la velocidad del auto después de una hora y media de viaje y gira con cautela hacia el lado derecho de la carretera. En la distancia, se vislumbra un edificio de dos pisos en forma de L, ubicado en una amplia zona de estacionamiento al aire libre. Un rótulo de neón en un soporte de hierro titila: "Palm Deluxe Motel". A medida que se acercan, se aprecia el color azul de las paredes y el blanco de las puertas. Un corredor con barandillas de metal se extiende por todo el segundo piso y el estacionamiento en la parte delantera está abarrotado de coches.

Victoria parquea su Lexus en una celda próxima a la entrada principal. Un sesentón de cabello cobrizo, en mocasines, bermuda y camisa hawaiana, sale a recibirlos.

Tulio Rivera, dueño del Palm Deluxe, se ve soñoliento. Trae una gorra del Miami Dolphins en la mano. Lo acompaña un joven con traje negro y rojo de recepcionista. Ambos se desconciertan al ver los orificios de balas en la latonería del Lexus.

—Hola, Victoria —saluda Tulio cuando ella desciende la ventanilla del chofer—. Espero se encuentren bien.

Antes de desabrochar su cinturón de seguridad, Victoria asiente con la cabeza y asegura su pistola en el cinturón de su ropa interior, cubriéndola con su camisón. En ese momento, Tulio se da cuenta de la mancha de sangre en su bata.

—¿Estás herida?

—No es grave —Victoria abre la portezuela y se apea despacio.

—Este mi asistente, Roberto Jiménez.

El joven asiente con la cabeza, pero al ver los pies descalzos de Victoria corre adentro por unas sandalias.

—Debe revisarte un médico —comenta Tulio.

Victoria niega con la cabeza.

—No es necesario, es solo un rasguño —se cubre con la mano izquierda el hombro herido y señala—. Él es mi hijo, Martín.

Tulio levanta la mano en saludo, y Martín le asiente con la cabeza.

—De igual modo, aquí tenemos todo para curarte —refiere Tulio a Victoria—. También podremos traer a alguien para que te revise.

—Te lo agradezco, Tulio —comenta Victoria—. Pero no es necesario.

El recepcionista sale presuroso con unas pantuflas y una bata de invierno en sus manos, se la ofrece a Victoria.

—¡Bienvenidos! —Tulio señala la entrada del lugar—. No teman, aquí estarán seguros.

—Todavía no sabemos de quién nos protegerás —comenta Victoria mientras enlaza la bata en su cintura. Martín la sigue detrás con la mochila a la espalda.

—Ya averiguaremos lo que pasó, Victoria. Por ahora nos desharemos de ese auto.

Tulio extiende la mano hacia Victoria, ella titubea un poco.

—Es necesario, lo sabes.

Victoria le pasa las llaves con desgano.

—Mañana tendrás otro nuevo.

—Muchas gracias.

—No tienes porqué. Somos una gran familia.

Una vez en el vestíbulo, Tulio se adelanta y con una tarjeta electrónica abre la puerta de una habitación en la parte central del primer piso. Enciende la luz, pero no ingresa.

—Aquí se quedarán hasta por la mañana. Traeré un médico para que te revise el hombro —le indica a Victoria.

—No es necesario, de verdad —insiste; él la mira a los ojos—. Es solo un rasguño.

—Comprendido —acepta Tulio—. De todos modos, te traeré un kit de primeros auxilios que te servirá para curar la herida; también contiene antibióticos.

—Así está mejor —resuelve Victoria—. En el momento hay cosas más importantes por definir.

—Lo sé. Traten de descansar —aconseja Tulio—. Yo me ocuparé del resto.

CAPÍTULO XLVII

Sentado en el sofá de la habitación *premium* del Palm Deluxe Motel, Martín se pregunta quién es Tulio y por qué profirió la frase: *"Somos una gran familia"*.

"¿Cuál es su verdadera función en todo este asunto?"

Martín no recuerda haber leído en La Alézeya referencias de un instructor ni actividades que involucren a Tulio con su padre. Sin embargo, no descarta la posibilidad de que Tulio aparezca dentro del código oculto de La Alézeya. *"¿Instructor de qué? ¿De los Cooperantes?"*, se pregunta. Pero si eso fuera cierto y Tulio estuviera relacionado con su padre, entonces su madre y su tío Elkin saben más de lo que él supone sobre los *Cooperantes*. Aunque se siente tentado de preguntarle a Victoria, finalmente decide no incomodarla, ya que ella está herida y nerviosa.

Victoria entra en la habitación en silencio, descarga su pistola en el tocador y se encierra en el baño. Allí, llora durante varios minutos, reprimiendo sus gemidos mientras se tapa la boca. Luego, se lava la cara con agua fría y se inclina sobre el lavabo, mirándose al espejo. Sus ojos están hinchados y rojos, y su cabello cae lánguido sobre sus hombros. A pesar de que esa noche volvieron a escapar de la muerte, ella intuye que es solo el comienzo de una nueva escalada de peligro. Vendrá más zozobra, más persecución.

Despacio, Victoria se quita la bata de invierno y el camisón blanco manchado de sangre; permanece desnuda frente al espejo. La sangre reseca alcanza la silueta externa de su seno derecho. Con la mano izquierda retira el rollo de toallas apelmazado sobre la herida. Frunce el ceño de dolor. Una laceración cubierta de sangre coagulada ocupa la cara externa del hombro derecho, promedia unos cuatro centímetros, los bordes son irregulares y la piel alrededor está rojiza. Milagrosamente, el proyectil apenas surcó los tejidos blandos.

Abre el botiquín que le entregó Tulio, preparara gasas y se limpia despacio la herida, primero con solución salina y luego con yodo. Mientras soporta el ardor del antiséptico en los tejidos, revive las escenas de la noche. *"¿Qué sería de mí si hubiesen lastimado a Martín? ¿Qué haré para protegerlo?* —lagrima—. *Estamos condenados a una vida de dolor, a una vida peor que la muerte"*. Se resiste a derramar más lágrimas. Cubre la herida con un apósito y micropore. Luego abre una jeringa precargada con antibiótico y, sin dudarlo, la clava en su muslo derecho, no muestra señales de dolor. Se lava las manos y vuelve a colocarse la bata de invierno que le ofreció el recepcionista.

—Intenta dormir, hijo —le dice a Martín cuando sale del baño, coloca el camisón manchado sobre un perchero y se sienta en otro sillón con la cara vuelta hacia la ventana, los cabellos le cubren las mejillas.

A la luz amarilla de la lámpara del nochero, Martín la observa con melancolía. La actitud de su madre con las piernas recogidas sobre la silla refleja un profundo lamento, parece zozobrar entre el miedo y la desesperanza. Hay tantas cosas por decir o preguntar, pero él opta en ese instante por el silencio. Había visto a su madre sentirse acorralada tantas veces, pero nunca dispuesta a matar como esa noche.

—Tú también debes de descansar, mamá —susurra luego de un rato.

Victoria se corre los cabellos y lo mira con pesar. Cada uno siente culpa por el otro. Ella hace un sollozo y se incorpora taciturna en la silla.

—Anhelaba un camino distinto para ti, hijo —su voz se resquebraja, los ojos se humedecen—. Una vida llena de sueños. Un hogar tranquilo, una familia feliz... alejado de todo lo que nos ha destruido. Pero parece imposible.

Martín sigue conmovido las palabras de su madre, incapaz de emitir réplicas.

—Ahora, ellos están allá afuera e intentan hacernos daño —Victoria se frota la nariz con la mano—. ¿Qué hemos hecho para que nos destrocen la vida? Tu padre se alejó para protegernos, pero parece que no fue suficiente —niega con la cabeza, se lleva una mano a la boca y aún a sus ojos—. Creyó que encontraríamos tranquilidad en este país, pero sus enemigos han regresado y buscan impedirlo.

—¡Es mi culpa, madre! ¡Perdóname! —Martín inclina la cabeza y rompe en llanto silencioso—. Yo los traje de vuelta a nuestras vidas.

—¡No, hijo! —Victoria se sacude en la silla, extiende sus manos suaves hacia la cabeza de Martín y trata de consolarlo—. No cargues con culpas que no te pertenecen. Nosotros te heredamos este sufrimiento. Eres tú quien debe perdonarnos —se seca de nuevo las lágrimas y, luego de unos segundos mustios, se levanta de la silla y discurre despacio por la habitación, los brazos entrecruzados y la mirada fija en el vacío, como si buscase consuelo en las paredes —. Se supone que huyamos. Que nos escondamos —se gira de pronto—. Pero es lo que hemos hecho toda la vida. Me negaba a creer que esto nos sucedería aquí...en este país, pero tu padre lo intuyó, por eso nos dejó La Alézeya.

Martín levanta el rostro y Victoria se acerca a él con las manos temblorosas. Con los ojos llenos de lágrimas, Martín la mira y Victoria lo sujeta por las mejillas con firmeza y determinación.

—Hijo, ya no huiremos más. No permitiremos que nuestros enemigos se burlen de nuestra familia y de nuestro dolor. Estamos agotados y adoloridos. Pero, a partir de este momento, todo cambiará. Enfrentaremos nuestro destino con valentía y utilizaremos la Alézeya como nuestra arma más poderosa.

Fin

Continuará Vol. III:
"EL INSOSPECHADO Y LA ARMADURA SECRETA"
(Libro final de la trilogía "La familia del espía")

Made in United States
Orlando, FL
23 June 2023